僕らだって扉くらい開けられる

行成　薫

集英社文庫

目次

僕らだって
扉くらい
開けられる

超能力者（サイキック）

〈中略〉

東西冷戦中の米国とソ連は、一九七〇年代に入ると緊張緩和のために核兵器の量的削減などに乗り出した。だが、水面下では、激しい情報戦を展開していたのである。

それまでも米ソは、双方とも盛んにスパイを使い、相手国の軍事的機密を得ようと試みていた。スパイによる情報収集は一定の成果を挙げたものの、緊張緩和の方向へ舵を切った一九七〇年代以降は、スパイを送り込むという敵対行為自体にリスクを伴うこととなり、より秘密裏に情報の収集をせざるを得なくなった。

そこで、米国陸軍は「スターゲイト計画」という諜報作戦を展開することとなる。

〈中略〉

スターゲイト計画では、超能力者で構成された諜報部隊が組織された。部隊の目的は、「遠隔透視能力（リモート・ビューイング）」を用いて、敵国の軍事施設の透視を行うことであった。超能力者の育成プロジェクトはスタンフォード研究所で始まり、数多くの透視能力者が育成された。

〈中略〉まるで映画のような話だが、米国が公開した機密文書により明らかになった、紛れもない事実である。

スターゲイト計画は、一九九五年に「成果なし」として終了するが、それはあくまでも表向きの発表であった。実際には、その後も研究が継続され、能力の発露を促す薬品の開発が為されたという。

〈中略〉

すなわち、超能力者は、SF作品などに登場するだけの絵空事では決してなく、実在しているのである。それればかりではない。我々は誰もがみな、このような能力を持っている可能性があるのだ。

本書では、当研究所が長年研究してきた、超能力についての基礎的な解説を行う。さて、あなたの中には、どんな能力が眠っているのであろうか。

全日本サイキック研究所刊
『～あなたにもある力～超能力入門』
「まえがき」より抜粋

でこぼこした、へんてこなへや。

ぜんぶまっしろ。

——あけて。

どん、とドアをたたくけれど、あかない。

——ねえ、あけて！

へやのなかにひとりぼっちで、さみしい。

——ここから、だして！

ここにいなきゃいけないのは、ちょうのうりょくがあるからなんだって。

だけど、よくわからない。

ちょうのうりょくがあったら、ドアもバーンてやったり、とうめいにんげんになったり、

ワープしたりして、そとにでられるのに。

ほんとに、ちょうのうりょくなんか、あるのかな。

なんにもできない。

どこにもいけない。

ねえ、ママはどこ？

ちょうのうりょくなんて、やくにたたない。

1 テレキネシスの使い方

念動力（テレキネシス）

テレキネシスとは、ｔｅｌｅ（遠い）＋ｋｉｎｅｓｉｓ（運動）という二語を合わせたもので、物理的な接触をすることなく物体を動かす能力のことを言う。

〈中略〉

我々が腕を動かそうとするとき、脳の中では「動かしたい」という意思が生まれる。その意思を発端として脳が働き、意思が電気的な信号に変換される。電気信号が伝わると腕の随意筋が収縮し、腕が動く。これら一連の動きに使われるのは、体内に蓄積されたグリコーゲンなどを代謝することで得られる、物理的、化学的なエネルギーである。

〈中略〉

我々は体内に蓄積したエネルギーを熱や運動エネルギーに変換し、消費する。それら生命活動に使われるエネルギーは物理的に証明可能だが、「物質を動かしたい」という意思そのもののエネルギーは、物理的観点からは説明ができない。〈中略〉止まったボールは、指で動かさなければ動かないが、その「指で物体を動かす」というエネルギー消費行動は、「指で物体を動かしたい」という意思なしでは発動しない。すなわち、我々の意思の力は、物質に作用しているということになる。その意思の力が、肉体の媒介なしに直接物質を動かす場合に使われるエネルギーを、「念」と呼ぶ。

〈中略〉

離れたところにある物体を手を使うことなく動かすためには、高度な念のコントロールが必要となる。だが、その念の感覚は能力者だけが持つ不思議なものだ。念の力を――例えば筋肉や骨格のような――肉体を媒介させず、そのまま運動エネルギーとして使うためには、非常に高い集中力を必要とする。集中力が高ければ高いほど、大きな念の力を生み出すことができるのである。

全日本サイキック研究所刊
『〜あなたにもある力〜超能力入門』
第一章「念動力《テレキネシス》」より抜粋

1

「スタ定のお客さん」

お待ちどおさまあ、という力の抜けた声が聞こえて、「三葉食堂《みつば》」のオバちゃんがカウンターに料理の載った皿を置いた。オバちゃん、と呼んではいるものの、すでにかなり腰の曲がったおばあちゃんである。今村心司《いまむらしんじ》は、辺りを見回し、料理が自分の注文したものであることを確認する。

「ああ、俺、俺ら」

先輩社員の北島《きたじま》が、今村に向かって顎をしゃくった。老夫婦二人で切り盛りしているこの食堂では、出された料理は客が取りに行くことが暗黙のルールになっている。もちろん、動くのは後輩である今村の役目だ。

「なんだよ、スープこぼすなよ。お前はほんと、役に立たねえなあ」

二人がチョイスしたメニューは、三葉食堂一番の人気メニュー、「スタミナ肉炒《いた》め定食」だった。しっかりと脂身のついた豚の細切れを、大量のもやしとともに特製の味噌《みそ》ダレで炒めた逸品で、だいたい七割くらいの客が注文する。いつもなら、今村も豚もやし炒めでモリモリと飯をかきこんでいるところだが、今日はどうにも箸が進まない。玉子スープを少しすするのがやっとだ。

「食わねえのかよ」

「いや、あの」

「もっとシャキッとしろよ。見ろ、モヤシの方がシャキシャキしてんだろうがよ。モヤシ以下か、お前は」

「いや、まあ」

「腹が減っては戦ができねえって言うだろ。食え食え」

今村は、はあ、と生返事をして下を向いた。シャキッとする元気など出るはずもない。午前中、客先を回っている最中に、今村のとんでもない失態が判明したのである。

今村と北島が勤める会社は、小さな事務機器屋だ。地元密着型のお手本のような会社で、客も地元企業なら、社員もほぼ全員が地元の人間だ。今村と同じ高校出身の社員も数名いて、北島もサッカー部時代の一コ上の先輩である。

会社は、事務機器販売と言いながら、お茶やコーヒーの手配、パソコンのセットアップから蛍光灯の交換まで、とにかくなんでも引き受けている。昨今の事務機器というのはどれを買っても性能が頭打ちで、他社とは値下げ競争にならざるを得ない。今村の会社も、「トータル・ファシリティ・サプライヤー」などと横文字を並べて格好つけてはいるが、本業の事務機器販売では大手に太刀打ちできないので、半ばクライアントの奴隷と化して食いつないでいるのが現状だ。

つまり、お客様は神様、を地で行く商売なのだが、その神様からの依頼ごとを、今村はうっかり一週間ほど放置してしまったのだ。当然のように神様はへそを曲げ、契約の解除を通告してきた。許されざる大失態である。

「だいたい、普通そんなの忘れるか？　バカかよ」

バカ、と言われても言い返せない。なんて自分はバカなのだろう、と思うと、ますます気が滅入《めい》った。

「なんかもう、死にたいです、ほんと」

もちろん、本当に命まで絶つ気はないが、生きているのが嫌になったのは間違いない。会社に帰れば、課長に呼び出されて完膚なきまでに叩《たた》きのめされるだろう。まだ若いイケイケの課長は、部下の失敗を絶対に許さない。恫喝《どうかつ》、人格攻撃、細かい暴力は日常茶飯事だ。契約をトバしたなどと言ったら、どれほどの暴言を浴びせられるか、わかったものではない。

「死んでなんになるんだよ」

「生きてても役に立たないもので」

「あのなあ、お前はそうやって、グジグジしてるからいつまでも役立たずなんだよ。いいか、俺だってな、クリスティアーノ・ロナウドと比べたら、どうしょもねぇ役立たずだけどよ」

比べる対象がおかしい、と今村は心の中でツッコんだ。世界でもトップクラスのサッカー選手と、地方の零細企業の営業マンとでは、月とスッポンどころの話ではない。

「それでもよ、地べたをひたすら這《は》いずり回ってりゃ、特大の契約が取れちゃうわけよ。そりゃな、クリロナの移籍金に比べたら鼻くそみてえなもんだけどな」

またその話か、と、今村は顔が引きつりそうになるのを堪《こら》える。

北島は先週、「オフィス一個丸ごと事務用品全調達」という大型契約をまとめてきていた。まとめたというよりは、運よく当たりを引いたというだけだが、契約自体は確かに大きい案件だ。複合機からデスク、パソコン、その他もろもろを調達、保守までやらせてもらえるらしい。

以来、北島は何かにつけて自慢話に持っていこうとした。すごいとは思うが、そこまで鼻高々にされると、さすがに嫌気がさしてくる。自分が失敗をして落ち込んでいるときはなおさらだ。

「まあ、会社にしてみりゃ、お前はまだまだ役立たずってことだ。死にたいだなんだ言う前に、もっと頑張れよな」

——役立たずか。

あまり気持ちのいい言葉ではないが、否定もできない。今村の二十三年の人生で、これまでに何か人の役に立つものを生み出したことはなかった。誰かを助けたこともないし、会社の売り上げにも大して貢献していない。両親には、さっさと実家を出ろと言われる始末だ。

「そんなことないわよねえ」

半分ほど食べ進めた頃になってようやく、よちよちとした足取りで、オバちゃんが水の入ったコップを持ってきた。いつものペースなら、すでに食べ終わっているくらいの頃合だ。相変わらずのんびりとしている。

「今村なんぞに気を遣ってやらなくてもいいんすよ、オバちゃん」

「だってねえ、今村君は、そのうち救世主になるかもしれないのよ」

オバちゃん、と、今村は何度か首を横に振った。オバちゃんは悪戯《いたずら》っぽくにやりと笑い、いいじゃない、と声に出さず、口を動かした。

「今村が？　救世主？」

「そうよ。今村君はね、超能力者なんだから」

今村は、思わず周りを見回した。店の中には、今村と北島のほかに、数名の客がいる。だが、厨房《ちゆうぼう》脇に備え付けられたテレビが地元で起きた幼女誘拐事件というショッキングなニュースを流しているお陰で、誰も今村たちのことを気にしてはいなかった。

「超能力者？　こいつが？」

「そうよお。すごいんだから」

二人の視線を受けて、今村は肩をすぼめ、いや超能力というほどのものでは、としどろもどろになって弁明する。

「おい、なんだそれ？　カメハメ波でも撃てんのか」

「いや、あの、僕のは念動力《テレキネシス》というやつでして」

人生において、失言とは避けがたいものではあるが、言ってしまってから今村はしまったと口を閉じた。見れば、北島の目がきらきらと、意地悪く輝いている。

「おいおい、なんだそのカッコイイのは。見せろって。見せてみろって」

案の定、北島は一気に食いつき、小ばかにしたような顔ではやし立てた。バカなことを言う後輩を思うさま笑ってやろうという魂胆が見え見えだ。今村は困り顔でオバちゃんに向き直ったが、オバちゃんはまた、にやりと笑みを浮かべ、そそくさと厨房に戻ってしまった。

「やってみろよ、ほら」

「でも、そんな、見世物とかじゃないですし」

なんだよ、と北島は舌打ちをした。

「できねえならさ、最初っから意味わかんねえ嘘《うそ》つくなよ」

普段は温厚な今村も、さすがにカチンときて、唇を嚙《か》みしめた。たかが大口契約を一件取ったからといって、北島にここまで侮られるのは我慢がならない。

「できますよ」

ワイシャツの袖をまくり、手のひらを何度か結んだり、開いたりする。北島は、なんだそれ、と笑いながら今村の様子を見ている。

「なんか、ほんとにやりそうじゃん、カッコだけは」

「いいですか、この醬油《しょうゆ》差しを見ていてください」

テーブルの真ん中に、陶器の醬油差しが置いてある。今村は両手をかざして、静かに目を閉じた。頭の中で、醬油差しをイメージする。形をイメージしたら、次は自分の中のエネルギーが醬油差しの中に吸い込まれていくことを想像する。体の奥底から、じわじわと湧き上がってくる力が脳に流れ込み、前頭葉から醬油差しに向かって染み出す。気は満ちた。後は、動けと強く念じるだけだ。

醬油差しのふたが、かたかたと音を立ててほのかに揺れ動いた。細かな、でも確かな揺れだ。北島が、マジか、と呟《つぶや》いた瞬間、醬油差しは今村の右手に吸い寄せられるように、するりと動いた。

「うわ」

醤油差しは、数センチばかり横にスライドして、動きを止めた。今村は大きく息を吐き出し、集中を解いた。

「おいマジかよ、どうやったんだこれ」

「たぶん、念みたいなものを送り込んで、動かしてるんだと思います」

「思います、じゃねえよ。お前なんなんだよ、テレビ出れるだろ」

「いやあ、無理ですよ。マジシャンの方がすごいことやりますし」

「もう一個なんかやれよ。皿動かしてみろ、皿」

それが、と、今村は口籠った。

「この、力を使うのって、結構、集中力がいるんですよ」

「おう、そうだろうな。超能力だもんな」

「一回使っちゃうと、もう疲れちゃって、しばらく集中できなくなっちゃうんです」

「は？」

「一日一回が限度で」

「なんだよ、その貴重な一回を、醤油ごときに使うんじゃねえよ」

「すみません」

「じゃあ、明日になれば、もっとすげえもん動かせたりすんのか。その辺に停《と》まってる車とか、事務所に置いてある複合機とか」

今村は、俯《うつむ》きながら、首を横に振った。

「いや、自分が右手で持てる重さのものじゃないと無理です」

「なんだよ、じゃあ、どんくらい動かせんだよ。どこまででも動かせるのか？」

「右に」

「右？」

「右に、十センチくらいだけ動かせます」

いささか興奮した様子だった北島の顔が、みるみる萎えていくのがわかった。

「右だけ？」

「はい、そうです」

「左とか前後はダメなのかよ」

「はい、自分から向かって右にだけ」

「じゃあ、離れてるもんでも動かせるのか？」

「いや、どうでしょう。いいとこ二、三メートルくらいだと思います」

だから嫌だったんだ、と、今村は厨房のオバちゃんに視線をやった。どうして急に人にばらしたのか、と恨めしくなる。自分の力で動かせる程度の物体を、自分から見て右に十センチほど動かす能力。世界を救うどころか、今村の超能力はイマイチ使い道がわからないのである。

「それじゃ、歩いていって、手で持って動かした方が早いじゃねえか」

「そうですね。基本その方が早いので、滅多に使わないです」

「あのさ」

「はい」

「何の役に立つんだ？　その超能力」

そんなことはこっちが聞きたい、と、今村はため息をついた。

2

──高校三年生、初夏。

時間が足りない。

今村が電光掲示板を見ると、もうそろそろ後半アディショナルタイムに差し掛かる時間帯になっていた。思ったよりも早く、タイムアップの時間が迫ってくる。試合は、〇対一で負けていた。一点取れば延長戦に持ち込むことができるが、このままいくと、今村のサッカー人生はあと数分で終わることになる。

後半十五分過ぎから投入された今村は、まだうまく機能できていない。自チームは、相手に押し込まれて防戦一方だ。センターフォワードの今村は、前線でひたすら動き回ってはいるものの、なかなかパスは飛んでこなかった。

ようやく、味方がボールを奪って、左サイドに展開した。サイドから一本、相手ゴールに向かう縦のパスが出て、中央の味方に通る。練習してきた、速いカウンターだ。チャンス、と思った瞬間、今村は相手ディフェンダーの間を抜け、ゴールに向かって駆け出していた。チームの中に、走力で今村に勝てる人間はいない。トップスピードに乗ってしまえば、相手を難なく置き去りにできるほど、今村は足が速い。

今村が駆け出したタイミングで、味方からふわりとした浮き球のパスが出る。パスのタイミングがわずかに遅ければオフサイドだが、主審の笛の音は聞こえてこない。心の中でガッツポーズをしたところに、弧を描いてボールが落ちてくる。キーパーと一対一。ボールの落下点を予測して、シュート体勢に入る。

——シュートが、決まるだろうか。

今村は高校三年間、公式戦で一度もゴールを決めたことがない。決して下手なわけではなく、練習試合ではもちろん何点も取ってきているのだが、いざ公式戦となると、なかなかゴールに絡むことができないでいた。

出て来たパスは難しいボールだったが、奇跡的にタイミングがぴたりと合った。迷いを捨てて思い切り右脚を振り抜くと、足の甲に心地よい衝撃が走って、ボールが真っ直《ます》ぐ前に飛ぶ。逆を突かれたキーパーが必死に手を伸ばすが、届くはずがない。ボールは吸い寄せられるように、ゴール左隅に。

入った！　と思った瞬間、ごいん、という鈍い音がして、ボールがあさっての方向に飛んで行った。今村は、バランスを崩して前のめりに転びながら、自らのシュートがゴールポストに弾《はじ》かれる瞬間を見ていた。

嘘だ、と、思わず言葉が口をついて出た。千載一遇、決定的なチャンスだった。あとほんの少し、軌道が右に寄っていたら、間違いなくゴールに吸い込まれていたはずだ。だが結局、ノーゴールのまま時間は進み、何も起こらずに試合は終わった。主審が長い笛を吹き、相手チームの応援席が、わっと盛り上がった。

最後のシュートが、あと、ほんの少し内側に入っていたら。

あと、数センチ。十センチくらい、右だったら。

3

耳と心を閉ざし、感情を捨てる。目は開けたまま焦点を散らして、情報を取り込まないようにする。五感をすべてだらしなく弛緩《しかん》させて、あらゆる刺激を受け流す。もはや立ったまま屍《しかばね》と化すようなものだが、そうでもしなければ、もろいメンタルがやられてしまう。目の前では、顔を真っ赤にした課長が唾をまき散らしながら、今村という存在を呪い続けていた。繰り返される「役立たず」という言葉が、何度も胸に刺さって、深々と傷をつける。

課長が両手で机を叩くたびに、心臓が縮みあがる。後ろを振り返ることなど許されないが、事務所にいる他の社員たちも迷惑そうに今村を見ているだろう。居たたまれない気持ちをごまかすように視線を外すと、課長席の後ろにある神棚のお札が揺れているのが見えた。割と厚みのある木のお札だ。転がり落ちてきて、課長の頭にぱかんと当たればいいのに、と願うが、その瞬間は来そうで来ない。

お札に念を送れば、動かすことができるかもしれない。試しに、ほんの少しだけお札を凝視してみた。自分の中の念が、お札の中に入っていくような感覚がある。この距離でも十分動かせそうだ。

だが、すぐに集中は解かれた。お札を動かせたとしても、意味がないのだ。課長の頭に落とすためには手前に倒さなければならないが、今村のテレキネシスでは、物体を手前に動かすことはできない。

今村が超能力に目覚めたのは、比較的最近のことだった。

三葉食堂で、隣の客の手元にあった調味料の小瓶を取ろうとしたときのことだ。

その日、カウンターで横並びになった男はどう見ても一般人には見えない風体の老人で、横目で見ることすらためらわれるほどの強面《こわもて》だった。室内だというのにサングラスを掛け、長い髪を後ろに流し、白髪混じりのヒゲをもっさり生やしている。まるで、仁義なき時代を生き抜いた武闘派ヤクザが、間違えて仙人になってしまったかのような顔だ。

今村がお目当ての調味料を取るには、人一人くらい絞め殺しそうな太さの腕を越え、老人の目の前に手を伸ばさなければならない。そんなことで怒るような人間は少ないとは思うが、まかり間違って「おいニイチャン」「なに人様の前に手を出してやがる」などと言われたら万事休すだ。

ならば調味料を諦めればいい話なのだが、オバちゃん謹製の「特製辛味ダレ」は、スタミナ炒めに少し回しかけるだけで圧倒的な旨《うま》さを生み出す魔法のタレなのだ。スタミナ定食を頼んだら、前半はプレーンな味を楽しみ、後半から辛味ダレを追加して味の変化を楽しむ。辛味ダレがなければ、楽しみは半減である。

どうしようか必死で考えているうちに、自分の頭から何かが漏れて、タレの小瓶に吸い込まれていくような感覚があった。横目で老人を見ると、顔は不自然なほど真っ直ぐ前を向いていて、小瓶はノーマークだ。あと十センチほど手元に引き寄せられれば、何食わぬ顔で小瓶を取ることができそうだった。

集中力が増した瞬間、自分の体と小瓶が見えない力で繋《つな》がったような気分になった。来い、動け、と強く思うと、タレの小瓶は、リニアモーターカーのようにすっと浮き上がり、右に十センチばかり、音もなくスライドした。

老人は気づいた様子もなく、ぼんやりと正面を向いたままだ。今村は手を伸ばして小瓶を取り、自分の手前に置いた。老人がちらりと今村を見て首を捻《ひね》る。何もしていません、とでも言うように、今村はそしらぬ顔でタレをかけ、きっちりとスタ定を満喫した。

けれど会計の段になって、どっと冷や汗が出るのを感じた。いったい自分はさっき何をしたのだ？　どう考えても、普通の人間ができる芸当ではない。老人に気づかれていたら、ちょっとした騒ぎになってもおかしくなかった。変な噂《うわさ》が立って、某国の諜報《ちょうほう》機関にマークされたらどうしよう。超能力を軍事産業に利用しようとする悪者に拉致されるかもしれない。これは、人に見られてはいけない力だ。そんな気がした。

中学二年生レベルの妄想を頭に描きながら、オバちゃんに千円を渡して、お釣りを受け取る。そそくさ退散しようとすると、オバちゃんが邪気のない顔で「さっきのあれはどうやったの？」と尋ねてきた。どうやら人に見られてはいけない力を、早速人に見られていたようだった。

それからしばらく、どれほどの能力が自分に秘められているのか、今村はいろいろ探ってみた。大きなもの、重いものは動かせない。動かせるものでも、わずか十センチほど動かすのが限界だった。それも、向かって右にだけ。しかも、能力を使えるのは一日一回だ。いくら試しても、それ以上の可能性があるとは思えなかった。

「おい」

「あ、はい」

「聞いてんのか、てめえは」

「は、はい、聞いています」

僕の能力はなんと役立たずなのだ、と改めてがっかりするのと、課長から、役立たずはシュレッダー係やってろ、と言われたのが同時だった。今村は、すみませんでした、と深々頭を下げ、さらに内勤の社員にも頭を下げて回った。

今村に課せられた仕事は、ただひたすら溜《た》まった書類をシュレッダーに掛ける、というものだ。もちろん、専任者を置くほどの仕事ではない。使えない社員を嘲笑するための見せしめだ。課長の怒りの度合いによって期間は変わるが、数日間、毎日シュレッダー係をやらされることもある。これが、なかなかに辛《つら》い。お前など会社には必要がないのだ、と戦力外通告を受けているような気になる。

丸一日、溜まりに溜まったすべての書類を片付け、細断クズをゴミ袋にまとめ終わる頃には、事務所に人の姿はなくなっていた。壁の時計を見ると、もう二十三時になっている。そりゃ誰もいないわけだ、と、疲れ切った体を押して戸締まり消灯を確認し、外に出る。小さな事務所の周辺には人の姿などなく、しんと静まり返っていた。

自宅までは、自転車で三十分ほどの距離だ。通勤用の自転車を置いてある事務所裏の駐車場に向かうと、暗闇の中に、誰かが立っているのが見えた。じっとこちらをうかがうようなそぶりを見せると、今村の進行方向に立ち塞がる。薄暗い街灯に照らし出された「誰か」の姿に、今村は体が硬直していくのを感じた。がっちりとした体格に長髪、伸ばし放題のヒゲ。作務衣《さむえ》を着こみ、夜だというのにサングラスを掛けている。白いステッキを携え、ゆっくりと迫ってくる長身巨軀《きょく》の老人。

「今村さんですかな」

低く、くぐもった声が聞こえた。今村はとぼけようかどうしようか迷った挙句、男の圧力に負けて、そうです、と蚊の鳴くような声で答えた。いつだったか、三葉食堂で隣にいたヤクザ仙人に間違いない。

「私は、津田《つだ》と申します」

「はあ」

「何卒《なにとぞ》、何卒私をお救いください」

津田と名乗った老人は、いきなり膝をつき、この通り、と体を投げ出して土下座をしてみせた。日常生活ではめったにお目にかかることのできない、全力の土下座だ。老人のまさかの行動に、今村の頭は完全にパニックを起こして舞い上がってしまっていた。

その後、何をどう話したのかいまいち覚えていないが、気がついたときには「わかりました」と、取り返しのつかない返事をしていて、得体のしれない老人とがっちり握手を交わしていたのだった。

4

——高校最後の、サッカーの試合後。

試合に敗れ、部員たちは皆、思い思いに帰途につこうとしていた。試合終了後、部活の顧問から最後の言葉があって、三年生はそれなりに涙を流したりもした。だが、三十分も経《た》つと、どこぞのゲーセンに寄って帰ろう、といった声が聞こえ始めていた。負け慣れているせいか、みんな切り替えが早い。

今村は一人、笑顔の部員たちから距離を取って、サッカー場の片隅に座っていた。グラウンドでは、他校の試合がまだ続いている。午前から昼にかけて二試合終わって、まだ昼下がりだ。高校生活のすべてを懸けたサッカー人生が、たった数時間ですべて終わったと思うと虚《むな》しかった。

市内には、全国大会の常連校が二校ある。いずれも、全国から有力選手を特待生扱いで集めるような金満私立高だ。当然、今村の高校のような一般校の部活とはレベルが違う。今村たちがどれだけ頑張っても、地方大会を勝ち抜いて全国に行くことなどまず無理だった。口には出さないが、みんな、現実をよく理解している。三年間、すべてを犠牲にして必死にやったところで、実際に得るものはそう多くない。

サッカーが上手《うま》いことが役に立つのは、限られた一部の人だけだ。華麗にボールを操ったり、強いシュートを打つ技術があったところで、社会に出てしまえば何の役にも立たない。凡人は、クリスティアーノ・ロナウドとは違うのだ。今後の人生を考えたら、さっさと負けて、受験勉強なり就職活動なりを頑張るべきなんだろう。

だが、今村は割り切れなかった。サッカーをやるなら誰よりも上手くなりたかったし、どんな試合にも勝ちたかった。どうせ全国は無理なんだから楽しくやりたい、という部員たちの意識と、相手が誰であれ、何が何でも勝ちたいという今村の間には、三年間で埋めようのない深い溝ができてしまっていた。それなのに、結局自分は公式戦ノーゴールに終わったのである。

負けて悔しがる方がおかしいのかもしれない。自分は、チームのお荷物、ただの役立たずだったのだから。早く気持ちを切り替えて帰りたいのに、今村は、どうしても涙を抑えることができなかった。

「まあ、そんなに泣くなよ」

突然声を掛けられて、今村は思わず顔を上げた。隣には北島が立っていた。北島は卒業してからもよく部活に顔を出していたが、正直に言うと、後輩からはあまり歓迎されていなかった。先輩風を吹かせたいがために古巣に顔を出し続けているような、「イタい先輩」だったからだ。

「すみません」

「悔しいよなあ。俺も負けたときは悔しくてさ」

慰めるつもりなのかもしれないが、顔がどこかニヤけている。敗北に打ちひしがれる後輩に、優しく声を掛ける先輩のオレカッコイイ、と思っているのが見え見えだ。

「いや、なんていうか」

「最後のシュート、あれは惜しかったな。マジで入ったと思った」

するり、と、北島の声が入り込んできて、胸がじんと熱くなった。迷惑な先輩、下手《へた》糞《くそ》、説得力なし、などと、頭の中を巡っていた北島に対する負の感情が、一瞬ですぽんと抜けた。格好つけたがりの北島の言葉は薄っぺらかったが、ぽっかりと空いた心の隙間に挟まった言葉がどうしようもなく熱く、堪え切れなくなるほど疼《うず》いた。きっと、今村は誰かにそう言ってほしかったのだ。

「パスを出していれば、よかったですよね」

「いや、あそこはシュートだろ。クリスティアーノ・ロナウドだったら当然のように打つね」

「そう、ですかね」

まあ、それで決めるけどな、クリロナは。と、北島は余計な一言を付け加えた。

「あと、右にちょい。十センチだけ中にいってりゃなあ」

右に十センチ。たったの十センチ。そう思うと、胸が張り裂けそうになって、また涙が溢《あふ》れた。激しく嗚咽《おえつ》する今村に冷えたスポーツドリンクを握らせると、北島は何やらひどくクサい台詞《せりふ》を吐いて、多くは語らず遠ざかっていった。何を言われたのかろくに聞いていなかったが、今村の頭の中には「右に」「十センチ」という言葉が焼きついて、しつこくリフレインを続けていた。

5

せっかくの日曜日、今村はわざわざ早起きをして美術館に向かい、大人一枚六百円というチケットを購入した。美術品などに一切興味のない人間が、さほど大きくもない美術館に六百円を支払うのはなかなか勇気が必要だ。名残を惜しみながら千円札を出し、おつりとペラペラのチケットを受け取る。オーナー自らが解説しているという音声ガイドのレンタルを勧められたが、そちらは丁重に断った。

薄暗い館内には、金持ちのオーナーが個人的に集めた絵画や工芸品、書などが展示されていた。私設の美術館らしいが、展示が無駄に凝っていて、妙に腹立たしい。

「よく来てくださった」

いきなり声を掛けられて、今村は思わず肩を震わせた。背後には、またあの老人が立っている。何度見ても、慣れない強面だ。

数日前の夜、事務所を訪ねてきた老人は駐車場でいきなり土下座をすると、自分を救ってほしいと、縋《すが》りつかんばかりに懇願してきた。今村は動揺のあまり頭が回らず、詳しい事情も聞かないまま「日曜日に美術館に行く」という約束をしてしまったのだ。もちろん、デートのお誘いなどではない。

老人は、津田光庵《こうあん》と名乗った。調べてみると、県内出身・在住の高名な陶芸家で、小さな皿一つに十万円以上の値がつくようなすごい人だった。普段は、山の中に造った窯《かま》場《ば》で、冗談ではなく本当に仙人のような生活をしているらしい。

津田は鬼のような顔を精いっぱいやわらかくしながら今村を先導し、目的の部屋へといざなった。今村と津田以外、来館者の姿は見当たらない。館内は静かで、係員の姿もなかった。津田はまるで自分の家のように、ずかずかと進んでいく。辿《たど》り着いたのは、数々の陶磁器が飾られている部屋だ。

部屋の中央に、大きな皿が一つ置かれている。一メートルほどの高さの台座の上に黒い絹のような光沢のある布が被《かぶ》せてあって、大皿が立った状態で固定されている。周りはガラスケースに囲まれていて、触れることができないようになっていた。

「この皿をご覧いただけますか」

津田は皿を指さし、ため息を一つついた。案内板には、「津田光庵作・焼き締め大皿」との紹介が書かれており、津田の若い頃の作品であること、野趣あふれる荒々しい作風が特徴的、といった説明が添えられていた。

「なんか、陶芸とか僕はよくわからないんですけど」

「これは最低です。最悪の作品です」

津田の話というのは、こうであった。

四十年ほど前、津田がまだ陶芸家として未熟だったという三十代の頃、窯を訪れた見知らぬ男が、廃棄予定の皿をいたく気に入って購入を願い出たのだという。津田にとっては到底満足のいく作品ではなく、人前に出すのも憚《はばか》られるような品であったが、まだ収入の少なかった津田は、生活のためにやむなく皿を売った。当時、皿一枚としてはかなりの額を手にしたそうだ。

その後、年月を重ねて自らの作風を確立し、津田の作品は高く評価されるようになった。だが最近になって、津田はかつて売ってしまった失敗作が、とある美術館に展示されていることを知ったのだった。皿を買っていったのは美術品好きの大地主で、自身のコレクションを展示する私設美術館まで建てていた。その美術館の目玉のひとつとして展示したのが、地元の大家・津田光庵の、若き日の作品だ。悔恨の一作が展示されていることに、津田は愕然《がくぜん》としたのだそうだ。

「若い頃は、なかなか作品が認められずに苦しんだことがありました。私を認めない世間が悪いのだと怒ったこともありましたし、同世代の作家に嫉妬心を持ったこともありました。この皿には、私のそういった醜い部分がすべて込められてしまった。殺伐としていて、傲慢です」

「そういうもんですか」

「私にとってみれば、自らの恥部を皆さまにさらけ出しているようなものなのです。皿だけに」

本気なのかなんなのか、津田はさらりとダジャレを混ぜ込んできたが、今村に笑ってやる余裕はなかった。

「はあ」

「もちろん、自身で解決しようと、美術館の方に買い取りを打診したこともありましたが、売却は拒否されたのです」

「なぜです？」

津田が言うには、オーナーは若き日の津田の才能を見抜いた自分の眼力を誇りにしていて、この皿を手放す気はないらしい。要するに、俺の目は確かだっただろう、と自慢したいわけだ。それで、これ見よがしに美術館の目玉に据えているのだ。

「なるほど、それは、なんか嫌ですね」

「この皿があることで、一生を懸けて築き上げてきた私の哲学が嘘になってしまう。ひいては、私そのものも生きる価値をなくしてしまうのです。一日でも早く処分しなければ、私は生きていけない」

そんな大げさな、と思ったが、津田は本気でそう思っているようで、力なく肩を落とし、うなだれていた。芸術家というのは大変なんだな、と、今村は変に感心した。

「で、僕は何をすればいいんですか」

「皿を割っていただきたいのです。その、今村さんの、不思議なお力で」

今村は、ぐっと声を詰まらせた。薄々感づいてはいたが、津田はやはり今村の超能力のことを知っていたのだ。

「ご存知なんですか」

「はい。以前、三葉食堂で今村さんのお隣に座ったことがありました。そのときに、不思議な光景を目にしました。今村さんが、手を使わずに調味料の入った小瓶を動かしていらっしゃった」

気づかれていたのか、と、今村は軽く眩暈《めまい》を覚えた。サングラスを掛けていると、なぜかその人間が正面を向いていると錯覚するが、目だけは小瓶を追っていたのかもしれない。

「私は交渉のために何度か美術館に来ているうちに、三葉食堂にお伺いするようになりまして。あすこの女将《おかみ》さんともよく話す仲でしてね」

「オバちゃんと？」

「左様です。この皿の話もいたしました。そこで、今村さんの力のことを聞きまして、女将さんに何とかお話をしたいと頼み込んで、今村さんの会社の場所をお教えいただいた、というわけなのです」

「そういうことですか」

「見てのとおり、皿はガラスケースに囲まれています。でも、今村さんの力、手を使わずして物体を動かす力をもってすれば、皿を台座から落として割っていただけるのではないかと。そう思って、今日は藁《わら》にも縋る思いでお呼び立て申し上げた次第です」

なるほどな、と、今村は一つ息をついた。事情は呑《の》み込めたが、じゃあ、と目の前の皿を割る気にはならなかった。本人は失敗作と言うが、どのあたりが失敗なのかはさっぱりわからないし、小皿一枚十万円以上という人の大皿なのだから、値段も相当な額だろう。オーナーにとっては自慢の品のようだし、普通に叩き割ったら面倒なことになる。どうしても腰が引ける。

だが、津田はまるで神仏にでも祈るかのように、今村に向かって手を合わせ、深々と頭を下げていた。皿が割れれば、津田は長年の悔恨から解放される。何の役にも立たないと思っていた今村の能力に、今ようやく活用の機会が訪れたのだ。この機会を逃したら、死ぬまで何の役にも立たないまま腐らせるだけかもしれない。

「お断りします、と言ったらどうしますか」

津田は、死刑宣告でも受けたような顔で下を向き、絞り出すような声で答えた。

「首を括《くく》るか、身を投げるか……」

バカ言うな、と今村は頭を抱えたが、津田は口をきっと結び、肩を震わせていた。考えたくはないが、そこそこ本気なのだろう。聞かなければよかったと後悔したが、もう遅い。うかつに断ることもできなくなってしまった。

「いや、そんな大げさな」

「しかしですな、今村さんにお願いすれば、すべてがうまくいくと確信しております」

「え、ええと、それはまたなぜでしょう」

今村が困惑しつつ頭を掻《か》くと、津田は、「か、勘です」と答えた。勘だけで物事の結果がわかってしまうなら、それはもはや立派な超能力ではないか、と今村は思った。

「今村さんには、決して迷惑が掛からないようにいたします。私を救うと思って、あの皿を動かしてはいただけませんか」

津田の表情を見ると、わずかに心が震えた。せっかく不思議な力を手にしたのだから、誰かの役に立ちたいとは思っていた。けれど、肝心の使い道がわからない。なんて役立たずな力なんだ、と、日々落胆していたところだ。

誰かを助けてあげたい。そして、自分を認めてほしい。自分が役立たずなんかじゃないと証明したい。頭の中で、ぐるぐると思考が巡った。最終的に、これは能力の悪用ではない、人助けだ、と、今村は自分に言い聞かせることにした。

「じゃあ、やってみますけど、本当にいいんですかね」

「もちろんです。何卒、よろしくお願いします」

うまくできるだろうか。防犯カメラもあることだし、あまり近づくわけにもいかない。少し離れて皿の正面に立ち、大きく深呼吸をする。精神を集中させて念を送ると、皿の中に入っていく感覚があった。動かせる、という直感が働く。

傍らで、津田が息を呑んで見守っているのがわかった。集中を深めていくうちに、意識が皿の中に取り込まれていく。右手に力を入れると、少しだけ皿が浮いて、ゆらりと揺れた。津田が、おお、と感嘆の声を上げた。

だが、皿を動かすのに少し抵抗を感じる。落下防止のためか、細い糸のようなものが張られているのだ。いつもより大きな力が必要だ。今までにない念の力を呼び起こし、力を強める。まるで、水中で呼吸を止めているかのような気分だ。眼球が裏返って、こめかみ辺りの血管が切れそうな気がして、ひどくしんどい。

構わず思い切り念を込めると、ついに、ぷつん、と何かが切れた。頭の血管ではなく、固定用の糸だ。

「そのまま、そのまま床に！」

ごとん、という鈍い音。

だが、それだけだった。陶器が割れる音はしない。津田の口から、ああ、と、今度は落胆の声が漏れた。皿は結局、右に少しだけズレたものの、微妙なバランスを保っていて、台座から落ちるまでには至らなかった。あと一押しすれば落ちそうにも見えるが、もうどうにもならない。

「あの、今村さん、これは」

極度に集中したせいか、ひどく頭が痛い。糸を引きちぎるために、力を使い過ぎたのだろう。本来ならもう少し動かせるはずなのに、全身から力が抜けきってしまった。要するに、失敗したのだ。

「今村さん、皿はまだ落ちておりません」

津田が、今にも泣きだしそうなほど顔を赤く染め、ぶるぶると拳を震わせていた。今日はもう、力が使えない。だが、日を置いたら、きっと今まで以上にしっかりと皿は固定されてしまうだろう。そうなったら、お手上げだ。

「やめ、ましょう、津田さん」

「やめる？」

「皿を割っても、過去は、消えないと思うんです」

「しかし」

　心の中で申し訳ない、と思いながら、今村は何とかごまかそうと必死になった。自分の恥を葬ることができると前のめりになっていた津田は、引くに引けない状況になっている。皿を割ることは事実上無理だ、などと、本当のことを言えるはずがない。

「僕、昔サッカー部だったんですけど」

「はあ」

「なんかもう、ほんとに負けるのが嫌いで。でも、周りは結構サッカー楽しもうよ、みたいな人たちばかりで。練習とか、ちんたらやってるんですよ。僕一人だけ必死って感じで。チームが弱いのは、周りが悪いんだって思ってました」

　津田は、唐突に始まった今村の話を理解しようとしているのか、開きかけた口を閉じて、耳を傾けている。

「でも、最後の大会までずっと、僕は全然点が取れなかったんです。最後の試合でも、後半惜しいシュートが一本あったんですけど。でも、ほんのちょっと外れて、ポストに当たっちゃって。たぶん、あと、右に十センチくらいズレてたら、入ってたんですよ」

「右に、十センチですか」

「そうなんです。ずっと、後悔してきたんです。毎日毎日。あのときに、ゴールを決めていたら人生変わったかもしれないって。右に十センチ、右に十センチ、ってずっと。もしかしたら、そうやって思い続けたせいで、こんな力が備わったのかもしれない」

「思いの強さ故、ということでしょうか」

「僕の能力って、役に立たないんですよ。もしかしたら、右に十センチ、ってばっかり思ってたから、右に十センチしか物が動かせなくなったのかもしれない」

何か、言うことをまとめなければいけないのに、胸が熱くなって、いつの間にか涙が出ていた。右に十センチ、に縛られてきた自分が、急に情けなくなったのだ。

「今村さん」

「きっとね、当時の仲間たちと話したら、みんな気にしてないだろうし、覚えてもいないかもしれない。でも、僕はすごい自分で気にしすぎちゃって、友達もいなくなったし、サッカーも嫌いになっちゃったんですよね。そのお皿だってね、きっとそうなんですよ。お皿じゃなくて、津田さんが、自分を追いつめてるだけなんです」

「ですが」

「だってね、僕の目から見たらちゃんとしたお皿だし、最悪、美術品としてだめなんだとしても、三葉のスタミナ炒めとかのっけたら、ものすごくおいしく見えそうですよ。でも、割っちゃったら、ほんとの役立たずになっちゃうじゃないですか。お皿もかわいそうじゃないですか」

自分でも何を言っているんだ、と思うのに、言葉は止まらなかった。

「だから、もうやめましょう。失敗をいつまでもくよくよしてると、僕みたいになっちゃいますよ」

顔を上げると、なぜか目の前で津田が滂沱《ぼうだ》たる涙を流していた。一枚の皿の前で、いい大人が二人でえらいこと泣いている姿は、傍《はた》から見たらどれほどシュールな光景だろう。うわ恥ずかしい、と思った瞬間、急に我に返って、今村の目から涙が恐ろしい早さですっと引いていった。

「今村さん、ありがとうございます」

津田は泣きながら頭を下げ、私が間違っていました、と吐き出した。今村としては、半端なところで力尽きた自分をごまかそうとしたら変に調子に乗ってしまった、というだけの話だ。頭を下げられると、ひどく反応に困るし、胸がしくしく痛む。

「おっしゃる通りかもしれません。私の、なんと未熟なことか。若い今村さんの方が、よっぽどおわかりになっていらっしゃる」

「え、いや」

「少し目が覚めた気分です。皿は割れていませんが、私の心に刺さっていたトゲが、今、綺麗《きれい》に抜けた気がするのです」

これが、今村さんの本当のお力でしょうか、と、津田が感極まった様子で言うので、なんとも複雑な思いではあるものの、今村は強引に、そうです、きっとそうです、と話をまとめた。

「皿は、このまま置いておくことにしましょう」

「い、いいんですか」

「自らの戒めのために。そして、今村さんに教わったことを、心の中に留め置くためにです。月に一度は見に来ようと思います」

展開が急でいまいち気持ちの置き所がわからなかったが、とりあえず丸く収まったようなのでよしとすることにした。できることなら、あとは入館料の六百円を津田が負担してくれたらいいな、と、今村は思った。

津田が懐から懐紙を出し、涙を拭き、垂れそうな鼻をかんだ。けれど、その紙が埃《ほこり》っぽかったのかなんなのか、津田は突然、思い切りくしゃみをした。体がでかいせいか、くしゃみもでかい。今村の前髪が、風圧でふわりと揺れるほどのくしゃみだった。

「あ」

今村がガラスケースに目をやったのは、ゆらりと揺れた皿が、ゆっくりと落下するまさにその瞬間だった。ほどなく、ばりん、というか、がしゃん、という音がする。皿はだいぶ微妙なバランスで台座に留《とど》まっていたらしい。津田のくしゃみでほんの少し床が揺れたのだろう。右ではなく、前に転がって床に落ちた。もちろん、完全に割れた。

6

大皿事件から一か月、今村の会社では、大事件が起きていた。課長は朝からずっと、あらゆる罵詈雑言《ばりぞうごん》を用いて、ある人の存在を否定し続けている。

「なあ、おい、何とか言えよ、このクソ役立たずが」

課長の正面で、じっとうなだれているのは、北島だった。別件でまた失敗し、今期二度目のシュレッダー係に任ぜられた今村は、シュレッダー前で直立したまま、横から北島の姿を見ていなければならなかった。

先月、でかい契約を取ったと大ハシャギをしていた北島だったが、最後の詰めが甘かった。受注したオフィス用品の数量を一桁間違えて報告していて、どうあがいても納品が間に合わなくなってしまったのだ。

当然、クライアントは烈火の如《ごと》く怒り、社長部長課長が三人並び、菓子折抱えて謝罪に行くこととなった。契約もすべてキャンセルで、下手をすると違約金まで請求されそうな気配だった。

「申し訳ありません」

北島が何度頭を下げても、恫喝の雨は止《や》まない。今すぐこの場で腹を切れ、俺なら首を吊《つ》って詫《わ》びる、など、物騒な言葉もぽんぽん出てきた。最初は、みな北島の自慢話に嫌気がさしていたこともあって、多少はいい気味だ、と思っていただろう。だが、あまりにも辛辣すぎる課長の罵詈雑言に、全員が辟易《へきえき》していた。営業社員は我先にと外出し、内勤の社員たちはむっつりと俯きながら仕事を続けている。

お前もシュレッダー係やるか、と言われて、北島がちらりと今村を見た。目が一瞬合うと、北島はばつが悪そうに視線をそらし、唇を嚙んだ。見る間に目が真っ赤になって、肩が震え出す。人の頭の中を読み取るような超能力があるわけではないが、後輩にこんな姿を見られる情けなさ、悔しさが、痛いほど伝わってきた。

課長も、北島も、周りの社員も、そして今村自身も、見渡す限り、誰一人として幸せそうな人がいない。こんな世界は、もう嫌だ。嫌なのに、何もできない。歯がゆい。

また、課長が両手で机を叩いた。大きい音がして、何人もの社員が肩をびくつかせた。

課長の頭上では、神棚がゆらゆら揺れている。大きな木のお札は、倒れそうで倒れない。

お札、と口の中で呟くと、今村ははっとした。自分が怒鳴られているときに、課長の頭に落ちてこないかと思ったお札は、今、正面左手にある。右に十センチほど動かせば、ちょうど棚から落ちる。その真下には、課長の頭がある。

北島がミスをして、会社に迷惑をかけたのは確かだ。けれど、それをいいことに課長は言いたいことを言い過ぎる。何時間も立たせて怒鳴り続けるのは、もはや指導でも注意でもない。なんとかハラスメントの類《たぐい》のものじゃないか。

これは能力の悪用ではない。やりすぎる上司への、天からの警告だ。今村は意識を集中し、お札の中に念を送り込んだ。少し遠いが、何とか動かせそうだった。

右に十センチ、と強く念じると、木のお札がすっとスライドし、ほんの一瞬だけ空中で静止した。イメージとしては、お札がくるんと転がり落ちて、課長の頭でぱかん、と音を立てる感じだったが、そうはならなかった。お札は、少し傾いた姿勢を保ったまま、垂直に落下したのだ。真っ直ぐ落ちたお札の角が頭に刺さる格好になって、課長が頭を抱えて悲鳴を上げる。すこん、という澄んだいい音がした。

痛みを堪えてなおも北島を罵倒しようとした課長だが、あまりの痛みに、小さく痛《いて》え、と声を漏らした。課長席に一番近いところで、むっつりとしていた事務のおばさんが、思わず、ぶっ、と噴き出す。その正面にいた会計のベテラン社員が我慢しきれずに、変な音とともに鼻水を噴いてしまった。怒り続けようとした課長だったが、それを見てつい笑ってしまい、北島もつられて半笑いになっていた。

気がつくと、オフィス内の全員が笑っていた。課長は何か言いたそうにしていたが、事務のおばさんが転がり落ちたお札を拾い、課長に向かって、神様がその辺にしとけって言ってるんですかね、とやんわり釘《くぎ》を刺した。

——世界が、変わった。

あまりいい動機ではなかったが、結果オーライと思うことにした。シュレッダーの前に直立しながら、今村はようやく決まったシュートに少しだけ震えていた。小さく拳を作って、よっしゃ、と心の中で声を上げた。

結局、怒りのテンションを保てなくなった課長は、捨て台詞を残してさっさと昼食に出てしまった。ぽつんと残された北島の元に近寄り、何を言おうか少しだけ考えた。下手に慰めるのも違う気がしたし、笑い飛ばせるような感じもしない。口籠りながらまごついていると、先に北島が口を開いた。

「お前だろ」

「え、あ」

「あのお札、動かしたの」

ええ、まあ、と今村は頷《うなず》いた。

「ちょっとムカついちゃって。課長があんまりしつこいんで」

「悪用すんなよ、超能力をさ」

「気をつけます」

北島は、今にも零《こぼ》れそうな涙をごまかすように拭い、昼飯行こうぜ、と平静を装った。今村が、行きましょうか、と同意すると、北島は「飯でも食ってシャキッとしなおさないとな、お互い」と、失敗者の立場にちゃっかり今村を引き込んだ。この期に及んで面倒臭いな、とは思いながらも、まあいいかと聞き流すことにした。

「三葉行きましょうよ。スタ定が食いたくて」

「あー、まあ、いいけど」

「よかったら、奢《おご》りますよ」

「奢り？　なんでだよ」

「僕、半年間だけ三葉で飯食い放題なんですよ」

「は、なんで？」

「いや、ちょっとお金持ちの人を助けたら、お礼にって」

津田の顔が頭に浮かんで、少し胃が引きつる。頭に浮かんだだけでも恐ろしい顔だ。

津田の大皿の件は、なかなかの大事になった。美術館は、皿の落下原因を固定用のテグスの張り方が悪かったと結論づけ、作者の目の前で作品が破損するという大失態に平謝りのし通しだった。オーナーも大激怒して、館長の更迭という話まで飛び出したが、そこは津田自身がなだめ、ことなきを得た。大皿は津田が引き取り、修復することになったのだという。

粉々に割れてしまった皿を直せるものなのか、と思ったが、陶芸の世界には「金継《きんつ》ぎ」という技法があるそうだ。破損した陶器を漆で接着し、金粉で装飾して直してしまうという技だ。割れた皿は津田自らが金継ぎによる修復を行い、美術館に返却したようだ。先日、会社に突然津田から今村宛に封書が届き、驚いた。中には金継ぎを施した大皿の写真とお礼状のようなものが入っていたが、手紙の方は達筆すぎて、半分ほどしか読めなかった。

修復された大皿は、継ぎ目が美しい装飾になって、前よりもモダンな感じになっていた。津田は継いだ皿の出来栄えに満足していたようで、オーナーも、文字通り「箔《はく》がついた」と喜んでいるらしい。昔の人はすごかったのだな、と感心する。役立たずを芸術品にしてしまうのだから。

津田は、今村に「何かお礼をしたい」と言ってきたのだが、さすがに受け取る気にはなれなかった。自分の力が何かを解決したわけではない。運命をうまく転がしてくれたのは、どこかで見ている神様だろう。

だが、どうしてもと食い下がる津田に、三葉で昼飯を奢ってくれればいい、と返答した。一度、という意味だったのだが、津田はオバちゃんと話をつけて、半年間食べ放題にしてくれた。いくら払ったのかは知らないが、オバちゃんがほくほくしながらいつでも食べに来い、と言うので、結構な金額が懐に入ったのかもしれない。いいのかな、とは思うものの、貧乏サラリーマンにはありがたい。

「奢りってんなら、まあ行ってもいいかな」

じゃあ行きましょう、と、今村が笑うと、北島は小さな声で、ありがとな、と呟いた。

午前中、立ちっぱなしで腹が減った。午後にはシュレッダー係から通常業務に戻してもらえるよう、課長に直談判《じかだんぱん》をするつもりだ。役立たずのままではいられない。まずは腹を満たし、戦いはそこからだ。

甘辛いスタミナ炒めと、オバちゃんの辛味ダレの味が頭に浮かんで、一気に腹が鳴った。腹減りましたね、と、今村は北島の背中を押した。

パラライザー金田 2

金縛り（パラライズ）

一般的に、金縛り、という語は、睡眠障害の一種である「睡眠麻痺」を指すことが多い。だが、超能力研究の世界では、相手の身体、または身体の一部を麻痺させ、行動不能に追い込む能力のことを指す。

〈中略〉

真言密教においては、仏教の守護者として名高い不動明王が、羂索（けんさく）と呼ばれる縄を用いて罪人を縛り上げたと伝えられている。密教呪術を極めたものは、この不動明王の力を借り、印や呪の力で相手の自由を奪ったという。密教ではこれを「金縛法（きんばくほう）」と呼んでいる。

〈中略〉

人間の体は、大脳からの電気刺激が神経系を通り、各所の随意筋を動かすことによって、動かすことができるようになっている。これらの電気刺激は、人間が体を動かそうとする意思の力によって生み出されるものであることは、すでに前項にて述べた。〈中略〉強い念の力によって、自らの体内だけでなく、他者の体内の電気刺激にも影響を与えることができる点が、パラライズ能力者の常人ならざるところだ。〈中略〉念を送り込まれた人間は自身の大脳から送られてくる電気刺激とは異なる刺激を受けることによって、一時的な神経系のパニックを引き起こし、麻痺状態に陥るのである。

〈中略〉

なお、パラライズによる筋肉の硬直は随意筋のみに影響し、心筋、内臓筋などの不随意筋や、自律神経系には影響しないとみられる。そのため、パラライズを用いて相手の心臓や呼吸を止め、死に至らしめることはできないと考えられている。

全日本サイキック研究所刊

『～あなたにもある力～超能力入門』

第十二章「金縛り《パラライズ》」より抜粋

1

朝起きて、金田正義《かねだまさよし》がまず初めにすることは決まっている。窓から差し込む朝の光の中、枕元に置かれた粘着ローラーを、まだ温《ぬく》もりの残る枕とシーツに這わせることだ。腕を伸ばし、手前に引く、という動きを二往復もすると、手がわなわなと震え出す。

「今日はヤバい」

金田の口から、深いため息が漏れた。ローラーをコロコロ転がすたびに、頼りなくやせ細った髪の毛が、何本も絡みついてくる。いつもより多い気がするが、数えるのは恐ろしい。

布団を畳むのもそこそこに、洗面所に急ぐ。歯ブラシよりも、ヘアブラシが先だ。二、三度ブラッシングしては、新たな抜け毛が絡んでいないか観察する。一本でも抜け毛を見ると、胃がめくれるような気分になるが、どうしても確認せずにはいられない。

鏡に映った自分の姿を見る。筋肉の凹凸がないのっぺりとした体形に、イケメンでもブサイクでもない顔がのっかっている。イケているかいないかで言えば、ぎりぎりイケていない。顔は客観的に見て、それほど悪くはないと思うのだが、いかんせん体が小さく華奢《きゃしゃ》で、男らしくないのだ。

素材が今一つの金田が「イケている側」に行くには、オシャレが欠かせない。服、アクセサリーといった留意点は多々あるが、最大の要素はヘアスタイルだ。髪型さえ決まっていれば、服装が多少ぶっ飛んでいても、個性的と評価される。つまり、髪型こそがファッションの最重要ポイントなのである。

――というのが、金田の勝手な持論だ。だが、だからこそ、朝の洗面台の前では心が折れそうになる。毛がスカスカになって、頭皮がスケスケになるのを想像すると、眩暈がした。まだ、二十七歳なのに。奥さんはおろか、彼女もいないのに。

ハゲる。人生が終わる。

薄毛でもさわやかに生きている方々には甚だ失礼だが、金田はどうしてもそう思ってしまう。ハゲた自分を受け入れることができないのだ。

何をしても、どうせ「でもあいつハゲてんじゃん」で終わる。

どんなにカッコよくキメても、髪が薄いというだけでキマらない。

つまり、カッコ悪い。

正義の味方が、カッコ悪くてどうする。

鏡の中で動く自分を見ながら、乱れた髪をどうしようか思い悩む。整髪料を使わなければ、髪型が決まらない。だが、整髪料は頭皮への刺激、毛根への負担が心配だ。つけるべきか、避けるべきか。悩むほどにストレスが溜まり、ストレスが薄毛を進行させるかもしれないと思うと、また悩ましい。悩みたくないのに、悩むしかない。ここ数年は、毎朝こうだ。

2

いつもと同じ時間に駅に着くと、すぐに電車がやってきた。ドアが開くと、後ろから一気に圧力が掛かって、車内に押し込まれる。右に左にと流された挙句、あっという間に身動きが取れなくなった。ひどい区間では、乗車率が二百パーセント近くになる混雑路線だ。すし詰めとはよく言うが、すしだってこんなに詰め込まれたらきっとつぶれる。駅員が必死の形相で人を押し込み、ようやくドアが閉まった。気がつくと、目の前には艶やかな黒髪があった。どうやらもみくちゃになった結果、女子高生の背後についてしまったようだった。

顎の高さほどにある彼女の頭頂部は、黒々とした毛が、きれいにつむじを巻いていた。

金田が、うらやましい、と、ぼんやり眺めていると、彼女がちらちらと振り返るような仕草を見せた。熱い視線に感づかれたのかと、金田はごまかすように吊革を摑《つか》んだ。だが、様子がおかしい、と気づくのに、さほど時間はかからなかった。女子高生の体が、不規則に揺れ動いている。身をよじっているようだ。

「やめてください」

声にならないくらい、かすかな声が聞こえた。その声に気がついた人間は、周囲にあまりいなかったかもしれない。金田にも、はっきり聞こえたわけではなかった。声の出所を探すと、後ろを振り返った女子高生と目が合った。眉下で切りそろえた前髪から覗《のぞ》く目は、怒っているようにも、怯《おび》えているようにも見えた。

まさかと思いながら、ゆっくりと視線を落とす。自分のすぐ前にある彼女の制服のスカートが少しめくれ上がっていて、人の手首が中に潜り込んでいた。

痴漢じゃないか、と思った瞬間、腸《はらわた》が煮えくり返った。己の性欲を満たさんと、幼《いたい》気《け》な女子の尻を触るなどとは不届き千万だ。犯人はすぐにわかった。金田の隣に立っている男だ。

おい貴様、と、正義の怒りを爆発させようと顔を上げると、痴漢男がぎろりと睨《にら》みつけてきた。小柄な金田と比べると、頭二つ分背が高い男である。体は筋肉の盛り上がりが丸わかりなほど屈強で、腕力で勝てる相手には到底思えなかった。男は、悪びれもせず金田に顔を近づけ、文句あるのか、と言わんばかりに威圧する。この痴漢野郎！　その汚い手を離せ！　そう言い放った後、自分に降りかかってくる運命を想像すると、金田は喉が詰まって声が出せなくなった。

「超能力《アレ》」を、使うしかないか。

ぐっと、体に力を込める。全身の毛が逆立つような感覚があって、力が徐々に指先へ収束していく。だが、ピリピリとした緊張が頭部に達したところで、金田は集中力が続かなくなった。せっかく集まっていた力が、ふわりと解けてなくなっていく。

だめだ、と、金田は俯いた。脳裏には、鏡に映った今朝の自分が焼きついている。何度集中しようとしても、再び体内の力を集めることはできなかった。

3

金田が自分の中に眠る超能力に気づいたのは、地元の大学に通っていた頃のことだ。

日々生活していると、時折あまりよろしくない行為をする人間を見ることがある。酔っぱらって人に暴力を振るう人間や、盗み、万引き。恐喝や落書き。そんなとき、金田の中で「悪を許すまじ」というシンプルな正義感が爆発する。頭の中では、デンデン、と勇ましい音楽が鳴りだし、体を興奮させる。ちなみに、メロディーは勝手に考えたオリジナルである。

正義の怒りを指先に集中すると、ピリピリとした感覚がある。ピリピリが徐々に大きくなって、親指から小指、十指すべてに行きわたったら、スタンバイ完了だ。金田は、正義の味方「パラライザー金田」となる。テーマソングと同じく、それも自分で勝手につけたネーミングだ。金田は超能力に目覚めて以来、地元で密《ひそ》かに自警活動をしていた。地域密着型の正義の味方、というわけである。

「おい、やめろ！　この外道！」

その日は、塾帰りの中学生と思《おぼ》しき少年を恐喝する若い男を発見した。男は、国道沿いの広い駐車場のあるコンビニで、休憩中のトラックの陰、店舗の明かりの届かない暗がりに気が弱そうな少年を引っ張り込み、金を巻き上げようとしていた。やり方が手慣れている。常習だろう。

一発腹を殴られた少年は、完全に戦意喪失していた。放っておけば、彼は財布を取り上げられ、なけなしのお小遣いを奪われてしまうだろう。そして、とぼとぼと家路につき、うなだれながら帰宅する。いつもより遅い帰りに心配している母親に向かって、彼はこう言う。大丈夫、なんでもないよ。

そんなの許せるか？

金田の頭の中で怒りのボルテージがどんどん上がっていく。たとえ、金田が一一〇番通報をしたとしても、パトカーが到着するまでの時間は約七分。その間に男は少年から金を奪い、原付バイクでさっくりと逃走してしまう。彼のお小遣いは戻ってこない可能性の方が高い。

じゃあ、目の前のこの悪を裁くのは誰だ？

俺だ！

「誰だ、てめえ」

「俺か」

正義の味方だ！

男に向けて、真っ直ぐに人差し指を突き出す。思わず武者震いするほどカッコよく決まった。金田がちらりと少年を見ると、まだ怯えているように見えた。

恐喝男は、突然現れた金田に驚いた様子だったが、金田が自分よりも小柄だとわかると、歪《ゆが》んだ笑みを浮かべ、よたよたと近づいてきた。殴り倒せば何の問題もないと考えたのだろう。

息を整え、へその下、丹田《たんでん》と呼ばれるあたりにじっと力を込める。男が、金田の間合いに入る。

「あ！　お巡りさん！」

金田がいきなり大声を出すと、男はつられて目をそらした。その一瞬を逃さず、両手を前に出して男の腕を摑み、溜めに溜めた力を一気に解放する。指先に集まっていた見えない力が、男の中に流れ込んでいくようなイメージだ。男は、急に棒のようになって倒れ、地べたにごろりと転がった。

——金縛り《パラライズ》。

生来、小柄で痩せ型の金田は、ケンカなどからっきしだ。「力なき正義は無力である」とは昔の偉い人の言葉だが、金田は「力なき正義」そのものだった。悪を許せないという心はあるのに、金田の力では返り討ちにあうだけで何もできない。何者にも負けない強さを求めて筋トレなどに精を出してみたこともあったが、生まれつき小さな体は成長期を過ぎてもさほど大きくならず、筋力もろくにつかなかった。

力が欲しい。

そんなことを日々考えているうちに、いつの間にか、自分の中に不思議な力が宿っていることに気がついた。本人でさえ理屈はわからないが、強く念じることで、手で触れた人間を麻痺《まひ》させることができるようになったのだ。極度の集中力が必要なせいか、能力を使えるのはだいたい一日に一度。金縛りの状態にしておける時間もせいぜい数分程度だが、その辺の悪党退治にはそこそこ十分な能力だった。

金田は慣れた動きでカバンから粘着テープを取り出し、倒した男の手足をグルグルに縛り上げた。完全に男を無力化すると、携帯で警察に連絡をする。あっけに取られている少年に、警察が来たら事情を説明して、と伝え、颯爽《さっそう》と現場を後にする。

悪をくじき、弱きを助ける。トラブルを解決すると、金田の心は晴れやかになった。地域密着型正義の味方・パラライザー金田は、地元の大学に通う四年間で、数十件の犯罪を人知れず叩きつぶしてきた。だが、この無敵の能力にも一つだけ欠点があった。能力は、術者の体に対して非情なる負担を強いるのだ。

パラライズの使用は、加速度的に薄毛を進行させるのである。

4

通勤電車の中、痴漢男に対する正義の怒りと己の力のなさとの間で葛藤を続けていると、いつの間にか電車が駅に到着していた。ドアが開き、人がどっと降りていく。金田も、人の波に押されて電車の外に押し出された。

「この人、痴漢です！」

朝の雑踏の中、か細いながらもよく通る、女子高生の声が響いた。数名の人が足を止め、彼女の指の先にあるものを見る。

「え、俺？」

彼女の指は、真っ直ぐに金田の額を指し示していた。ありえないほど多くの視線が自分の身に降り注ぐ。動揺のあまり、金田は身動きが取れなくなった。喉が引きつって、違う、という声が上手く出ない。まるで、金縛りを掛けられたかのようだ。

真っ先に金田を後ろから押さえ込んだのは、真犯人の男だった。続いて、近くにいた体格のいい若者とサラリーマンが金田の両脇に立った。三人がかりで押さえ込まれては、身じろぎ一つできない。真犯人の男は、金田の後ろから「駅員を呼べ」と煽《あお》り立てた。違う、と叫ぼうにも、男の太い腕が首に巻きついていて、声が出せない。

もはやどうすることもできなかった。駅員がわらわらと集まって来るし、野次馬にも包囲されていた。傍らでは女子高生が号泣しているし、逃げることも、弁解することもできない。俺じゃないです、と駅員に訴えても、警察に話をしてください、と無慈悲に突き放された。

そこから、事態は恐ろしい勢いで悪化の一途を辿っていった。ホームの混乱を避けるために駅事務所に連れていかれると、すぐに鉄道警察がやってきた。今日は朝一でクライアントとの重要な会議があるというのに、これから近くの交番に連行され、取り調べが始まるという。やってきた警官は、穏やかな口調ではあるが、痴漢がいかに卑劣な行為なのか、ということをくどくど説教する。

「あの」

「なに?」

「俺じゃないです」

話の途中に割り込むと、警官の目つきが、一瞬で変わった。あまりの変わりように、背筋が凍る。

「否認する、ということ?」

「俺はやってないです。俺がやるわけがない。ちゃんと、調べてください」

警官は座らされた金田を覗き込むように見下ろし、顔を歪めた。

「言い逃れできるほど警察は甘くねえぞ」

「違うんです。俺の隣のやつが触ってたんです。俺、見たんです」

隣のやつ？　と、警官は鼻で笑い、金田の肩に手を置いた。

「真犯人が別にいる、って言いたいの？」

「そう、そうなんです」

「彼女が痴漢されているところも見た？」

「み、見ました。確かに」

「じゃあ、なんで誰にも知らせなかったんだ？　その場で」

警官の一言に、言い返そうとした口が虚しくぱくぱくと動いた。それは、の後が続かない。


パラライズが使えたら、何とかしてたんです。

でも、昨日、仕事で遅くて、頭皮がヤバくて。

迷っている間に、駅に着いちゃって。


頭の中に渦巻く言葉は、何一つ音に変えることができなかった。

交番に連れていかれる前に、なんとか会社への連絡は認められた。嘘偽りなく正直に事情を話したものの、上司からは二度と顔を見せるな、と通話をガチャ切りされた。

駅員が行き交う事務所の片隅で連行されるのを待つ自分は、ひどく情けなかった。駅員たちが、横目で金田を見る。少し離れたところにいる女性駅員が、「やりそうな顔してるね」と言ったのが聞こえた。同僚らしき女が、聞こえるよ、と制するが、遅い。言葉は、深々と金田の胸に刺さっていた。

そんなバカな。

俺は、誰よりも正義を愛し、悪を憎むのに。

第一、やりそうな顔ってなんだ。顔はいたって普通だろうが。

いろいろな葛藤があった結果、金田は「全部、毛のせいだ」という結論に達した。きっと、薄毛でモテないものだから痴漢なんかするんだ、と決めつけられたに違いない。もし、金田の毛がフサフサだったら。そして、ファッショナブルに整えられていたら。「あんな人が痴漢なんかするのかな?」と思ってもらえたかもしれない。やっていない、という金田の叫びにも、聞く耳を持ってくれる人が一人くらいいたかもしれない。

込み上げてくる絶望の中、頭を抱えて顔を伏せていると、白い床に向かって、はらりと抜け毛が落ちていった。取り調べを受けて一晩明けたとき、枕にはどれほどの毛が落ちていることだろう。

5

金田の痴漢疑惑は、なんともあっけない結末を迎えた。連行される直前、金田と同じ電車に乗っていた女性が、金田の両手は吊革とカバンで確実にふさがっており、間違いなく潔白である、と証言してくれたのだ。女性は、急いでいたために一度は無視したが、冤罪《えんざい》で引っ張られていく金田の姿が頭から離れず、わざわざ引き返してきてくれたのだという。

ちょうど、駅構内でボヤ騒ぎが起こったこともあり、金田は「帰っていいよ」の一言で、乱暴に釈放された。釈放されたはいいが、すでに会議は始まってしまっている。もはやタクシーを飛ばしても間に合う時間ではない。遅れていくこともできず、誰かに引き継ぐこともできず、完全にお手上げだ。

出勤して「痴漢冤罪で遅れた」と報告したら、どうなるだろう。対応に追われた部内の全員から白い目で見られる中、まず上司から、気を抜いたお前が悪い、と言われる。それを、「毛の抜けたお前が悪い」と聞き間違えて、意気消沈する。後ろからは、あいつ冤罪じゃないんじゃない？　というひそひそ声が聞こえてくる。自席に戻ると、後輩の伊藤《いとう》が、「どうすか、カワイイ子の尻触れましたか」などと、完全にラインを踏み越した冗談を飛ばしてくる。金田が睨みつけると、冗談っすよ、とはぐらかしながら、ニヤニヤ笑う。

単なる妄想だが、あまりのリアルさに、金田は出社する気力を完全に失った。妄想とはいえ、ほぼ現実に起こりうることだ。

自分の人生は、いつから変わってしまったのだろう。金田はベンチに座り、天を仰いだ。入社当初は上司に気に入られて、期待の新人と持ち上げられたものだ。あの頃は自分に自信もあったし、彼女もいた。仕事もバリバリこなしていた。

空気が大きく変わったのは、入社三年目だ。

社内会議の席で、新製品のプレゼンについての意見を出し合っていたときのことだった。先輩社員が作成した資料を見て、金田は首を傾《かし》げた。製品についてのデメリットが書かれていないのだ。明らかに無視できないデメリットがあったのに、だ。金田は、しっかりとデメリットも併記してクライアントに判断を仰ぐべきだ、と主張した。だが、先輩社員は、クライアント側の確認不足を理由に、デメリットは伏せるべき、と主張した。気づかないのは仕様書を読み込まない客が悪い、と言うのだ。

驚いたことに、上司も含め、会議に参加した人間の大半は先輩社員の意見に同意した。

もし破談になったら、営業部の目標が達成できない。その上、上手くいけば仕様変更のための追加料金を取れる、とも言った。それ、いいじゃん！　という笑い声が聞こえた。提案する商品は、決して安くない。クライアントは限られた予算から金を出し、期待を込めて製品を購入する。だが、デメリットを知らされなかったせいで、実際に導入してから致命的な問題があることに気づいてしまう。後の祭りだ。見落としたのは自分の責任、と担当者は肩を落とす。予算上、別製品と入れ替えることもできず、ため息をつきながら、言われるがまま、また安くない仕様変更の追加契約をする。営業は、表面的には気の毒そうな顔をしながら、バカめ、と笑う。

そんなの、許せるか？

金田の主張は、正しいはずだった。なのに、会議の場は完全に白けていた。嘘をつかないこと、誠意をもって対応することは正義だ。そう信じて食い下がる金田に向かって、先輩社員はあろうことか、こう言い放った。

——うるせえハゲ。黙って座ってろ。

金田は、すとん、と座り、口をつぐんでしまった。パラライズを使うほど毛が薄くなっていくことには薄々気がついていたが、自分では見て見ぬふりをしてきた。それ故に、面と向かって、ハゲ、と言われたショックはあまりにも大きかった。気にすまいと思っても、無理な話だった。たった一言で、自分は頑張っている、という自信が一気に消失したのだ。

以来、何をやっても頭髪のことを笑われている気がして、積極的に発言をすることができなくなった。不思議なもので、自信を失うと変なミスが増える。ミスをとがめられるのが嫌で人の目を避けていると、職場でのコミュニケーションが希薄になる。会話が減ると、部署内の情報に疎くなる。仕事についていけなくなる。

当然、営業成績は下がり、成績が下がると上司からの風当たりが強くなる。落ちれば落ちるほど人に侮られ、入社当時は素直だった後輩の伊藤が、完全に舐《な》め切った態度を取るようになった。会社での状況は私生活にも影響し、交際していた彼女から、「あなたといてもつまらない」と、別れ話を切り出された。

気がつけば、金田はすっかり「できないヤツ」という扱いを受けるようになっていた。一度レッテルを貼られてしまうと、払拭するのは至難の業だ。本当に自分はダメなやつなのかもしれないと思うと、自信が持てず、思うように動けない。それがまた周囲をイラつかせる。金田は底の見えない負のスパイラルに陥っていた。

今思えば、ハードワークと睡眠不足で疲れ切った状態でのパラライズ乱発は、身体、特に頭髪に強烈な負担になっていたようだ。能力を使った翌朝は、それはもう背筋が凍るほどの量の毛が抜ける。だが、使用を控えようにも、都会は田舎と比べ物にならないほどトラブルが多かった。悪い人間に遭遇すれば、見て見ぬふりなどできない。結果、パラライズを使う日々が続いてしまった。

一度副作用のことが気になり出すと、もうだめだった。毛が抜けるのが怖くて、超能力を使うために必要な集中ができなくなる。「うるせえハゲ」という声と、鏡に映った自分の姿が頭をよぎって、気持ちが萎えてしまうのだ。

それは、能力を失ったも同然だった。

痴漢に間違えられたことで、金田は「正義の味方」という、最後の自尊心さえも失った。目まぐるしく人が動き続ける駅で呆然《ぼうぜん》としていると、目の前を快速列車が轟音《ごうおん》を上げて通過していく。変な考えを起こしそうになって、金田は思わず自分の肩を抱いた。これはいかん、と首を振る。

「もしもし」

衝動的に、電話を掛けていた。スマートフォンの薄いガラス板の裏に仕込まれたスピーカーから、懐かしい声が聞こえる。田舎のじいちゃんだ。もう九十近いのだが、すこぶる元気そうだ。

「誰だ、マサヨシか?」

「じいちゃん、俺、もうだめかもしらん」

「なんだ、大げさな。だめならまあ、帰ってきたらいいじゃろうが」

優しい言葉をかけられると、いてもたってもいられなくなった。幸い、今日は金曜日だ。一日休めば、身の振り方を考える時間ができる。今は時間が必要だった。

6

金田の実家は、都心から新幹線とローカル線を乗り継いで三時間ほどの田舎町にある。最寄り駅に着いて一つしかない改札から外に出ると、こぢんまりとした駅前ロータリーが広がっている。タクシー乗り場には、タクシーがたった一台。ロータリーの向こうには、シケたパチンコ屋と「三葉食堂」という古臭い食堂が並んでいる。ちょうど、サラリーマンが二人、連れだって食堂から出てくるところだ。満足そうに腹をなで、一人はつまようじを咥《くわ》えている。

学生時代、三葉食堂には毎日のように通った。スタミナ肉炒め定食、通称「スタ定」と呼ばれる豚もやし炒めが一番人気で、学校帰りに「スタ定ごはん大盛り」を平らげ、帰宅してからさらに夜飯を食う、というのが習慣だった。あれだけ飯を食ったにもかかわらず、なぜほとんど背が伸びなかったのか、まったくもって意味不明だ。

懐かしい味を思い浮かべると、腹が鳴る。食べていこうかとも思ったが、はたと足が止まった。油ものは頭皮によくないと聞く。甘辛く、濃い味つけのスタ定などもってのほかだ。

泣く泣くスタ定を諦めて、ロータリーの一角にあるバス停に向かう。最寄り駅と言っても、実家まではさらにバスで三十分ほどかかる。バスに揺られ、「美術館前」という停留所で降りて十五分ほど歩くと、ようやく実家に辿り着く。

玄関先で金田の帰りを待っていたのか、軋《きし》む門扉《もんぴ》を開けると、いそいそとじいちゃんがやってきて出迎えてくれた。小柄な金田よりもさらに小柄で、白のランニングシャツに白のステテコ、というジジイ極まりない装いをしている。頭は悲しいほど禿げ上がっていて、いずれ自分もこうなるのだと改めて思い知らされる。

「顔色がよくない。ちゃんと飯を食うとるか」

「まあ、それなりに。でも、忙しいからさ」

じいちゃんは、飯を食わずに仕事ができるか、とぶつくさ言いながら、玄関に金田を招き入れた。久しぶりの実家は、懐かしいにおいがする。長年染みついた生活臭と、十五年前に亡くなったばあちゃんの仏壇に立てられた線香の匂いが混ざりあったものだ。

無駄にでかい居間のテーブル横に座ると、薄い色の茶が出てきた。じいちゃんがよたよたと急須を片手に自分も座り、うどんでも食うような音を立てつつ、茶を飲んだ。

「ほれ、話してみぃ」

じいちゃんが笑みを浮かべながら、少し遠くなった耳を金田に向けた。さあしゃべれ、と言われても、帰ってきたばかりで心の準備は何もできていない。

「あの、親父《おやじ》は？」

「今日は帰ってこん。誘拐事件があったっちゅうてな。署に缶詰めだわ」

「そんなに大変な事件なの？」

「まあ、広域捜査になるからの。やれ管轄が、とか大変みたいだわ」

金田家は父が地元の警察署の副署長で、母が元婦人警官。じいちゃんも元刑事で、兄は交通機動隊の白バイ隊員という、筋金入りの警察一家だ。金田も、幼い頃から徹底的に「悪を許すまじ」という教育を受けて育ってきた。なにしろ、名前も「正義」とつけられたのだ。幼い頃から叩きこまれた正義の心は、体の奥底にしっかりと根を張っている。

金田自身も、大学卒業後は警察官になろうと思っていた。だが、大人になるにつれ、警察の限界も見えてきた。正義の味方であるはずの警察官だが、どうしても制約がつきまとうのだ。

警察官は組織で動かなければいけないし、個人の感情で行動することは許されない。

重大犯罪の解決のために、泣く泣く捜査を諦めなければならない軽犯罪もある。悪事を働いているのは明確なのに、法のスキマを突かれて、手の出しようがないこともある。

警察官として、正義の心を持つ故の苦悩があることを、金田は家族を通していつも目の当たりにしてきた。現実は、勧善懲悪や正義の味方を無条件では受け入れてくれないのだ。

だとしたら、組織や法にとらわれない正義の味方になろう、と金田は考えた。法に縛られない正義の味方。それこそが「パラライザー金田」である。金田は家族とは違う正義の道を進むべく、一般企業に就職し、より犯罪の多い都会に引っ越すことを決めた。仕事をする傍ら、正義の味方をボランティアでやるつもりだったのだ。家を出る日、見送る家族に向かって、「会社員になろうとも、正義の心は変わらない」と宣言したのは、決して遠い昔の記憶ではない。

それだけに、自分が犯罪者扱いされてしまった情けなさを、じいちゃんにどう伝えればいいのかわからなかった。

「おなごにでもフラれたんか」

「それもある」

「仕事がうまくいかんのか」

「まあ、それもある」

「なんじゃ、はっきりせんのう」

何がこんなにも自分を絶望させるのだろう。今日の出来事を、朝からゆっくりと思い返した。電車の中の光景がフラッシュバックする。女子高生の蔑むような目、真犯人の嘲りに満ちた目。

「怖かったんだ」

言った瞬間、両目から驚くほどの量の涙が零れ落ちた。畳にあたると、ぼたっ、と音が出るほどの大粒の涙だ。自分が泣いているのだとわかると、今度は肩が震えた。胸のあたりが痙攣《けいれん》して、上手く声が出ない。

「怖かった？」

「悪いやつがいたのに、怖くて、何もできなかった」

「そらお前、誰だって悪いやつは怖かろうよ」

違う、そんなことない、と金田は首を振った。

「俺に、そいつをねじ伏せる力があったら、止めることができたんだ。でも、俺はビビって、迷って、結果的には見て見ぬふりをした。挙句の果てに、犯罪者にされるところだった」

「力、のう」

「俺は、超カッコ悪くて、ダサかったんだ」

こんなはずじゃなかった、と、金田は下を向いて激しく肩を震わせた。突然、抽象的な話をしながら泣きだした孫を見て困惑したのだろう。じいちゃんは、ううむ、と大げさに唸《うな》り、残りの茶をすすって、突然立ち上がった。

「よし、マサヨシ、立て。行くぞ」

7

実家から少し歩いたところに、警察の武道場がある。非番や待機中の警官が柔道や剣道の鍛錬を行う場所だが、休日には地元のチビッ子にさまざまな武道を教えている。小さい頃、金田も何度か遊びに来たことがあったが、気が弱くて泣き出してしまい、武道を習いに通ったことはない。

誘拐事件とやらがあったせいか、今日は道場で鍛錬する警官はいなかった。じいちゃんは自分の家のようにずかずかと道場に入ると、着替えろ、と道着を投げてよこした。え、と戸惑っている間に、じいちゃんはもう服を脱ぎ始めている。

道すがら、じいちゃんにはすべて話した。じいちゃんは、頷いたり、そうか、と相槌《あいづち》を打ったりしたが、基本的には何も言わずに聞いているだけだった。道場に連れて来たのはじいちゃんなりの意図があるのだろうが、いきなり道着を着せられるとは思っていなかった。

　じいちゃんは、手慣れた様子で道着を着込み、黒い袴《はかま》をはいた。老人とは思えない軽やかな動きで細かくジャンプをし、一礼してから畳に上がる。じいちゃんは合気道の有段者だ。刑事引退後は、警察学校で女性警官の卵を相手に、特別講師を務めていたという話を聞いたことがある。とはいえ、それも二十年以上前の話だ。

「よし、じゃあ、ひとつ打ち込んでこい、マサヨシ」

「え、そんなこと言われても」

　打ち込んでこいと言われても、じいちゃんももうそろそろ棺桶《かんおけ》に片足を突っ込みそうな年齢だ。いかに金田の腕っぷしがからっきしといえども、まかり間違って一発殴ってしまったら、大変なことになるかもしれない。

　金田の戸惑いを知ってか知らずか、じいちゃんは「遠慮はいらん」などと言いながらチョコマカ動いている。じゃあ、と、よたよた近づき、じいちゃんの頭に軽く触れるくらいの気持ちで腕を前に出した。手が届くか届かないか、という距離に近づいた瞬間、どこをどうされたかわからないまま、体がぐるんと一回転して、畳に叩きつけられていた。背中を強《したた》か打ちつけて、息が詰まる。

「ちゃんと受け身を取らんと、怪我《けが》するじゃろうが」

　そんなこと言われても、と、腰をさすりながら立ち上がる。

「本気で来んか、本気で」

さっきよりも勢いをつけて、じいちゃんの腕を摑みに行く。が、摑んだ瞬間に、今度は仰《の》け反《ぞ》るような格好で倒された。立ち上がって、再び摑み掛かる。じいちゃんが闘牛士のようにくるりと回転して金田の勢いをいなす。バランスを崩したところを玩具《おもちゃ》のように振り回され、結局、最後はまた転がされた。

「うそだろ？」

「なんだ、若いのにだらしない」

何度やってもだめだった。じいちゃんに触れようとした瞬間に、体が違う方向を向いてしまう。おっと、と踏ん張ろうとすると、あっという間に投げられて、仰向《あおむ》けになっている。立ち上がり、またすぐに投げられ、を、たっぷり十回以上繰り返すと、頭に血が上り出した。

「せいやあ！」

気合い一閃《いっせん》、投げられるもんなら投げてみろと、一気に距離を詰めて、見よう見まねの突きを繰り出す。だが、拳の先にいるはずのじいちゃんは、いつの間にかすぐ目の前にいて、金田の腕の内側に両手をするりと入れていた。後は同じだ。体勢が崩れる。立て直そうと踏ん張る。体がぐるん、と一回転している。気がつくと、天井を見ている。

「いいか、マサヨシ。力というのは何だ？」

「な、なんだろう」

「もし、それがこういう力だったらな、理屈を知ればいいことだ。こりゃ、テクニックちゅうやつだからの。真面目に練習すれば、誰でも習得できる」

俺には無理だよ、とぼやきながら、金田はよろよろと立ち上がった。

「ただ、力だけではな、悪人は屈服しないもんじゃ。見てみい、ぶん投げているうちに、マサヨシはどんどん苛立《いらだ》って向かってきたろうが。普段なら、か弱いじいちゃんに手を出すような、ヒドい子ではないというのに」

か弱い、というところが引っかかったが、確かに、ムキになって向かっていったというのは、その通りだ。

「他人をねじ伏せるための力が欲しいならな、三年くらいみっちり鍛えてやるぞ。いっぱしになるわい。わしがあと三年も生きてるかは知らんが」

やめろよ縁起でもない、と、金田は首を振った。

「力じゃねえ、のかなあ」

「本当の力、ちゅうのを見せてやる。ほれ、もっぺんかかってこい」

じいちゃんはそう言うと、畳の真ん中で、すっと構えた。やや半身になって一歩左足を前に出し、胸と腹の前に手を構えて五指を開く。少しだけ腰を落とし、息を吐いた。

その瞬間、じいちゃんが鉄の塊のようにどっしりとして見えた。慌てて拳を握って構えるが、まるで踏み込める気がしない。じいちゃんの顔つきは、さっきまでとは全然違う。「さあ、来んか、マサヨシ」

来い、と言われても、どう近づいていいのかわからない。これがよく聞く「スキがない」というやつだろうか。立っているだけなのに、額から汗がにじんでくる。

それまでどっしりと動かなかったじいちゃんが、一歩だけ前に出た。咄嗟《とっさ》に、金田も一歩下がる。正確に言うと、下がろうと一瞬体重を後ろに傾けたかどうか、というタイミングで、じいちゃんがものすごい声を出して吼《ほ》えた。「アッ！」とも「エイッ！」ともつかない、張りのある鋭い声に驚いて固まると、もう目の前にはじいちゃんの顔があった。じいちゃんはそのまま、右手で金田の腕を掴む。驚いたことに、九十近い老人に腕を軽く掴まれているだけなのに、金縛りにあったように動けなくなった。じいちゃんは微笑《ほほえ》みすら浮かべていて、力を入れている様子もない。

——パラライズじゃんか！

じいちゃんにも、自分と同じ能力があったのか、と思ったのも束の間《つかのま》、そのままなすすべもなく膝をつかされ、さらにうつ伏せに転がされて、腕を後ろ手に絞り上げられていた。起き上がるどころか、身動き一つできない。

「なんだ、これ」

金田のパラライズと違って、体の硬直はじいちゃんがへらへらと笑いながら手を離すと、あっさり解けた。

「どうじゃ。腕力なんぞ、さほど使っておらん」

「どうもなにも、勝てる気がしなかった」

「そう思わせるのが大事ということじゃ。力ちゅうのはな、使わんことが一番でな。武道家というもんは、みんな力を使わなくて済むようにと修練を積んどる」

「は？　どういうこと？　武道家なのに？」

「負けないように強くなろうと、技を磨き、体を鍛えているうちに気づくんじゃ。人は老いる。身体的な能力には限界がある。力と技をいくら鍛え上げても、いつかは、若い者に勝てなくなる」

じいちゃんなら死ぬまで負けねえよ、と金田は苦笑いをした。

「だからの、どの武道でもそうじゃが、最後はここを鍛えることに辿り着く。必ずな」

じいちゃんの拳が、どん、と金田の胸を突いた。小さく骨ばった拳なのに、体の芯に、じわりと衝撃が残った。

「心？」

「そう。心で勝って、敵の悪い心を制する。単に殴り倒したところで、悪人は悪人のままじゃろう。悪人が改心して初めて、正義は成る」

警察官にも言えることだの、と、じいちゃんは笑った。

「力もねえのに、心だけでどうにかなるもんかな」

「無論、そう簡単にはいかんさ」

じゃあだめじゃん、と、金田はため息をついた。

「だが、一つ覚えておくがいい。悪いことをするやつというのは総じて心が弱いのだ」

「弱い？」

「誰だって、悪いことをしちゃいかん、ということくらい知っておる。それでも悪事に手を染めるのは、心が弱いからだ。欲望や誘惑に負けた己の弱い心を隠そうとして、嘘をついたり、人を傷つけたりする」

ふと、「うるせえハゲ！」と怒鳴った先輩社員の顔が金田の脳裏に浮かんだ。

「いいかマサヨシ。悪に立ち向かおうとするなら、力よりもまず先に信念を持て。信念を持った人間は強い。カッコいい。たとえ腕力がなくともな」

そう語ったじいちゃんは、道着姿のせいもあってか、なんだかとてつもなくカッコよく見えた。ハゲていても。

「そういやでも、さっきの、あの動けなくなったやつは何なの」

「うん？」

「体が痺《しび》れたみたいに動かなかった」

「そうじゃろう。奥義・不動金縛りというやつだからの」

「金縛り？」

じいちゃんはさらに得意そうにあれこれしゃべったが、「合気を掛ける」だの、「先《せん》の先《せん》」だのと、聞いたことのない言葉がぽんぽん出てきて、半分も理解できなかった。金縛りというと超能力のようにも聞こえるが、体の動きや心理といった、「動けなくなる理屈」がちゃんとある技らしい。

「まあ、金縛りっちゅうのはな、これはもう術理の極みでな」

「き、極み？」

「一朝一夕でできるもんではない」

金田は、そりゃ、そうだな、と頷いた。長い時間を費やして技を磨き上げてきたじいちゃんに、なんの苦労もせずに金縛りの能力を手に入れた、とは口が裂けても言えない。

さあ、もう一丁、と、じいちゃんが笑う。金田が、おう、と摑み掛かると、今度は後ろに回られて、じいちゃんの腕が首に巻きついてきた。本当だったら、そのまま絞め落とされてもおかしくない。なんて鮮やかな、と感動すら覚えた。合気道は護身術に過ぎないからカッコ悪い、と思っていた幼き日の自分に文句を言ってやりたくなった。

「ところで、マサヨシ」

「な、なに」

「久しぶりに見たがの、お前な」

「うん？」

「ずいぶんわしに似てきたな、頭が」

じいちゃんは、笑いながら金田の頭をぽんと叩き、体をごろりと転がした。今度は、立ち上がることができなかった。もう立ち上がれないかもしれない。

8

週が明けると、日常はすんなりと戻ってきた。上司からは相当な叱責を受けたものの、クビにまではならずに済んだ。会社も、一日無断欠勤したくらいでは労働力を手放すことができないらしい。最近は、あまりの忙しさにクソ生意気な後輩の伊藤でさえ軽口も叩けず、みんな仕事に追われている。

復帰した週頭から四日連続の終電帰りとなり、金田は今日もまた、晴れて終電帰りと相成った。目まぐるしさのあまり、いろいろあったこともきれいさっぱり頭から抜け落ちていきそうだ。たくさんの毛とともに。

帰りの最終電車の中は、押し込められた人々の熱気で、かなり蒸していた。金曜の夜であるせいか、いくつかの駅を過ぎると、あっという間に身動きも取れないほどのすし詰め状態になった。朝のラッシュと違って、夜は酒や汗の臭いが辛い。向かい合うように乗ってしまった男の酒臭さに吐き気がこみ上げてきて、慌てて体の向きを変えた。

口から思わず、あ、と声が出た。視線を変えたすぐ先に、見覚えがあるどころではない顔があったのだ。一週間前、女子高生に不届きを働いていた痴漢男だ。男の目の前にいる女性を見ると、必死の表情で肩をすくめている。金田は恐怖と緊張で震える足に力を込めて満員の車内を進み、少しずつ男の横ににじり寄る。案の定、男の右手が女性の尻を執拗《しつよう》に撫《な》でまわしていた。

女性の異変には、周囲も気づいていた。大胆というかなんというか、周囲の目などお構いなしだ。視線をそらしたり、疲れて眠っているように見えた。だが、誰も男をとがめようとしない。視線をそらしたり、疲れて眠っているようなふりをしている。みな、男の風体を見て恐れているのだろう。

胸の中の正義の心が、悪を許すまじ、と憤っている。だが、超能力も使えず、協力者も現れそうにないこの状況で、二回りは体のでかい無法者をねじ伏せることができるだろうか。到底無理であるようにも思える。

外は暗い。車窓には金田自身の姿がしっかりと映っていた。乱れた髪。くたびれた顔。目に力はなく、毛髪にも力がない。腐った玉葱《たまねぎ》のようにしなびている。カッコ悪い。まだ、二十七歳なのに。奥さんはおろか、彼女もいないのに。

そういえば、ほんとに顔がじいちゃんに似てきた。先日見たばかりのしわしわのじいちゃんの姿が隣に重なる。俺はまぎれもなくじいちゃんの孫だな、と笑ってしまうほど、目元口元はそっくりだ。不本意ではあるが、年々頭も似始めている。同じような顔、同じような頭。背が低くて、男らしくない華奢な体格。

なのに、道着を着たじいちゃんはカッコよかった。

車窓には、目を閉じ、唇を噛んで屈辱に耐えている女性の顔も映っていた。今度は、あの女子高生の姿が目に浮かんで、像が重なった。金田に向かって真っ直ぐに指を差し、涙を浮かべながら「痴漢です！」と叫ぶ。さらに隣には、先輩社員が見下したような顔で金田を見ている。ハゲはすっこんでろ、と暴言を吐く。

——信念を持った人間は強い。カッコいい。

脳が見せる幻覚のような記憶の中で、じいちゃんの言葉がずしんと響いた。俺、カッコ悪い。なんでだ？　髪の毛が薄いから？　能力が使えなくなった役立たずだから？　違う。信念を曲げたからだ。

目の前には、恐怖に震えるか弱き女性がいる。電車を降りて、男の手から逃れたとしても、きっと今夜は安らかに眠ることはできないに違いない。もしかしたら、明日から電車に乗れなくなってしまうかもしれない。

そんなの、許せるか？

金田は勇気を出して震える手を伸ばし、男の腕をそっと掴んだ。瞬間、男はびくんと肩を震わせて固まった。

「やめろ」

男の目を見ながら、腕を動かす。金田の倍はありそうな太い腕が、金田の動きに合わせてゆっくりと女性の尻から離れ、本来あるべき体側《たいそく》に戻った。

男は、ちっと舌打ちをすると、金田の声に反応した周囲をぎろりと睨みつけた。潮が引くように、またざっと視線が散る。金田も体が硬直し、恐怖で頭が真っ白になる。

その瞬間だった。男の腕が金田の喉を掴み、体を吊り上げた。満員電車のどこにこれほどのスペースがあったのだろうと思うほど、一斉に人々が距離を取る。金田は電車の扉の辺りまで押し込まれて、身動きが取れなくなった。踵《かかと》が浮いていて、力が入らない。

「てめえ、舐めやがって、コラ」

駅に到着する。車両がゆるやかに減速し、停まろうとする。車内の異変など知る由もなく、扉が呑気《のんき》に開いた。金田は電車内から思い切り突き飛ばされて、ホームの中ほどに転がされた。

これはまずい、と、両手に神経を集中する。パラライズを使うためには、一分ほどの「充電」が必要だ。だが、充電開始一分どころか、十秒も待たずに上から男の足が降ってきて、顔面を蹴りつけられた。タンスの角に足の小指をぶつけるとか、ドアノブを触って静電気が走るとか、そういう日常的な痛みとは別次元の痛みが頬から全身に広がっていく。

誰かが悲鳴を上げるのが聞こえたが、呼応して助けに飛び込んできてくれる人はいなかった。男はありとあらゆる罵詈雑言をわめきたてながら、殴ったり蹴ったり、絶え間なく暴力を振るった。

心が、ぽきん、と音を立てそうになる。鼻の奥に血が溜まって、上手く呼吸ができない。息ができなくなると、体が重くなって、思い通りに動けなくなる。体が動かなくなると、気力が続かなくなる。これ以上、苦しい思いをしたくない、と、頭が白旗を揚げようとする。

ふと頭を上げて周りを見ると、金田を取り囲むようにして様子をうかがう客の姿が見えた。みな一様に、顔が恐怖に引きつっている。金田は、両手で思い切り自分の頬を張った。

正義の味方が、悪に屈するわけにはいかないだろうが。
正義は、心の中に持ってるだけじゃ、意味がねえ。

——正義は、貫くものだ。

殴られて軽く意識が飛んだせいか、考えるより先に体が動いた。尻もちをついた金田に顔を寄せてきた男の鼻に向かって、渾身《こんしん》の頭突きを見舞う。鈍い音がして、男はホームに設置された自販機横のゴミ箱に倒れ込んだ。ゴミ箱は男の体重を受け止めきれずに、ものすごい音を立てて跳ね飛ぶ。溢れそうなくらい詰まっていたペットボトルがころころと転がり出た。

男が倒れている間に、ようやく金田は立ち上がった。鼻に指をあてて、ふん、と息を吐きだすと、粘っこい血の塊が飛んで行った。まだ、頭がぐらぐらしている。だが、男も同じように鼻血を出している。これでイーブンだ。

男は怒りの声を上げながら立ち上がり、再び金田に照準を定めた。右手には、光るものを持っている。金属の鈍色《にびいろ》、小型のナイフだ。怒号と悲鳴が交錯する中、駅員が数名駆けつけてきた。だが、男の手にナイフがあるのを見て、立ちすくむ。サスマタ持ってこい！　という声が聞こえる。駅員たちが、声をからして、離れてください、とアナウンスを繰り返した。

一人の駅員が、金田の隣に来て「危ないです！」と声を荒らげた。だが、声とは裏腹に、足が小刻みに震えている。駅員と言っても、どこにでもいる小太りのおじさんだ。にもかかわらず、彼は客を守ろうと、身を挺《てい》する覚悟で男と対峙《たいじ》しようとしている。客の安全を守る駅員としての信念がそこにはある。

腹の中が、ふつふつと煮える。デンデデン、と勇壮な音楽が聞こえてくる。ここ最近、頭の中で鳴ることのなかった「パラライザー金田」のテーマだ。手がわなわなと震える。胸の中で炎が躍る。

「おい！　この外道！」

金田が腹から声を出すと、一瞬、周りから音がなくなった。

「なんだと、この野郎」

停車した駅は、小さな駅だ。鉄道警察隊は常駐していない。警察のレスポンスタイムは平均で約七分。その前にナイフを持った男が暴れたら、負傷者が出てもおかしくない。じゃあ、誰があの男を止める？

俺だ。

「卑劣な悪は、俺が許さねえ！」

「なんなんだっつうんだよ、てめえは！」

「俺か？　俺は、正義の味方だ！」

男に向かって、人差し指を突き出す。決まった。死ぬほどカッコよく決まった。おお、これがアドレナリンか、と感じるほど、体中が興奮に震えた。

「刺してやるから、こいやコラァ！」

男が、ナイフを逆手に持った。金田は喉から飛び出しそうな心臓をなだめながら、一歩前に出る。

「黙れっ！」

体中から絞り出すように、思い切り声を発した。少し上ずったが、腹の底から、自分でも驚くほど大きな声が出た。ほんの一瞬だけではあるが、目の前の男が、弱々しく、小さくなったように見えた。

時間がゆっくりと動く。じいちゃんの姿を思い出す。合気道の技を掛けるためには、相手に向かって飛び込んで、「力の内側」に入らなければならない。男が、ナイフを振り上げた。じいちゃんのような、鮮やかな投げを打つ技術はない。とにかくナイフが振り下ろされる前に突っ込んで、相手の手首を掴む。

だが、それさえできれば。

9

「おい、その顔はなんなんだ！」

上司が声を荒らげて、金田の顔を指さす。翌朝起きたときは、自分でも驚いた。目の周りや、口の端が真っ黒になっていたのだ。土日を挟んで週が明けてもアザは引かず、仕方なしにそのまま出勤したのだが、案の定、上司に見とがめられた。

好きでこうなったわけではないが、こんな顔では外回りに出ることもできない。営業なのに外出できないのだから、役立たず以外の何物でもない。上司の怒りももっともではあった。

「申し訳ありません」

「おい、今度は何だ。ケンカか？　いい歳《とし》こいて、何をやっているんだ！」

大きな声を聞くと、心が萎縮する。口の中が渇いて、体が震えて、思ったことを思ったように伝えることができない。今まではそうだった。

「違います」

「じゃあなんなんだ！　言い訳があるなら言ってみろ！」

「先日、痴漢に間違われたことがありましたが」

「ああ、ああ。あったな！　こっちがどれほど迷惑したと思ってんだ！」

「そのときの真犯人が、先週末にも痴漢行為をはたらいておりまして」

「はあ？」

「止めるように制したところ、殴られてこうなりました」

「嘘つけ、そんな偶然があるか！」

憤りを増す上司に向かって、後輩の伊藤が、「その話、マジっすよ」とフォローを入れた。フォローと言うよりは、騒ぎに燃料を投下して面白がっているような感じだ。

「なにがマジだ」

「いや、あの、金田さんと俺、帰る方向一緒なもんで。たまたま、その電車に乗ってたんですよ、俺」

「なんだって？　ほんとか」

「それから、今朝、金田さんを痴漢だと間違えた子の親御さんからも、謝罪したいと連絡がありました。警察から勤務先を聞いたとおっしゃって」

いつもは目も合わせてくれない女性社員が、フォローに加わってくれた。事実だからしょうがない、といった顔つきではあるが。

「で、その痴漢はどうした」

「取り押さえて、警察に突き出しました」

上司が金田から視線を外し、後ろを見る。「マジっす」という、伊藤の声が聞こえた。

「相手の男、ナイフとか出しててヤバかったですよ。ネットでニュースになってましたけど、超アブないやつで」

「そんなやつ、金田じゃどうこうできないだろ」

「いやでも、金田さん、ナイフ持った腕摑みに行って、すごかったですよ。取り押さえたのは、駅員さんとか周りの人とか、寄ってたかってって感じでしたけど」

「そんなアブねえことして、刺されて会社に来られなくなったらどうすんだ？　プライオリティってもんを考えろよバカ野郎。痴漢なんてな、ケーサツに任せときゃいいだろ、ケーサツによ。赤の他人なんかどうでもいいだろうが」

「あの」

金田は、大きく息を吸い込み、腹に力を入れた。

「なんだよ」

「俺は、間違ったことはしていません」

上司は、うぬぬ、と声が出そうなほど唇を嚙んで怒りを抑え込み、治るまで内勤しろ役立たず、と金田を罵った。もう一度、すみません、と深々と頭を下げる。以前は、頭頂部が気になってお辞儀も満足にできなかったが、今日は大丈夫だ。

「金田さん」

自席に戻るなり、伊藤がへらへらと話し掛けてきた。

「見てたのか」

「そうなんすよ。俺、ビビっちゃって近寄れなくて、すみません」

「いや、しょうがねえだろ」

「金田さん、何したんすか、あいつに」

「何？」

「いやなんか、金田さんが腕摑んだ瞬間、あいつ気絶してぶっ倒れたように見えたんですよね。連れていかれる時も妙に強張《こわば》ってましたし」

気づかれていたのか、と、金田は首筋に冷たい汗が噴き出すのを感じた。

男がナイフを振り下ろそうと腕を振り上げた瞬間に間合いを詰め、腕を振り下ろす前に、両手で男の手首を摑む。じいちゃんのように、鮮やかに投げて制圧することはできないが、金田には別の力があった。パラライズだ。

男の「力の内側」に飛び込んだときには、両手の充電は完了していた。手首を摑んだ瞬間に力を解放すると、さしもの巨漢も棒のようになって倒れるしかなかった。あとは、駅員と数名の勇敢な一般客が飛びかかり、男を押さえ込んだというわけだ。飛び込むスピードが少しでも遅れていたら、振り下ろされたナイフでぐさりと刺されていたかもしれない。今思い出してもぞっとする。

「金縛りだよ」

「金縛り？」

「超能力さ」

「マジすか、そんな裏技持ってんすか、金田さん」

「そうだよ。すげえだろ？」

「そっか。おっかないんで、もう金田さんのことイジるのやめますわ、俺」

それは、超能力関係なくやめてくれ、と言いたかったが、「そうして」とだけ答えた。伊藤は相変わらずへらへらとしているが、どこか、本当に反省しているような空気を感じたからだ。

「金田さん」

「なんだよ」

「いや、みんなツッコまないから、俺が代表してツッコもうかと思うんですけど」

「イジらない、って言ったばかりだろ」

「いやでも、これは無理っすわ。どうしたんすかその頭」

まだ電源が入っていない自席のパソコンのディスプレイに映る、自分の顔を見る。パサパサとした毛はさっぱりとなくなって、きれいに丸い坊主頭が映っている。

「刈った」

「そりゃ見りゃわかるんすけど」

「ハゲてきちゃったからさ、最近」

つるん、と言葉が出た。髪の毛は隔世遺伝するというし、じいちゃんがああなのだから、毛が薄いのはしょうがないのかもしれない。遅かれ早かれ抜け落ちる運命だったのだ、と認めてしまうと、意外にあっさり現実を呑み込むことができた。

　毎朝、枕を見て震えるくらいなら、と、金田は自らバリカンで頭を刈り上げた。バリカンは、じいちゃんが送ってくれたものだ。孫のことをよくわかってくれている。

　坊主頭になってしまえば、抜け毛を気にする必要がなくなった。変にカッコつける必要もなくなったし、集中を妨げられることもない。パラライズも一日一回ではあるが使いたい放題である。無敵の力を取り戻したのだと思うと、心に妙な余裕ができた。

「似合わねえかな」

「いや、めっちゃ似合いますよ。頭の形いいっすね」

　伊藤が笑いながら、金田の頭を撫でる。おいやめろ、と一応抗《あらが》ったが、別に嫌な気持ちはしなかった。伊藤の様子を見て、同僚や女子社員がちらほら集まってきた。みな、寄ってたかって金田の頭を撫で、子供のようにはしゃいだ。

「仕事しろ！」

　上司の怒鳴り声が響き、集まった社員たちが蜘蛛《くも》の子を散らすように席に戻っていく。

金田もようやく落ち着いて座り直し、パソコンの電源を入れた。

デンデン、と、自分のテーマソングが頭の中で響く。体はあちこち軋むように痛かったが、頭にのし掛かっていた重さが消えて、軽やかに動く気がした。

首都潜伏型正義の味方「パラライザー金田」は、ここに復活したのである。

3 パイロキネシスはピッツァを焼けるか

発火能力（パイロキネシス）

パイロキネシスとは、ライターやマッチなどの道具を使用することなく、物質を発火させる能力のことである。何もないところに炎を発生させるタイプや、可燃物を燃焼させるタイプなど、複数のタイプが存在する。

〈中略〉

パイロキネシス能力者には、自らの力をコントロールすることができず、意図せずに能力を発現させてしまう者が多い。そのため、自身が住む家の中のものを発火させ、火事を引き起こしてしまうこともある。稀に起こる人体発火現象も、被害者自身がパイロキネシスの能力者である可能性が指摘されている。

〈中略〉

能力者は、パイロキネシス能力を発露する直前に、身体的・精神的に強いストレスを受けていることが多い。〈中略〉二〇一二年、ベトナム・ホーチミン市で起きた、パイロキネシスによるものと考えられる連続火災においては、能力者と思しき十一歳（当時）の少女が、「疲れたときに体温の上昇を感じ、いつの間にか周囲のものが燃えている」と語っている。

〈中略〉

発火の原理については未だ解明されていないが、能力者の脳から発せられる電磁波が影響しているという見方がある。いずれにせよ、ストレスを受けることによって火を生む能力者が多いことから、精神的な抑圧に対する意思の反発によるものであることは、間違いないようだ。

全日本サイキック研究所刊
『～あなたにもある力～超能力入門』
第七章「発火能力《パイロキネシス》」より抜粋

1

「お言葉ですが、私、この目ではっきりと見たんです」

「いや、ですから、詳しい話は、近くの交番で聞きますので」

通勤時間帯の人々が行き交う駅のホームで、井谷田亜希子《いやだあきこ》は制服姿の警官を睨みつけた。まだ亜希子の半分ほどの年齢であろう、若い男だ。先ほどから亜希子が何を言っても、のらりくらりとした態度を取り続けている。警察とはいえ、目上の人間に向かって、その態度はなんだと腹が立った。

「あの、何度も申し上げてますけど、私、あまり時間がないんです。それでも、無実の方が罪に問われないように、証言をしているんです」

「それは、ありがたいと思ってますよ、もちろん」

亜希子が都内に出てきたのは、ずいぶん久しぶりのことだ。八十になる母親の様子見がてら実家に二泊し、今は小田舎にある自宅に帰る途中だ。自宅のある小さな町までは、新幹線とローカル線を乗り継いで三時間ほどかかる。夫には早めに帰ると言ってあるので、駅でご近所に配るお土産を買ったら、そのまま急いで帰らなければならない。

だが、移動中の電車内で、ちょっとした騒ぎが起こった。女子高生に痴漢をはたらいたとして、一人の若者が警察に突き出されたのだ。亜希子は偶然、捕まった男の後ろに立っていた。若いわりに少し頭頂部の薄い男は、右手に重そうなカバンを持ち、左手で吊革を摑んでいた。両手がふさがっているのに、痴漢などしようがない。どう見ても冤罪だった。

早く帰らねばならないこともあって、男のことは捨て置き、一度は次の駅に向かったのだが、痴漢冤罪で男の人生が狂ってしまったらと思うと、亜希子はどうにも胸が苦しくなった。結局、自分がなんとかせねばならないと思い立ち、わざわざ引き返してきて今に至る。

ところが、亜希子が男の無罪を証言しているにもかかわらず、警察は男を近くの交番に連れて行こうとする。すぐに釈放すればすっきりする話だというのに、交番で話を、の一点張りだ。

「私が嘘を申し上げていると、おっしゃるんでしょうか」

「そんなこと、一言も言ってないですよね？」

自分はバカにされている、と思うと、腹の中が煮えくり返って、どうしようもなくなってきた。なぜ息子ほどの歳の若者にバカにされなければならないのだ。みんな、よってたかって亜希子をバカにする。夫はいちいち上から目線だし、息子は、小言がうるさいと言って一人暮らしを始めてしまった。娘も娘で、結婚するときにマンションの頭金を払ってやったのに、なかなか孫を連れて遊びにこない。

私を、バカにするな。

怒りがピークに達すると、顔がカッと熱くなった。全身から熱が顔に集まってきて、飛び出していく感覚がある。まずい、と我に返って、とっさに顔を手で覆った。この感覚があると、いつも大変なことになるからだ。

「火事だ！」

女性の悲鳴が聞こえ、辺りが騒然となった。声が聞こえた方向に目をやると、ホームに設置されたゴミ箱から、ものすごい勢いで炎が噴き上がっていた。炎が躍る、ごう、という音が聞こえるくらいの火勢だ。

「ちょっと、すみません！」

若い警官は、亜希子を放置して火元に駆け寄り、ヒステリックな声を上げてゴミ箱から人を遠ざけようとした。別の者は、無線機に向かって「テロの可能性あり！」などとわめき散らしている。通勤中の人でごった返す駅の中は、半ばパニック状態となった。

取り残された亜希子は、ぎゅっと自分の手を握りながら、慌ただしく推移していく目の前の光景を見ていた。

ごめんなさい。

その火をつけたのは、私です。

2

――発火能力《パイロキネシス》。

難しい横文字。インターネットで調べて、初めて知った言葉だ。パイロキネシスとは、火の気も何もないところでも、念力のようなもので火を起こすことができる力のことを言うらしい。要するに、超能力の一種だ。

亜希子が、自身にその能力が備わっていることに気づいたのは、一年ほど前のことだ。ある日の夕飯時、いそいそと食事の準備をする亜希子を尻目に、夫と息子がリビングでふんぞり返ってテレビを見ていた。体調が思わしくない体に鞭《むち》打って、何度もキッチンとダイニングテーブルの間をうろうろしているのに、男どもは手伝うどころか一顧だにしようとしない。苛立ちが募って、「あなたたちねえ!」と声を荒らげそうになるのを呑み込んだ瞬間、天ぷら油が激しく燃え上がったのだ。

夫や息子の手によって火はなんとか消し止められたものの、換気扇のフードが焼け焦げて、交換をしなければならなくなった。夫には火の不始末を責められたが、ガスコンロの火は、どう見てもしっかりと消えていた。

濡《ぬ》れ衣《ぎぬ》だ、と言いたいところだったが、自分のせいではないとも言い切れなかった。体の中で蠢《うごめ》く感情の波が、見えない炎となって外に放出されるような、なんとも言えない感覚があったからだ。

以来、井谷田家では不審な発火が相次いだ。どうやら、亜希子は感情が高ぶると、自分の意思とは関係なく手近にある可燃物を燃やしてしまう力があるようだった。天ぷら油に始まり、ゴミ箱の紙屑《かみくず》、まとめておいた新聞紙が次々と燃え上がった。

大事に至る前に消し止めてはいるが、このままでは家を焼き尽くすような火災を引き起こしてしまいそうだった。亜希子が火を起こすまいと懸命に感情を押し殺しているというのに、夫は、「呪われてんのかなあ」「お祓《はら》いでも頼むか」などと呑気なことを言いつつ、へらへらするばかりだ。危機感のない夫に苛立つが、イライラを我慢しないと、また何かが燃えてしまう。

こんな超能力とはすぐにでもおさらばしたいところだが、どうすれば普通の人間に戻れるのか、皆目見当がつかなかった。仕方がないのでなるべく家から出るようにしているが、それにも限界がある。

このままでは、夫と別居して、燃えても隣家に延焼しないような一軒家に引っ越さなければならなくなるかもしれない。でも、火事を起こしたくないから、などと説明しても、夫はまともに取り合わないに違いない。ならば。

離婚。亜希子は最近、本気で、その二文字を考えている。

「ただいま」

二泊三日の旅程を終えて、ようやく自宅の玄関に入る。子供たちが独立して、一軒家の自宅は亜希子と夫の二人暮らしだ。夫はいるはずだが、ただいま、の声に返事もない。怒っているのだろうか。昼前の電車に乗って帰ってくるはずだったのに、痴漢騒ぎのせいで、もう夕方だ。夏も終わりに差し掛かって、日が傾くのも少しずつ早くなっている。

「なに、これ」

リビングに入るなり、亜希子は手に持っていた荷物を取り落とし、絶句した。テーブルには、ビールの空き缶にコンビニ弁当のカラ、スナック菓子の袋といったゴミが散乱していて、ソファには寝間着が脱ぎ捨てられている。キッチンに入ると、惨状はさらに極まっていた。シンクには汚れたままのボウルや皿がごちゃごちゃと積まれていて、そこかしこが粉塗《まみ》れになっている。

「おう、なんだ、帰ってきてたのか」

ポロシャツに短パンというラフな姿の夫が、「暑い暑い」とぼやきながら、リビングに入ってきた。炎天下にもかかわらず、ずっと庭仕事をしていたらしい。汗染みのついた格好のまま、どかり、とソファに腰を下ろす。ソファカバーを洗濯するのは、誰だと思っているのだろう。

「あの、食べ終わったものは、捨てておいてくださいね」

亜希子がリビングのゴミを集めながら呟くと、夫は不機嫌そうに鼻を鳴らし、忘れていただけだ、とぶっきらぼうに返事をした。

「昨晩は、何を食べたの？」

「昨日？」

「キッチン、使ったんでしょう？」

「ああ、まあな。たまにはな」

夫は得意げに笑みを浮かべると、なんだと思う？　と、どうでもいい質問をしてきた。食べたものに興味があるのではない。何を作ったらこんなにキッチンを汚せるのか、ということを問い詰めたいだけだ。

「さあ、お粉を使ったみたいだけど」

「ピッツァだ。ピッツァ」

「ピザ？」

「ピザじゃない。ピッツァ。生地から手作りのな」

なるほど、と、亜希子は頷いた。粉塗れの元凶は、ピザ生地を作るときの打ち粉のようだ。作ったら後片づけを、と言おうとしたが、イライラのあまり唇が震えた。深呼吸をして、必死に心を落ち着ける。

「珍しいわね」

「ま、ようやく余裕ができたからな。今までは時間がなくてお前任せだったけど、俺も料理くらいできるんだ」

七歳年上の夫は、今年の三月末日で勤めていた会社を退職した。六十まで働けるはずだったが、五十七歳で早期退職することを決めたのだ。家族への相談もなく、亜希子にしてみれば寝耳に水だった。長男が大学を卒業して、ようやく母親業から解放されたと思ったのに、息抜きをする間もなく毎日夫が家にいる生活が始まった。

夫は会社ではそれなりに優秀で、役員になるまで出世した。が、仕事以外のことになると、かなり幼稚なところがある。貯蓄がどれくらいあるか、老後にいくら必要か、といった経済観念はサッパリだし、後片づけや掃除をするという意識もない。退職してしまえば、手の掛かる子供の面倒をみているようなものだ。

「美味《おい》しくできたの？」

「トマトソースは最高だ。けど、オーブンじゃダメだな。火力が足りん」

「火力？」

「いいか、旨いピッツァを焼くにはな、五、六百度くらいの温度が必要なんだ。家庭用のオーブンじゃ、そんな温度まで上げられないだろう」

「そうなのね。でも、しょうがないわね。お店じゃないから」

「だからな、作ることにしたんだ」

「作るって、何を？」

「窯だ。ピッツァ窯」

「そんなもの、どこに置くつもりなの？」

「どこにって、庭に決まってるだろ」

庭、と聞いて、背筋に冷たいものが走った。よく見ると、夫の手は、泥のようなもので汚れている。亜希子はリビングの窓を開け、慌てて外のウッドデッキに飛び出した。

「あら、あらあら」

見れば、庭の一角が真四角に掘り返されて、木の板で囲いが作られていた。囲いの中には灰色のコンクリートが流し込まれている。亜希子が手塩にかけて育ててきた地植えの花たちが、無残に引っこ抜かれてゴミ袋に入れられていた。

「いいだろ。ちゃんとアーチ型の窯を作るんだ。その方が見栄えもするからな。自分の家で焼きたての本格ピッツァが食えるなんて、最高だろ」

ウッドデッキに出てきた夫が、腕を組んで満足そうに庭の一角を見る。亜希子は言葉もなく、庭に出てゴミ袋の中の花を拾い上げた。つぼみが膨れていて、もう一週間もすればかわいらしい花を咲かせたはずだ。ピザだかピッツァだか知らないが、せめて前もって言ってくれれば、植え替えもできたのに。

「そうじゃなくて」

「でもまあ、俺のピッツァを食う前に、少しはダイエットしろよ、お前。いくらなんでも太りすぎだぞ」

感情の波が全身を震わせて、目から涙が溢れそうになった。どうして自分ばかりが我慢しなければならないのだろう。情けなさと悔しさで、胸がいっぱいになった。

良き妻、良き母になるために、亜希子は努力してきたつもりだ。何よりも家族を優先してきたし、怒鳴ったり怒ったりしたことだってない。だが、亜希子が大人しくしているのをいいことに、夫も、子供たちも、みんな自分の好き勝手、やりたい放題だ。亜希子のことなど誰も気にかけないし、認めてもくれない。ありがとうの一つも言ってもらえない。これじゃ、自分なんて、いてもいなくても同じだ。

——いい加減にして！

溜まりに溜まったものを断腸の思いで呑み下した瞬間、庭先に立て掛けてあった竹ぼうきの先が、突然、猛烈な勢いで燃え上がった。夫が「またか」と言いながら裸足《はだし》で庭に飛び出し、燃えるほうきの柄を蹴り飛ばして家の壁から遠ざける。竹ぼうきは、普通に火をつけたくらいでは有り得ないほどすさまじい炎を噴き上げ、あっという間に燃え尽きて灰になった。庭の敷石には、真っ黒な焼け跡が残っていた。

3

「オバちゃん、ごちそうさま」
「五百円。ありがとうね」
駅前の「三葉食堂」のオバちゃんが、レジスターを指一本でたたきながら、愛想のいい笑顔を見せる。「オバちゃん」と言っても、もうかなりのご高齢なのだが、常連はみな一様にそう呼んでいる。オバちゃんとは、亜希子がこっちに引っ越してきてからのお付き合いだ。三十年経って、自分があの頃のオバちゃんと同じくらいの年齢になった今でも、亜希子は惰性でそう呼び続けている。

レジのそばのテーブル席では、いつもいる二人組のサラリーマンが、スタミナ肉炒め定食、通称「スタ定」を額に汗しながらワシワシとかきこんでいた。食べたばかりだというのに、亜希子の口の中いっぱいに唾が湧く。

亜希子も普段は迷わずスタ定を注文するのだが、夫の「太りすぎ」という言葉が頭の隅に残っていたのか、今日はとっさに「冷やし中華・並盛」を注文してしまった。満たされない食欲のせいもあって、夫に対するイライラがまた沸騰しそうになる。厨房で、ぶわ、と火柱が上がり、中華鍋を振っていた店主が、軽い悲鳴を上げた。

「今日も、津田先生の所に？」

「そうなんです。これから」

「旦那さんは相変わらずなの？」

「もう、庭にピザ窯なんか作り出しちゃって。ウンザリ」

オバちゃんは、ピザ窯？　と驚いたように言いながら大笑いし、面白い旦那さんね、と頷いた。全然面白くないですよ、と口を尖《とが》らせながら、食堂から外に出る。

むっとする熱気の中をいそいそと歩き、寂れた駅前ロータリーにある停留所からバスに乗り込む。目的地は、遠くに見える鬱蒼《うっそう》とした山の中腹にある、「津田窯」だ。津田光庵という著名な陶芸家が開いた窯元で、週に一度、一般向けに陶芸教室を開いている。

以前、美術館で展覧会を見た帰りに三葉食堂で夫の愚痴をぶちまけていると、オバちゃんから津田窯の陶芸教室を勧められた。精神を落ち着かせるのにどうか、ということらしい。ろくろに向かって集中するのは心を整えるのによさそうだ、と思って、少し前から亜希子は津田窯に通っている。

バスに揺られて小一時間。市街地から山道に入り、何もないところにポツンと立っている停留所に到着する。初めて来たときは途方に暮れたが、路肩に獣道のような細い私道があって、その先に津田窯がある。

「こんにちは」

先に来ていた顔見知りの陶芸仲間に声を掛けながら、作業小屋に入る。プレハブのような建物の中には所狭しと焼き物が並べられていて、奥の広い土間が作業スペースになっている。

「あ、アッコさん、いらっしゃい」

「こ、こんにちは」

陶芸界の重鎮である津田光庵は、さすがに一般の陶芸教室には姿を見せない。受講生を指導するのは、津田の弟子たちだ。亜希子の面倒を主に見てくれているのは、奥村《おくむら》という、三十代前半くらいの若い男性だった。品評会で賞を獲《と》るような新鋭の陶芸家で、なおかつイケメンである。

「もう少し待っててくださいね。今終わりますんで」

頭にタオルを巻いた奥村は、作業台の上で陶芸用の土を練っていた。手のひらに体重を乗せて、粘土の中に含まれる空気を押し出していく、いわゆる「菊練り」という練り方だ。土に空気が入ったままだと、焼いたときに熱で膨張して、割れてしまうらしい。亜希子も練習中だが、上達するまでは奥村が土を練ってくれる。若いイケメンが露《あら》わになった腕に筋を立てて土を練っていくさまは、なんとも眼福だ。

「今日は、ろくろでやりましょう。なんか、作りたいものとかあります？」

「作りたいもの、ですか」

じゃあ、大きめのお皿を、と亜希子が答えると、奥村は、いいっすねえ、と笑った。

まずは、大皿作りの基本を奥村に教わる。大きな今川焼のような形に整えた粘土をろくろにセットし、手で大体の形を作る。そこから、一旦円周の部分を垂直に立ち上げて、手を添えながらゆっくりと角度をつけ、皿の形に成形していくのだが、これが難しい。縁の位置が高いと、皿というよりは鉢になってしまうし、角度をつけ過ぎると、自重に耐えられずに潰れてしまう。皿の大きさ、土の硬さから、縁がヘタらないギリギリの角度を見つけ出さなければいけないのだ。

何度か挑戦をしてみたが、もう少し、というところで皿が波打ち、あっという間にただの歪《いびつ》な土の塊になってしまう。亜希子はため息をつき、また一からやり直す。どうして思い通りの形になってくれないのだろう。腹の奥から、苛立ちが噴き上がってくる。もっと無心に、集中しなければ、と思うほど、亜希子の中の炎は強くなる気がした。

周りの受講生たちは、次々と成形を終え、別の工程に移っていく。亜希子がうまくいかずに苦しんでいるのに、奥村はなかなか助けに来てくれない。焦りと恥ずかしさのせいか、顔がかっと熱くなって、暑くもないのに汗が滴り落ちてくる。

「大皿ですかな」

急に声を掛けられて、危うくまた皿を潰してしまいそうになった。誰だ、と振り返ってみると、サングラスを掛けた仙人のような老人が一人、亜希子の手元を覗き込むようにして立っていた。

「あ、はい、そうです」

津田先生だ、とわかると、亜希子は頭が真っ白になった。個展などで遠目に見かけたことはあったが、こんなに近くで本人を見るのは初めてだった。津田は、うむ、と一言唸って、少し離れたところにいる奥村に近寄り、なにやら声を掛けた。奥村は少し驚いたような顔を見せたが、はい、と頷いている。津田はそのまま奥へと引っ込んでいった。

「アッコさん、すみません、お待たせしちゃって」

「あ、いや、いいんです」

奥村は頭を下げると、なんとか形になった皿を見て、いいじゃないですか、と親指を立てて笑った。

「あの、奥村さん。津田先生、何かおっしゃっていたんでしょうか」

奥村は、ああ、と頷くと、少し困惑したような顔をした。

「アッコさん、この大皿、穴窯《あながま》で焼いてみませんか？」

4

夕食を終えて、会話もなくだらだらとテレビを見ていると、夫は何も言わずに二階の寝室へ引っ込もうとした。ベッドは二つ置いてあるが、寝室を使うのは夫だけだ。夫が退職を決めた頃から、亜希子はひどく寝つきが悪くなった。夫のイビキが気になって眠れず、眠りに落ちた、と思うと、トイレに行きたくなって起きてしまう。朝の体のだるさに耐えかねて、少し前から夫と寝室を分けることにした。今は、娘が昔使っていた部屋に布団を敷いて寝ている。寝心地は悪いが、イビキで起こされるよりはましだ。

「あの」

伸びをしながら立ち上がった夫の背に向かって、亜希子は声を掛けた。

「なんだ」

「私、来週一週間、家を空けますから」

「一週間？　海外旅行にでも行くのか」

「いえ。陶芸教室のお手伝いに行くことになって」

ピザ窯の一件以来、亜希子は数日間、ろくに夫と会話をしていなかった。にもかかわらず、夫は別に気にしている様子もない。家事をこなして食事を作っていれば、あとはどうでもいいのだろう。亜希子が怒っていることにすら気づいていないに違いない。

結婚して三十年、夫婦でいるというだけで、こんなに苦痛を感じるようになるとは思ってもみなかった。熟年離婚をする夫婦が絶えない、という話は聞いたことがあるが、他人事《ひとごと》と笑ってはいられなくなってきた。

夫と出会ったのは、まだ日本がバブル景気に浮かれている頃だ。若かりし日の夫は、おしゃれで話も面白かった。当時流行の最先端だったイタリア料理、いわゆる「イタ飯」を食べに行き、サプライズで給料三か月分の婚約指輪をもらって、亜希子は結婚を決意した。この人となら、一生楽しく生きていけると思ったのだ。

結婚生活はそれなりに順調だった。金銭的な苦労はなかったし、子宝にも恵まれ、マイホームも持つことができた。世間的に見れば、裕福な生活だ。亜希子の生活をうらやむ友人もいたくらいだ。なのに、今のこの居心地の悪さは何だろう。腹の底から、絶えず苛立ちが湧き上がってくる。夫の一挙手一投足が気に障って仕方がない。積もり積もった不満が、限界に達しようとしているのだろうか。

体の中で燃え上がる火を、言葉にして吐き出してしまったら。今まで築いてきた夫婦の絆《きずな》をすべて燃やし尽くして、真っ白な灰にしてしまうかもしれない。でも、我慢をしたところで、いつかは発火能力が暴走してしまうだろう。どうすればいいか、途方に暮れる。

「そっか。まあいいけど、俺の飯は？」

「作って、置いて、いきますから」

夫が灰皿でもみ消したタバコの吸い殻が、しゅわ、と火を噴いた。

5

「これ、全部燃やすんですか？」

目の前に積み上げられた薪の束を見上げて、亜希子は唖然《あぜん》とした。そうですよ、と、奥村が笑う。

昨夜は夫の態度に腹が立ってよく眠れず、予定より一時間ほど寝坊をしてしまった。息せき切ってやってきた亜希子を出迎えたのは、日に焼けて鼻の頭を真っ赤にした奥村と、想像以上の薪の山だった。

陶芸教室では、生徒たちの作品を焼成するのに、普段は電気窯を使っている。電熱線の張り巡らされたオーブンのようなもので、スイッチ一つで温度調整までしてくれるスグレモノだ。だが、津田光庵の作品のほとんどは、作業場のさらに奥に作られた、穴窯という窯を使って焼かれたものだ。ロールケーキを半分地面に埋めたような形の窯の中に作品を入れ、入口部分で薪を燃やし、その炎と熱で作品を焼成する。

　驚いたのは、使う薪の量だ。薪小屋に詰め込まれた赤松の薪は、ゆうに十トンを超えるという。

　穴窯の中にはすでに、作品がずらりと並べられていた。火の通る道や、隣の作品との距離、置く位置から置き方まで、すべては緻密に計算されている。津田ら陶芸家は焼き上がりを頭の中で思い描き、作品の置き場所を決めているそうだ。亜希子には、どうなるのか想像もつかない。

　窯詰めを終え、レンガで塞がれていく窯の入口の向こう、一番奥のド真ん中に、亜希子の大皿が立て掛けられるようにして置かれているのが見えた。周りには津田の作品がずらりと並んでいる。なぜ自分の皿が一緒に並べられたのだろうと、驚きと恐縮で胃が縮んだ。

　窯の入口が塞がると、津田が前に進み出て、お神酒《みき》と塩、洗い米《よね》を供えた。続けて、窯焚《かまだ》き中の無事と作品の完成を願って、厳かに祝詞《のりと》を奏上する。窯には神が宿る。津田はそう信じているのかもしれない。亜希子の前には、津田の弟子と津田窯のスタッフが十数人ずらりと並び、神妙な顔で手を合わせていた。

窯焚きは一週間。片時も火を絶やすことなく焚き続ける。全員、作業場に泊まり込んでの作業だ。亜希子も同じように泊まり込みで、掃除や洗濯、食事の支度などを手伝うことになっている。

一週間の外泊はさすがに非常識にも思えたし、雑用であれば通いで手伝うこともできたが、亜希子は泊まり込みをしたいと申し出た。陶芸は、窯の火を巧みに操って作品を生み出す芸術だ。もしかしたら、自分の中の火をコントロールするためのヒントを摑むことができるのではないかと思ったのだ。そのためには、できる限り多くの作業に参加する必要があった。

「アッコさん、ご主人は大丈夫だったんですか？」

隣に立つ奥村が、亜希子の耳に口を寄せて囁《ささや》いた。

「ええ、まあ」

「寛容な旦那さんですねえ」

「違うんです」

あの人は、私に興味がないんです。吐き捨てるように言ったが、奥村は本気にする様子もなく、笑って聞き流した。

6

――あんたのせいで、あたしも亜希子も！
――ねえ、お母さん！　やめて！
――この野郎、誰の稼ぎで食ってんだ！
――やめて！

はっと目が覚めると、見慣れない場所にいて混乱する。目の前では、奥村ら数名の弟子たちが、おにぎりを頬張っていた。座の中心には津田の姿もある。今日の食事当番は、亜希子だった。みんなが食べている食事は、日中にスタッフらと買い出しに行き、夕方から仕込んでいたものだ。

窯焚きも三日目に入り、少し疲れが出てきたのかもしれない。食事の配膳を終えて、みんなが食べ始めたのを見て安心したのか、一瞬、ウトウトしてしまった。ほんの数十秒だったが、幼い頃の夢を見ていた。あまりいい夢ではなかったが。

「このおにぎりは、どなたが」

亜希子が握ったおにぎりを手に、夜でもサングラスをしたままの津田が、うむ、と唸った。亜希子は緊張しながら、私です、と手を挙げた。

「お口に合いましたでしょうか」

「これは、実に美味しい」

津田は、表情を変えないまま、また一口おにぎりを頰張った。

「亜希子さん、本当にお料理上手で」

「いや、ほんと。毎日作ってもらいたいくらい」

スタッフや弟子たちが、口々に亜希子の料理を褒めた。家ではろくに褒められたことがなかったせいか、どう反応すればいいのかわからず、まごついてしまう。

「口の中でほどけるように優しく握られていて、梅肉の酸味と塩の加減も実にいい。ついつい、うめえ、と言ってしまいます」

梅だけに、と、津田が真顔でダジャレを炸裂《さくれつ》させる。これには、亜希子だけではなく、場にいる全員が反応に困って凍りついた。

緊張感漂う儀式から始まった窯焚きだったが、以降は思ったよりも和やかだった。三チームに分かれ、五時間ごとに交代して窯の番をする。待っている間は、控室代わりの作業場でテレビを見て過ごすこともできるし、仮眠室で寝ることもできる。津田は時折、窯の具合を見に行って、あれこれ指示を出しているようだ。

「そろそろ、交代かな」

あっという間におにぎりを四つ平らげた奥村が、伸びをしながら席を立った。亜希子は、あ、と声を上げた。

「あの、すみません、私もご一緒してもいいでしょうか」

「アッコさんも？」

「お邪魔はしません。窯焚きの様子を見てみたくって」

奥村がちらりと津田に目をやる。津田は、何も言わずに頷いた。


奥村の後について窯の近くに行くと、想像以上の世界が広がっていた。壁のない屋根だけの小屋にもかかわらず、まるで熱気の塊の中に飛び込むような心地がする。窯には炎の色を見るための小窓が開けられているが、中を覗くまでもなく、蛇の舌のように、オレンジ色の火が飛び出している。

窯焚きは、火入れをしてからしばらくは「あぶり」という工程に入る。ゆっくりと窯の温度を上げ、作品に含まれる水分を飛ばすのだ。いきなり温度が上がると、水分が一気に膨張して、粉々に割れてしまう。あぶりが終わると、「中焚き」から、「攻め焚き」に移行して、窯の温度を上げていく。今は、ちょうど攻め焚きに入ったところだという。

「覗いてみます？」

奥村がマスクとゴーグルを亜希子に差し出し、窯の入口に設けられた焚き口を開く。

開けた瞬間、白に近いオレンジ色の光とともに、肌が焼けるほどの熱が噴き出してきた。思わず手で熱を遮りながら、後ずさりをした。

奥村は薪の山から数本の薪を摑み上げ、手慣れた様子で焚き口に放り込んだ。亜希子が勇気を出して焚き口を覗き込むと、窯の中で荒れ狂う炎がはっきりと見えた。焚き口付近で薪が生み出した火は、窯の中を駆け回りながら作品の置かれた棚を通り、窯の後方にある煙突に向かって抜けていく。奥村が薪をくべると、すぐに煙突から黒煙と炎が噴き上がった。煙突の炎が収まると、また薪をくべる。その繰り返しだ。

「ものすごい火なんですね」

「そうなんですよ。今、だいたい千二百度くらいですからね」

「火を見ただけで温度がわかるんですか？」

「ある程度はね。津田先生は温度計に頼るのが大嫌いなんで、火を観察するしかないんですよ、僕らも」

すごい、と、亜希子は素直に感心した。焚き口から見える火の世界は、すべてを焼き尽くしてしまいそうなほどの、紅蓮《ぐれん》の空間だ。火の勢いと、地の底から這いあがってくるような轟音が恐ろしくて、まともに見ていることもできない。

「こんなに強烈な火を操って作品を作り上げるなんて、本当にすごいと思います」

「いやでも、まあ大体こんな感じに焼き上がるだろう、ってのはあるんですけど、最終的には、やっぱり窯任せ、火任せなんですよ」

「そうなんですか？」

「火をコントロールしようなんて人間の思い上がりだって、先生もよくおっしゃいますからね」

「津田先生は、穏やかなお人柄でいらっしゃるから」

奥村は忙しく薪をくべながらも、大声で笑った。

「いやね、先生も昔はイケイケだったらしいですよ、ああ見えて」

「イケイケ？」

「どうやったら火を操って、思い通り、理想通りの作品ができるかって、すごいこだわったみたいですし。気に食わない作品とか、全部叩き壊してたって聞きました」

違う！　と叫びながら、ツボを地面に叩きつける津田の姿を想像する。「先生のそんな姿、想像もできません」と答えるつもりだったが、あまりにも容易に想像できてしまって、亜希子は言葉に詰まった。

「それがなぜ、今のようになられたんですかね」

「やってるうちに気づくんですよ。窯の火には、神様が宿ってるって。僕らが小手先で何とかできるもんじゃないんです」

窯の上に置かれたままの供え物が、神様という言葉を耳に馴染《なじ》ませてくれる。

「あの、奥村さん」

「はい？　どうしました、改まって」

「なんで、先生は私のお皿を入れてくださったんでしょう」

奥村が薪をくべるたびに、真っ赤な火の中に佇《たたず》む亜希子の大皿が見え隠れする。火にまかれながら、皿はどうなっていくのだろう。無残に割れてしまうのではないかと心配になった。

「さあ、僕もわからないですね。でも、アッコさんがお皿作ってたときに、先生がおっしゃったんですよ。穴窯で焼いてみよう、と」

「先生がですか」

「はい。面白い窯変《ようへん》があるんじゃないかって」

「ようへん？」

「灰が飛んで作品にかかったりとか、火が一部分だけ当たらなかったりとか、窯の中の環境によって僕らが意図しない焼き上がりになったりすることがあるんですよ。それを、窯変っていうんです」

ようへん、と、亜希子は確かめるように口の中で繰り返した。

「それも、いろいろ理屈がわかってる今だと、ある程度は狙って作れちゃったりもするんですけど。でも、窯ってのは生き物ですから。たまーに、全く想像もしなかった美しい変化が出たりしてね、面白いんですよ」

平凡でつまらない自分の大皿も、火に焼かれて、面白い作品になることができるだろうか。亜希子は、奥村の手に薪を渡しながら、少しだけ焼き上がりを楽しみに思った。

7

六日目、降り続く雨は止まない。

昨日までの和気あいあいとした空気は一変して、津田をはじめ、弟子たちも慌ただしく駆け回っていた。

先週の段階ではもう数日は晴天が続くという予報が出ていたが見事に外れ、今日は朝方からずっと雨が降っていた。穴窯は、半分地面に埋まるような格好になっている。大量の雨水が土に染み込むと、窯の内部に水が滲《にじ》み出《で》てくることがあるらしい。そうなると、いくら薪を焚いても、温度が思ったように上がらなくなってしまう。

残りの薪の数は限られている。最終的な目標温度に達しなければ、窯焚きは失敗だ。丹誠込めて土を練り上げ、試行錯誤しながら成形した作品は焼け損じになって、完成しない。亜希子の大皿も、ただのつまらない失敗作で終わってしまう。

だが、亜希子にはどうすることもできない。作業場の窓から雨で煙る外をぼんやり見ながら、天候の回復を祈るだけだ。

雨の日は、よく両親のことを思い出す。

亜希子の母親は、昔から火の玉のような性格だった。気に食わないことがあるとすぐかっとなって、腹の中にある言葉を全部吐き出してしまう。よく言えば裏表のない人間だが、そう肯定的に捉える人は少ないだろう。

亜希子が中学校に入った頃、両親が些細《ささい》なことでケンカを始めたことがあった。またか、と無視を決め込んでいたのだが、その日は父親の様子がおかしかった。明らかに顔色が変わっていて、目が苛立ちに満ちていた。母親が吐き出し続けた火が、父にもついに火をつけてしまったのだ、と、亜希子は感づいた。

だが、止めに入ったときには、すでに遅かった。父親は溜まりに溜まった怒りを吐き散らし、家を出て行った。母親は、父親がいなくなってもなお、思うさま怒りを吐き出し続けていた。雨の日の午後であったのを覚えている。父親は、そのまま帰って来なかった。

自分も、あの母の血を受け継いでいる。怒りや苛立ちに任せて吐き出す言葉は、火のように燃え上がって、周りにあるものを焼き尽くしてしまう。火は怖い。失いたくない。奪われたくない。小さく燃え上がる心の中の火を、亜希子は呑み込んで生きてきた。母親のようにはなるまいと思ったのだ。

でも、もし、火が何かを生み出すのなら。

見てみたい。どうしても。

「私も、お手伝いします」

「あ、ああ、ありがとうございます」

亜希子はいてもたってもいられなくなって、嫌な雨の降る外に飛び出し、窯に駆けつけた。いつもは軽口ばかりの奥村も、今日はさすがに表情が硬い。疲労もピークに達しているだろう。声にも力がない。亜希子は急いで軍手をはめ、薪の束をほどきにかかった。他の弟子たちは予備の薪を準備しに出払っていて、窯は奥村一人に任されていた。

焚き口を覗き込む。相変わらず火はごうごうと音を立てているが、雨が降る前に比べると勢いが弱くなっているように思えた。奥村が火かき棒を差し入れて、薪の燃え具合を調整している。

「まずいなあ」

「だめですか」

「ちょっと、水が入ってきちゃってるかもしれないですね」

顔だけは笑顔のまま、奥村が薪をくべては首を捻る。

——なんだよ、失敗したのか。一週間もかけて。

家に帰るなり、そう言って軽く笑う夫の顔が頭に浮かんだ。津田や、奥村や、そのほかたくさんの人が、どれだけの思いで窯を焚いてきたか、夫は知ろうともしないだろう。だいたい、天気予報もなんだ。少し前までは「晴れ」などと予報しておいて、失敗を隠すように、しれっと「雨」に予報を差し替えている。空を覆う雨雲も呪わしい。六日間も頑張ってきた亜希子を、嘲笑《あざわら》っているように見える。

ふざけるな。みんなして、私をバカにして。

「うわ！」

奥村の悲鳴とともに、窯の焚き口から、炎が噴き上がるのが見えた。続けて、それまで不機嫌そうな黒煙を吐き出していた煙突から、ものすごい火柱が天に向かって立ち上っていた。

「先生！」

奥村が津田を呼び、火が息を吹き返した、と報告する。窯が薪を呑み込むスピードが一気に上がり、ストックしてある薪が見る間に減っていく。奥村は窯を津田に引き継いで、薪小屋に走っていった。

「どうやら、いい具合になったみたいですね」

津田が火の色を見ながら、口元を緩ませた。火は勢いを増して黄金色に輝きだしている。火の中の作品たちも、粘土でできているとは思えない宝石のような光を放っていた。

「よかった、です」

「あなたのお陰ですね」

「私の？」

津田はもう一度笑みを浮かべ、ゆっくりと頷いた。

「この条件下、薪だけで火がこんなに強くなることはありえない。何か、別の力が必要です」

「あの、私は」

「この火は、あなたの火ですね」

私の、と、亜希子は呆《ほう》けたように呟いた。夫の顔が浮かんで、無性に苛立って、でも奥村の前で叫びだすわけにもいかず、怒りを呑み込んで。

「私の、火」

「そうです。どうやったかは存じませんが、窯の火を蘇《よみがえ》らせたのは、あなたでしょう」

津田は焚き口を開くと、流れるような動作で薪を中に投げ入れた。濃いサングラスの奥の目がどういう表情をしているのかはよくわからないが、津田の動きは、喜びに満ちているように思えた。

「先生は、手を触れずに火を起こすことなんて、できると思いますか」

「どうでしょう。でも、この世界には不思議な能力を持った方々が確かにいらっしゃる」

例えば、手を触れずにモノを動かすとか。津田は手の動きで超能力を表現しながら、ふふ、と、何かを思い出すように笑った。

「確かに、火を起こしたのは私かもしれません。私、無意識に火を起こしてしまうことがあるんです。パイロキネシス、という力だそうです」

「なるほど。それはすごい」

「信じるんですか？」

「目の前で起きていることを、信じないわけにはいきますまい」

津田が、亜希子に優しく笑いかけた。まるで、すべて初めからわかっていた、とでも言うようだった。

「私は、信じられないんです」

「ご自分のお力なのに、ですか」

「信じたくない、のかもしれません。私、火が怖いんです。いつか、私から何もかも奪っていくような気がして、怖くてたまらないんです」

「私たちも、火を使って作品を焼いてはいますがね。私だって、火は怖いですよ」

「先生も、ですか」

まさか、と、亜希子は首を横に振った。火の前に立つ津田からは、みじんも恐怖心など感じられない。

「火の前では、いかに自分が無力か、つくづく思い知らされます。何十回と窯を焚いても、火は思い通りになってはくれませんから。でも」

津田は言葉を切って、少し間を置いた。窯の中から、薪が激しく爆《は》ぜる音が聞こえてくる。

「火は、私に嘘をつかないのです。決して」

首にかけた手拭いで、絶え間なく滴り落ちる汗を拭いながら、津田は亜希子を真っ直ぐに見た。手には、サングラスを持っている。初めて露わになった津田の目に、亜希子は息を呑んだ。

「もうじき、私の目は光を失います」

津田の両目は、ぱっと見でも状態がよくないとわかるほど、瞳が薄く濁った色をしている。それでずっとサングラスを、と、ようやく合点がいった。

「病院に行っても、治らないのですか？」

「網膜の細胞が死ぬと、再生しないんだそうです。ここ数年で、だんだん視野が狭くなってきておりましてね」

「そんな」

「私がこの目で最後に見るものは、この窯の火の色になるんだろうと思うのです。きっとね、火が最後まで私に光を届けてくれる。そう思うと、火は恐ろしい反面、愛《いと》おしいもののように思えます」

津田はサングラスを掛けなおすと、また薪を火の中に放り込んだ。

「その火も、いつか見えなくなってしまうということですか」

「そうですね。でも、見えなくなるというのも悪いことばかりではありません。目が悪くなるにつれて、私は新しい世界が見えてくるようになったんですよ」

「新しい世界？」

「未来です。薄ぼんやりとして不確かですが、未来の世界が見えるようになりました」

「それは、あの、予知、ということですか」

「不思議な力を持った人間というのは、結構どこにでもいるものですね」

雨はまだ降り続いているが、少しずつ小降りになってきている。窯の火はずいぶん安定した。きっと、もう大丈夫だろう。遠くには、晴れ間も見えてきた。雨雲の向こうに現れた赤い夕陽《ゆうひ》が、山を、津田を、そして亜希子を赤く染めて、美しく焼き上げているようだった。

「それじゃ、私のお皿を入れてくださったのは、もしかして」

「あなたが、窯の火に力を与えてくれる。私はね、それだけは見えていたのです。なので、力をお借りした。本当にありがとうございます」

焼き上がりが楽しみですね、と、津田は無邪気に笑った。

8

窯の中に、薪をくべる。赤い火がぱちぱちと音を立てながら、おいしそうに薪を呑み込んで、ゆらゆらと揺れる。

「いい音だな」

一か月、毎日コツコツと石やレンガを積み上げて、夫はついにピザ窯を完成させた。半円形のドーム天井を備えた、なかなか本格的なものだ。

「このまま、窯の温度を六百度まで上げていくんだ」

夫はうんちくを垂れながら、備えつけた温度計に目をやる。生地を菊練りして、窯で火を焚いて、と考えると、ピザ作りも陶芸に通じるものがあるな、と亜希子は思った。

ウッドデッキには小さなテーブルが用意されていて、朝も早くからえらいこと時間をかけて夫が作り上げたピザ、もといピッツァが、焼かれるのを待っている。

「くそ、おかしいな」

窯に火が入ってから、ずいぶん時間が経っているが、夫が言う六百度には、なかなか届かない。三百度を超えたあたりから急に温度上昇の曲線が横ばいになって、そこから火が強くなっていかないのだ。

「薪が湿気《しけ》ってやがるのかな。温度計がイカれたかな」

夫はぶつくさと文句を言いながら、薪をくべる。時折、舌打ちをしたり、つま先で窯を小突いたり、苛立ちを隠そうともしない。

「あの、ピザにラップしておきましょうか」

津田窯での経験のお陰か、亜希子には温度が上がらない原因がなんとなくわかっていた。夫のピザ窯も、津田の穴窯と同じようにロールケーキを半分にしたような形をしている。規模の差はあれ、窯の原理はほぼ同じなのだろう。だとすると、決定的に違うところが一つある。煙突の位置だ。

穴窯では、手前で燃やした火を窯全体にいきわたらせるように、煙突は窯の端、緩やかな傾斜の上に取りつけられていた。だが、夫の窯の煙突はドーム型の天井の真ん中から伸びているのだ。これでは、いくら薪を燃やしても熱は煙突から真上に逃げてしまう。

とはいえ、そう事実を告げても、ひょいと付け替えるわけにもいかない。きっと、一旦窯を壊して、一から作り直すしかないだろう。指摘した方がよいのか、判断が難しい。

「あの、ラップをかけた方がいいですよね」

「うるさいな。すぐ焼くって言ってるだろう」

「でも、せっかくの生地が乾いてしまいそうだから」

「お前は本当にいちいちうるさいな」

ごう、と音がして、亜希子の体内で火が渦巻いた。苛立ちのあまり、手が震えだす。寝不足で疲れていて、頭も痛いし体もだるい。それでも、ピザ窯が完成したというから、無理をして付き合っているのに。

「あなたは、そうやっていつも私をバカにする！」

穴窯の煙突から火が噴き上がるように、亜希子の口からついに感情が溢れ出した。一度堰《せき》を切った感情は、もう中にとどめておくことはできなかった。出会ってから、結婚して今に至るまで、亜希子が無理に呑み込んできたものが、行き場を失って次々に飛び出してくる。

あのとき、あなたはこう言った。

子供が小さかったとき、あなたはこうしてくれなかった。

「あなたはいつも自分のことばっかり！　私はいったい何なんですか？　私なんていてもいなくてもどちらでもいいって言うなら、家を出ていきます！　どうぞ、私の大切なお花をむしり取って、ピザ窯でもなんでも庭に作って、好きなようにしてくださいな！」

人に向かって、これほど感情をむき出しにしたのは、生まれて初めてかもしれなかった。言葉が口から吐き出されると、本当の火のように燃え上がった。そして、夫との間にあった月日を、思い出を、どんどん焼き尽くしていく。やがて火は夫にも燃え移り、激しい火の応酬となって、最後には二人とも灰になるだろう。後には何も残らない。

「す、すまない」

「え？」

夫は、いきなり炎上した亜希子に気圧《けお》されたのか、しばらく目を丸くして佇んでいた。なんだとこの野郎、という破滅の言葉が返ってくるかと思っていると、夫の口からは、拍子抜けするほど情けない声が零れ落ちていた。

「もしかして、ずっとそんなことを考えていたのか」

「そうですよ。三十年、ずっと！」

「言ってくれれば」

夫は、亜希子の向かい側に座ると、テーブルに手をついて深く息を吸い、もう一度深々と頭を下げた。

「ちょっと、どういうつもりですか」

「お前が、そんなに嫌な思いをしていたとは、気づかなかった」

「そんな、今更」

「この窯も、お前が喜ぶんじゃないかと思ってさ」

「私が？　喜ぶ？」

「昔、よく行ったろ。イタ飯食いにさ」

亜希子は、手元に置かれたピザに目を落とした。

「それで、ピザを？」

ピッツァな、と、夫は真顔で訂正した。

「子供も手を離れたし、老後は、あの頃に戻って夫婦水入らずで、なんて思ってたんだ。会社も早期退職して、二人の時間をさ、ちゃんと取ろうかってな」

でも、俺の独りよがりだったんだな。夫は寂しそうに呟くと、また、すまん、と頭を下げた。

「そんなの嘘。あなたは私になんか興味ないじゃないですか。会話もないし、私が何をしたって知らんぷり」

「あんまり刺激するのは、よくないと思ってたんだ」

「刺激？」

「だって、更年期の真っ最中だろう、お前、今」

「更年期？　私が？」

「夜眠れなくて、体がだるいんだろ？」

「そう、ですけど」

「突然、変な汗かいたりするだろ？」

「顔から汗が出ることはありますけど」

「じゃあ、更年期のせいだろう、それ」

私、更年期なの？　と、亜希子が呟くと、夫は何言ってんだ？　と、呆《あき》れたような顔でため息をついた。

「子供たちとも話してたんだ。母さんは大変な時期だから、少しほっとこうってな。更年期だったら、そのうち落ち着くだろうから」

「子供たちも、そんな風に言ってたんですか？」

そうなんだ、と思うと、腹の中に渦巻いていた炎が、ふわりと消えた気がした。更年期、という概念は、今の今まで頭の中にまったく存在していなかった。自分は体に変調をきたすほど、家族に対する不満を溜め込みすぎているのだと思い込んでいたのだ。この苛立ちが更年期のせいなら、症状を薬で抑えることもできるだろうし、何より、いずれは治まる。

「私、何もかもが腹立たしくて、どうしていいかわからなくて」

「もう少し気を遣ってやればよかったな。でも、お前がイライラしてどうしようもないってのはわかってるさ」

「我慢しようと思って、私」

「俺だってなあ」

――文句の一つくらい言われたって、しょうがないと思ってるんだよ。

夫の言葉を聞いた瞬間、張り詰めていた糸が、ぷつんと切れた。三十年、恋人のように仲良く過ごしてきたわけではなかった。それでも、感情の炎にさらされても燃え尽きないものが、夫婦の間にひっそりと出来上がっていたのかもしれない。まるで、陶器のような。

「窯も、失敗だな、これは」

夫は温度の上がらないピザ窯を叩いた。ばつが悪そうに、亜希子に向かって笑顔を作ったが、寂しそうに見えた。いつもなら、バカね、としか思わないはずだが、夫の、少しズレてはいるが真っ直ぐな気持ちを聞いたせいか、胸がぎゅっと締めつけられるように痛んだ。

お願い。

少しだけ、一回だけ、私の役に立って。

亜希子は、体の中の火に語りかけた。暴力的で自分勝手な今までの火とは違う。それは、穴窯の火のような、神様の宿った美しい火だ。そうか、私は夫と離れたくなかったんだ。家を出て行きたくなかったんだ。亜希子は胸の前でしっかりと手を握った。

「お」

夫が温度計を見て、慌てて薪を手にした。窯の中で薪が勢いよく燃え出している。温度計の数字も、つられて上昇していく。四百度。五百度。

ぶは、と、亜希子は夫に気づかれないように息を吐いた。極度に集中したせいか、全身の疲労感がすごい。自分で意識をして火を操ることができたのは、初めてのことだ。自在に火を使うことができたら便利だろうが、この調子だと、きっと一日に何度も能力を使うことはできそうにない。

「空気が足りなかったのかな？　これならいけそうだ」

火かき棒で灰を掻き出し、満を持してピザを窯に入れる。見る間にチーズがふつふつと泡立ち、生地がふっくらと焼けていく。

「見ろ、最高に贅沢《ぜいたく》だろう」

ピザは、ものの一、二分で見事に焼き上がった。夫が得意げに取り出したマルゲリータ・ピッツァを、亜希子が皿で受け取る。

皿は、先日穴窯で焼いた亜希子の大皿だ。表面には、炎が通った跡が鮮やかな緋色《ひいろ》になって残っている。炎の跡なのに、まるでそよ風を思わせる柔らかな曲線だ。津田が、こんな焼き上がりは見たことがない、と手を叩いたほど面白い窯変なのだそうだ。自然の火にはありえない、亜希子の火が加わったからかもしれない。

「どうだ、店で出せる味だろう」

切り分けられたピザは、本当に美味しかった。チーズは香ばしくて、生地は外がカリッと、中がもっちりと焼き上がっている。トマトの赤、バジルの緑も鮮やかだ。

「美味しいわね」

「今度は、子供たちにも食べさせてやろう」

そうね、と亜希子は笑った。夫は得意満面だが、あのピザ窯は亜希子の能力がなければ、きっと永遠に温度が上がらない。夫がピザを焼くなら、その度に亜希子は能力を使う羽目になる。パイロキネシスという大仰な名前がついている割に、ピザ焼き専用とはなんとも貧相な超能力だ。

仕方ないか。夫婦二人三脚で。

笑いを堪えながら、二切れ目のピザに手を伸ばす。悔しいが、美味しくて後を引く。

「おい」

「なに？」

「俺のピッツァを食うのもいいが、お前少し痩せろよ。太りすぎだぞ」

亜希子の腹の中で、また炎の渦が巻き起こる。窯から掻き出した灰が派手に火を噴いて、夫が悲鳴を上げた。

4　ドキドキ・サイコメトリー

精神測定能力（サイコメトリー）

物質には、所有者の思念が記憶される。その残留思念を読み取る能力が、精神測定能力、即ち、サイコメトリー能力である。サイコメトリー能力者のことを、一般に、「サイコメトリスト」と呼称する。〈中略〉多くの場合、サイコメトリストは、手で物質に直接的な接触をすることにより、残留思念を読み取り、自身の脳内にイメージとして再生することが可能である。

〈中略〉

霊的現象などにおいて、一般的に「霊感」と呼ばれる能力は、実はサイコメトリー能力のことを指している、という説がある。〈中略〉幽霊やお化けといった類の、「死者の魂」を見る場合、それは霊的存在がその場所にいるのではなく、建物や家具などの物質に残った残留思念を読み取っていると考えられるのだ。

〈中略〉

残留思念は、液体に最も強く残ると言われている。そのため、米国の連邦捜査局（FBI）は、水死が疑われる行方不明者がいる場合、サイコメトリストの協力を受け、サイコメトリーによる捜索を行うことがあるという。〈中略〉米国は、超能力者の活用に関しては、かなり研究を進めており、超能力の有用性が認められる、一定の結果を残しているのである。

〈中略〉

能力者の念の力の強さによって、残留思念を読み取ることのできる対象物や、その程度に差が生まれる。能力的にあまり強くない者は、思念の媒介として、液体が必要不可欠となる。すなわち、所有者の体液（汗、血液、唾液など）が物質に残っていることが必要となるのである。

全日本サイキック研究所刊
『～あなたにもある力～超能力入門』
第五章「精神測定能力《サイコメトリー》」より抜粋

1

「ねえ、おーねーがーい！」

「だから、ヤダってば！」

　御手洗彩子《みたらいあやこ》はサッカー部の部室に向かいながら、手をひらひらとさせて逃亡を図った。クラスメイトで同じサッカー部マネージャーの菜々美《ななみ》が、なんでよお、とふてくされた声を上げ、文字通り、くねくね、と腰やら腕やらをくねらせながら、彩子の前に回り込んでくる。

「一生の！　一生のお願いなんだってば！」

「まだ十七だよ、私たち。取っておきなよ。いざというときのために」

「今がその、いざというときなんだってば！」

　菜々美は彩子の肩を両手で摑むと、お願い……、と、地の底から這い上がってくるような低音を出した。彩子は迫力にひるみながらも、無理、と同じ答えを返した。

「だってさ、考えてよ、アヤ。もうすぐ選手権の二次予選始まっちゃうじゃん？　そこで負けちゃったら、三年生は引退じゃん」

「勝つよ、きっと。みんなで行くんだよ、決勝戦」

負けたら、の話、と、菜々美が口を尖らせる。

「そしたら、先輩、引退しちゃうじゃん。部活で会えなくなったら、話す機会とかなくなっちゃうじゃん」

菜々美の言う「先輩」とは、部の三年生全員を指しているのではなく、キャプテンでありエースである来栖聖《くるすきよし》先輩のことを指している。もはや、その他の三年生は有象無象であり、存在は空気と言わんばかりだ。彩子はため息をつき、先輩は来栖先輩だけじゃないんだから、とたしなめた。

高校のサッカー部は、三年生の引退時期が独特だ。野球部は夏の甲子園が最後の大会となるのが普通だが、サッカー部が最も輝くのは、全国高等学校サッカー選手権大会、通称「選手権」なのだ。夏頃から一次予選が始まり、二次予選は秋。全国大会まで残ると、年末年始まで三年生は部に残ることになる。

もちろん、受験や就職活動に専念するために、夏のインターハイを最後に引退する三年生も多い。弱小、と言われてきた例年なら、今頃は二年生主体の新チームが発足している頃である。だが、今年のサッカー部は高校サッカー界でも指折りの逸材である来栖聖を擁し、創部以来最強と言われていて、三年生のほとんどが夏休み明けの今も部に残っている。

普通なら、来栖先輩のようなプレイヤーは、プロ傘下のユースチームに所属するか強豪校に進学するのが常だが、来栖先輩の才能が開花したのは、高校入学後、しばらく経ってからのことであった。一人の突出したスタープレイヤーが現れたことで、チーム全体のレベルもぐっと上がった。二次予選の突破も決して夢物語ではない。

とはいえ、一度負けたら、そこまでだ。

一学年下の彩子や菜々美らは、部活という繋がりがなくなってしまうと、三年生と交流する機会は限られる。菜々美が嫌がる彩子を道連れにサッカー部のマネージャーになったのは、来栖先輩と話したい、という、ただそれだけの理由だった。先輩の引退は、菜々美にとっては死刑宣告に等しい、らしい。

先輩と話ができなくなる前に、何とか自分の想《おも》いだけでも伝えたい。あわよくばいい感じになりたい。そのために協力しろ、というのが菜々美の「一生のお願い」の全容だ。

「ね、お願い。協力してよ、アヤ」

「協力してって言われても、大したことできないし」

「先輩に、彼女とか、好きな人がいるかとか、それだけわかればいい」

わかるでしょ？　と、菜々美は彩子の肩を摑んで、激しく揺らした。

「わかんないよ、そんなの」

「ウソ、わかんないの？」

「わかるかもしれないけど、わかるかどうかはわからないし」

「わけわからないって、もう」

彩子は菜々美の腕を振り切って、小走りで部室に向かおうとした。練習前、マネージャーの仕事はたくさんあるのだ。

「もう！　ケチ！　人でなし！　ぱっつんボブ！」

「髪型は関係ない！」

「ねえー、お願いだってえ！　超能力者！」

菜々美が、大きな声を出す。彩子は、その声が聞こえるなり踵《きびす》を返し、つかつかと大股で歩み寄ると、菜々美の尻を思い切り蹴っ飛ばした。

2

残留思念。

人の強い思いが、所有物などに記憶されたものを指す言葉だ。恐怖や憎悪、喜びや愛情など、人間が何かを強く感じたとき、記憶や感情の情報がモノに記憶されてしまうのだ、と、菜々美からもらった『～あなたにもある力～超能力入門』という本に書いてあった。著者名は「全日本サイキック研究所」という胡散臭《うさんくさ》さではあったが、現時点で、彩子が持っている超能力や超常現象に関する知識は、その本に書かれていることがすべてと言ってもいい。

本の記述によれば、物質に残った残留思念を読み取ることができる力が存在するという。「精神測定能力《サイコメトリー》」という能力だ。

残留思念は、物質に触れたサイコメトリー能力者の頭の中に霊的な映像となって再生される。また、水分を含むものに強く残る性質があるらしい。アメリカでは、FBIの捜査に協力して水死者を捜しあてる能力者もいるそうだ。本当かどうかは知らない。本にそう書いてあっただけだ。

「いや、そんなん無理だって」

彩子は自分の部屋でベッドに仰向けになったまま、擦り切れるほど読み返した『超能力入門』を枕元に転がした。「お願いだってえ！　超能力者！」という菜々美の声が、聞こえてきたような気がした。

どうやら彩子は、サイコメトリーの能力を持っているようなのである。どうやら、というのは、今までろくにその力を使ったことがないからだ。

まず、なんにでも触ればいい、というものではない。ほとんどのものは触ったところで、彩子には何も見えない。衣服など、人に長時間密着していたものに触れたとき、頭の中に映像の断片のようなものが浮かんでくることがある。稀《まれ》に、はっきりと見えることはあるが、ほとんどは朧《おぼろ》げで、あやふやなイメージだ。見たところで何か役に立つわけでもない。

もう一つ、彩子がこの能力を使えない決定的な理由がある。

それは——。

「アヤ！　遅刻するわよ！」

母親が、ノックもせずにドアを足と腰だけで器用に開ける。大きな洗濯カゴを抱えていて、中には家族の洗濯物がどっさりだ。彩子は悲鳴を上げて、勝手に入ってこないで！　と怒鳴った。自分の部屋は彩子だけの空間だ。家族であっても、絶対に侵入されたくない。

「言ってるじゃん、部屋に入らないでって」

「そんなに怒鳴るならね、さっさと起きて、ご飯食べちゃいなさい」

彩子は、わかったよ、とばかり乱暴に立ち上がり、母の後に続いて廊下に出た。リビングに向かおうとすると、洗濯カゴから布の塊がひとつ、パサリと目の前に落ちた。柄の感じから言って、父親のパンツだろう。母親は、あら、と軽く舌打ちをすると、カゴを抱えたまま彩子に向き直った。

「ねえ、アヤ、それちょっと拾って」

「無理！」

「何よ、ちょっと拾ってのっけるだけじゃないの」

「言ってるじゃん、無理なんだって」

「だって、お父さんのよ？」

「お父さんのなんて、一番だめなやつじゃん！」

「もう洗ったやつよ？」

無理なんだってば、と、彩子は泣きそうな声を出した。

彩子のサイコメトリー能力は、対象物を素手で触ることによって発現する。だが、その「手で触る」ということ自体が、彩子にとってひどくハードルの高い行為なのである。

彩子は、いわゆる潔癖症なのだ。

3

——手は、バイキンの住処《すみか》なんだ。だから、汚いんだ。

彩子は自分が汚いと思うものに、「素手で触れる」ということに対して、極端な恐怖心と嫌悪感がある。多くのバイキンは、手に付着して体内に入ってくるという。自分の体の中で、何千、何万と増えていく菌を想像するだけで、眩暈がしてくる。

朝起きると、彩子は真っ先に洗面所に向かい、「アヤ用」と書かれたハンドソープのポンプを何度もプッシュして、爪の間、手のしわの溝、手首までしっかりと洗う。そうしないと、自分の手にたくさんの菌が残っている気がして、不快で仕方ないのだ。

手洗いの「儀式」が終わるまでには、おおよそ三十分。長いときには一時間以上かかる。だが、どれほど忙しい朝でも、どれだけ母親に水道代がー、と文句を言われようとも、これだけはやらずにいられない。

通学も一苦労だ。学校までは電車を使わなければならないが、朝はまず座席に座れない。だが、手すりや吊革を摑むのは、死んでも無理だ。不特定多数の人間がベタベタと触ったものには、どれほどのバイキンが付着しているかわかったものではない。触ることを考えただけでも、恐怖のあまり吐き気をもよおしてしまう。

結局、夏でも袖の長いシャツを着て手を隠し、わざと満員の電車に乗り込むことになる。ぎゅうぎゅう詰めなら、手すりも吊革も摑まずに立っていることができるからだ。汗臭い人間に囲まれるのもかなりの嫌悪感を伴うが、それでも、吊革を摑むことに比べれば、まだ堪えることができた。一度、満員電車で痴漢に遭ったこともあったが、それでもなお、中途半端に空《す》いている女性専用車両に乗り込むことができないでいる。座ることはできず、かといって人に寄り掛かることもできず、吊革を摑まなければならなくなる可能性が高いからだ。

学校に着くと、彩子は制服を着たまま全身にアルコール除菌スプレーを吹き掛け、また手を洗う。通学用のカバンには、薬用ハンドソープと除菌スプレーが常に入っていて、いつでも除菌ができるようになっている。月のお小遣いの半分は、こうした衛生用品に消えていく。

彩子の潔癖症に、真っ先に気づいたのは菜々美だった。高校に入学してすぐ、一年生のときだ。クラスで席が近かったせいもあって、彩子がたびたび手を洗っていることに気づかれたのだ。

――もしかして、潔癖症？

当時、まだ一度も話したことがなかったにもかかわらず、菜々美はいきなりそう話し掛けてきた。自分が潔癖症であることがバレて、クラスの女子たちに距離を置かれてしまったらどうしよう。始まったばかりの高校生活は、きっと辛いものになるに違いない。彩子は、緊張のあまり言葉を失った。

菜々美には、沈黙イコール肯定、と取られたようだった。だが意外にも、「そうなんだ」「大変だね」の二言で、話は片づいた。良くも悪くも、菜々美は細かいことを気にしない。バカと言ってしまえばそれまでだが、よく言えば大らかな心の持ち主である。

菜々美は、そんなことより、と前置きをして、「一緒にサッカー部のマネやろう」と言い放った。運動部のマネージャーとなれば、男子部員の汗の染み込んだ部室に入らなければならないし、汚れたものの洗濯もやらされるだろう。菌が、と考えるだけで背中がぞわぞわとする彩子には、あまりにも過酷だ。

無理、と答えたのに、彩子は強引に顧問の先生のところに連れていかれ、あれよあれよという間にマネージャーとして入部することが決まった。仕方なくマネージャーをやり始めたのだが、やはり、汗まみれのユニフォームを触ることはできなかった。けれど、彩子ができないことは菜々美がフォローをしてくれた。彩子は代わりに、菜々美が苦手とする練習ノートやスコアブックのつけ方を一生懸命習得した。一年半の間、彩子と菜々美は相互扶助の関係を保ちながら、マネージャーの役目をこなしてきたのだ。

「ナイッシュー」

彩子の目の前では、部内の紅白戦が行われている。レギュラー組対控え組の試合だ。

エースの来栖先輩は、当然のようにレギュラー組の中央前方辺りに立っていた。

来栖先輩にパスが通る。先輩がボールを持ったと見るや、控え組が三人がかりで取り囲む。だが、先輩は迷うことなく、正面の部員の股の間を抜くパスを出した。前に走り出していたセンターフォワードの足元に、ぴたりと合う。いとも簡単にシュートが決まる。来栖先輩は涼しい顔で、シュートを決めたチームメイトとハイタッチを交わした。

彩子は、菜々美をちらりと見る。いつもなら、先輩がカッコよすぎる、と暑苦しいくらい耳元で語るのに、今日は彩子と話をしようとしない。昨日は帰りも別々になった。最寄りの駅まで一緒に行って、駅前のカフェでお茶をしてから帰るのが習慣なのに、だ。

彩子がサイコメトリーを断ったことが、よほど腹立たしかったのかもしれない。

プレーをスコアブックに記録しなければならないのに、菜々美の様子が気になって、ペンが進まない。仲のいい友達でも、関係が崩壊するときは一瞬なのだろうか。

「おい、サッカー部、時間だろ！　グラウンド空けろ！」

後ろから男性教師の声が響いて、彩子は我に返った。

都会のビルに囲まれた高校には、複数の運動部がのびのびと活動できるような広いグラウンドは存在しない。各部が時間割に従って使っている。今日は、サッカー部の次に陸上部が使うことになっていた。怒鳴ったのは、陸上部顧問の岡田《おかだ》だ。

部員たちがグラウンドから戻ってきて、汗を拭いたり給水をしたりする。菜々美は控え組の間を回って、てきぱきとビブスを回収している。

「アヤ」

はい、と反射的に返事をする。彩子の横にはタオルを頭に被せた来栖先輩が立っていて、右手を差し出していた。彩子は、慌ててスコアブックと練習ノートを渡す。

「相変わらず、見やすいね」

先輩は笑いながら、ページをめくる。スコアブックには、誰がどう動いて点を取ったか、というプレーの記録がつけられている。キャプテンである来栖先輩は、いつも彩子がつけたスコアブックや練習ノートに目を通し、戦術や部員のプレーをチェックしている。試合前になると、遅くまで部室に残って、ひとりで研究していることもよくあった。

「最後のプレーは？」

「す、すいません。ちょっと、別のこと考えてて、まだ書いてなくって」

来栖先輩は、俺のアシストなのにな、と拗《す》ねたふりをし、そのままノートを持ってどこかに行ってしまった。たぶん、近くのコンビニでパンでも買ってくるのだろう。

一年生部員たちがグラウンドの片づけをする間に、彩子は菜々美と部室棟に戻る。

菜々美が手際よく洗濯機にビブスを放り込み、スイッチを入れる。洗濯の間に、流しでドリンクのボトルを洗う。彩子は、部員たちが口をつけたボトルにも、汗や泥が付着しているビブスにも触れない。乾燥機から取り出したビブスをきれいに畳むのは彩子の役目だが、それまでは動き回る菜々美の背中をじっと見ているしかない。菜々美は別に文句を言うことはないが、いつもこの時間は気まずさを感じる。

「あのさ、アヤ」

突然、洗い物をしながら菜々美が口を開いた。彩子は思わず背筋を伸ばし、はい、と改まった返事をした。

「今日、塾とかないよね」

「うん、ないけど」

「ちょっと時間くれない？」

4

話がある、という菜々美に連れられて、彩子は誰もいない教室に戻ってきた。もろもろの片づけを終えると、もうすっかり日が傾いていて、校舎に残っている生徒はほとんどいなかった。

「話って、なに？」

自席についた彩子の前に、菜々美は何冊もの本を積み上げた。図書室のラベルが貼ってあるものもあれば、書店で購入したであろう新品もある。いずれにしても、どこの誰が触ったかわからない本たちだ。彩子は悲鳴を上げ、椅子ごと後ずさりをした。

「それさ、本くらいでそんなになるのって、異常じゃん？」

「だって、誰が触ったかわかんない本だよ？　汚いじゃん！」

彩子は涙目になりながら、本をどかすよう菜々美に向かってわめき散らした。机が空いたとみるや、カバンから取り出したアルコールスプレーをヒステリックに吹き掛ける。

菜々美はじっとりとした表情で、机をピカピカに磨き上げる彩子を見ていた。

「大げさなんだよ、アヤはさあ」

「だって、考えてみなよ。もしかしたら、お風呂にも入らないような人がさ、トイレに入って手も洗わずに出てきて、そのまま本を読んだりしてるかもしれないんだよ？」

うわ、それはキモい、と、菜々美は顔をしかめた。

「いやでもさ、やっぱり普通じゃないよ、アヤのは」

「私からすれば、みんなが普通じゃないんだよ。無頓着すぎて、気持ち悪いくらい」

「言うと思った。そういうのってさ、ええと、なんだっけ」

菜々美は、一冊の本を摑みあげると、ペラペラとページをめくりだした。本にはたくさんの黄色い付箋がついている。菜々美はどうやら、昨日の部活後、彩子の潔癖症について調べていたらしい。

「強迫性障害！」

菜々美が、彩子に向かって、なぜか誇らしげに本を開き、目の前に突き出した。障害、と厳《いか》めしい漢字が並ぶと、なんだかおそろしい病気に罹《かか》ったように思える。彩子は、別に病気じゃないし、と反論した。

「このままいくと、本格的に病気になっちゃうよ」

「そんなことないよ」

「じゃあさ、手を洗うのやめられるわけ？」

彩子は消え入りそうな声で、なんでやめなきゃいけないの、と呟いた。

「普通にさ、触れるようになろうよ、いろんなものを」

「どうして？」

「もったいないじゃん」

「なにが？」

「超能力にきまってんじゃん、超能力！」

「別に、もったいなくないよ」

「なんで？　触っただけで、人の思いがわかったりするわけでしょ？　すごいことじゃん、それって」

サイコメトリーのことを菜々美に話したのは失敗だった、と彩子は思っていた。いつものように、二人で用具整理をしていたときのことだ。菜々美は同じクラスの女子とケンカをした直後で、人の気持ちが知りたい、と落ち込んでいた。話の流れで、彩子は「ものに触ると、映像が見える」というようなことを話してしまったのだ。

何バカ言ってんの、と笑われるかと思っていたが、菜々美は思いのほかがっしりと食いついてきた。学校の勉強はからっきしだが、菜々美はオカルトやら超常現象に関しては、異様に知識が豊富だった。彩子の能力が「サイコメトリー」というものだと教えてくれたのは、菜々美だ。

「アタシなんかさ、小っちゃい頃からずっと、そういう特別な力が自分にあったらいいのにって思ってた」

「そう、なんだ」

「人を助けたり、奇跡を起こしたりする力かもしれないんだよ、それ。使わないなんて、もったいないってば、絶対」

「でも、どうしたらいいか、わからないんだよね」

菜々美はまた手元の本をめくり、かしこまった顔で彩子を見た。

「ねえ、いつから？」

「いつ？」

「手を洗い出すようになったの」

いつからだろう。彩子は、自分の小さな手を、きゅっと握りしめた。

5

「ちょっと待ってよ、シュンちゃん、お腹苦《なか》しいんだってば」

だらしねえなあ、と、従兄《いとこ》の北島駿介《しゅんすけ》が笑う。ついさっきまで、行きつけだという定食屋で豚もやし炒めの定食をもりもりと食べてきたばかりだというのに、休む間もなく公園に引っ張ってこられた。あれはたしか、彩子の祖母の三回忌のタイミングだったから、もう四年前の話だ。

「おい、アヤいくぞ！」

彩子の親戚は、長い休みがあると母方の実家にやたら集まる。母方の親戚と父方の親戚が入り混じって、飲めや歌えの大騒ぎをするのが慣例だ。大人たちが酔っぱらって大騒ぎする中、一人だけ歳の離れた子供だった彩子は、いつも退屈していなくてはならなかった。

そんなときに、外に連れ出して遊んでくれたのが、母の兄の息子で、比較的歳の近いシュンスケだった。歳が近いと言っても、彩子より七歳年上だ。小学校の頃は喜んで外に連れ出されたものだが、中学に入ると、それが面倒になった。子供から脱却すべく、背伸び真っ最中の時期に入ったからだろう。

定食屋じゃなくて、オシャレなカフェとかがよかった。

外で遊ぶとか、誰かに見られたら恥ずかしい。

彩子の気持ちを知ってか知らずか、シュンスケは、少し離れたところからサッカーボールを蹴ってよこした。複雑な模様のボールが転がってくる。

「一年半ぶりだから、上手くなってるだろうな！」

シュンスケは、これ見よがしに高校の頃のユニフォームを着ている。背番号は10番。現役のときは、サッカー部の不動のエースであったらしい。彩子がボールを蹴り返すと、軽やかな足さばきでぴたりとボールを止める。つま先でひょいっとボールを掬《すく》い上げ、二、三度リフティングをして、また蹴り返してくる。

「俺を抜いたら、なんか好きなもん買ってやるよ。何がいい？」

「バッグ。サマンサのやつ」

よかろう！　と、シュンスケが笑った。

結局、小一時間ほど一対一で勝負をしたものの、彩子はシュンスケをドリブルで抜くことはできなかった。体格も年齢も上のサッカー経験者に、ろくにサッカーなどやったことのない彩子が勝てるわけがないのだ。本気でバッグを買ってもらおうと思ったわけではないが、ムキになってシュンスケに挑んだせいで何度かすっころび、彩子の体は砂まみれ、汗まみれになっていた。

「暑いし、そろそろ帰ろうぜ」

見ると、シュンスケのユニフォームも、びっしょりと濡れていた。顔からは滝のように汗が噴き出していて、肩で息をしている。実は、相当本気でやっていたらしい。

公園から歩いて数分、親戚が集まる母の実家に帰ると、ちょうど居間で酔っぱらっていた父親と目が合った。昼間っからビール瓶をゴロゴロと並べて、みんなご機嫌だ。

「おい、アヤ、どこいってたんだ」

やだ、パパ、声が大きい。やめてほしい。

「ちょっと、シュンちゃんとサッカーしてた」

「サッカー？　何だお前、砂だらけじゃないか。汚《きたね》えなあ」

汚い、と、言われた瞬間、彩子は親戚の目が一斉に自分に向いたような気がした。悔しさと恥ずかしさが一緒になって、体が震えだすほど、嫌だ、と思った。

「手を洗ってこい。バイキンだらけの手で、食いもんに触るなよ」

彩子の家は、母が比較的大らかな性格なのに対して、父親はやや神経質な性格だった。

父親も少し、潔癖の気があったのかもしれない。彩子は小さい頃から、うがい、手洗いについては、かなり厳しく躾《しつ》けられた。もちろん、一人娘が病気になっては困る、という父親なりの愛情ではあったのだろうが、外から帰ってきて手を洗わずに何かしようものなら、こっぴどく怒られた。

――手は、バイキンの住処なんだ。だから、汚いんだ。

頭のどこかには、いつも父親の言葉があった。親戚のおじさんおばさんたちの前で、面と向かって「汚い」と言われた瞬間、彩子は自分の手がバイキンだらけの汚物であるように思えて、堪えられなくなった。不快感に突き動かされるように洗面所に急ぎ、徹底的に手を洗った。何度も、何度も。

「そんなことがあったんだ」

菜々美がカバンからハンカチを取り出して、彩子に差し出した。が、使えないか、と引きつった笑いを浮かべる。いつのまにか、彩子の目からは涙が溢れていたのだ。ありがとう、とだけお礼を言って、彩子は自分のカバンからハンカチを取り出した。

「思い出しちゃった」

「なんかさ、辛くない？　なんかするたび手を洗わないといられないって」

「辛いとか辛くないじゃなくて、気持ち悪くて、洗わないとやってられないから」

「気持ち悪いって思わなくて済むようになったら、楽じゃない？」

「それは、そうかも、しれないけど」

「アタシはさ、部のみんなの汗、好きなんだよね。部室とかめっちゃ汗くっさいけど。でも、それってさ、努力してるってことじゃん？」

「うん」

「アヤだってさ、辛いんじゃない？　みんなの汗とか、汚いって思っちゃうことがさ。アタシが洗濯してるときとか、すごいしょぼんとしてるし。ほんとはもっとみんなのために頑張りたいって思ってんじゃない？　アタシ、アヤはそういう子だと思ってる」

菜々美は何も考えていないように見えて、時々鋭いことを言う。彩子が見ないふりをし続けてきた心の奥底の感情に、菜々美の言葉がぐさりと刺さった。

「そう、なのかな」

菜々美は、また本をめくり、黄色い付箋のついたページを見せた。見出しのところには、「ERP」なる英語が載っている。

「調べたんだけど、これやると治るらしいよ、潔癖症」

「なにこれ。どういうこと？」

「まずさ、アヤが汚い、って思うものを触って、手を洗うのを我慢するの」

「いや、絶対無理だよ、そんなの」

「汚い手で、絶対触られたくないものって、なんかある？」

「基本全部嫌だけど、ベッドは絶対無理。触られたら、ほんとに死にたくなる」

「じゃあアヤが、自分で触るの。ベッドを。手を洗わずに」

いやあ！　と、彩子の口から金切り声が出た。

「無理無理無理無理無理、絶対、無理！」

「やってみないとわかんないじゃん、無理かどうか。ほら、本にだって書いてあるんだから」

「なんかちょっといい話っぽくしたけどさ、結局それで来栖先輩のものを触らせよう、ってことなんでしょ！」

「だって親友でしょ！　いいじゃない、助けてくれたって！」

彩子と菜々美が、人でなし！　このぱっつんボブ！　と言い争いをしていると、教室のドアが乱暴に開けられた。うるせえぞ！　という怒鳴り声が教室に響く。見ると、岡田が眉間にしわを寄せて立っていた。陸上部の練習が終わって、校舎の見回りに来ていたのだろう。

「下校時間、とっくに過ぎてるだろうが！」

「すいませーん」

「ごめんなさーい」

彩子と菜々美は、立ち上がって、そそくさと帰り支度を始めた。もう、ずいぶん長いこと二人でしゃべっていたらしい。グラウンドには誰もいない。都会の狭間、ぽっかりと空いた黒い空間に、点々と街灯の光が点《とも》っていた。

「岡田先生！」

突然、菜々美が素っ頓狂な声を上げた。何事かと思って視線をやると、窓の外を指さして、目を丸くしている。

「うるさいな、なんだ」

「燃えてる！　火事！　火事だって！」

菜々美の指が示す方向に顔を向ける。街灯に照らされた部室棟の一室から、もくもくと黒い煙が吐き出されているのが見えた。

6

翌日、運動部の活動はすべて休止、部室棟付近は生徒の立ち入りが禁止された。昨夜の火事は菜々美の発見が早かったお陰で、岡田が消火器で火を消し止め、ボヤ程度で済んだ。消防車などが来るような騒ぎにはならず、怪我人も出なかった。

問題は、火元がサッカー部の部室だったことだ。火が出たとき、部室には誰も人がいなかった。岡田は職員室から持ってきたマスターキーでドアを開け、中に飛び込んで消火したのだという。

火が出た原因は、すぐに特定された。岡田が部室に転がっていたタバコの吸い殻を見つけていたのだ。焼けて黒焦げになっていた上に、消火器の粉を被っていたものの、それがタバコだということがわかるくらいの形状は保っていたらしい。おそらく、吸い殻の火が部室に転がっていた雑誌に燃え移り、窓際に置かれていたソファとカーテンの一部を焼いたのだろう。発見が遅ければ、本格的な火事になっていたかもしれない。

火元の状況から、喫煙をした部員がいて、その火の不始末で出火したのではないかと考えられた。つまり、部室を最後に出て行った人間が犯人である可能性が高い。誰かは、すぐにわかった。


来栖先輩だ。


「ねえ、菜々美、どう思う？」

「どうって、来栖先輩が、タバコなんか吸うわけないじゃん」

彩子は、そうだよね、と頷いた。

「さっき他の先生からちょっと聞いたんだけど、職員室では来栖先輩が犯人ってことになっちゃってるらしいよ」

「そんな。先輩、警察に連れて行かれちゃうわけ？」

「いや、火事自体は大したことないから、学校の中で収めようとしてるみたい。でも、犯人捜しはしてるっぽいね」

「犯人て、来栖先輩のことを言ってる？　ありえない」

「岡田がさ、どう考えても来栖先輩がタバコを吸っていたとしか思えない状況だったって騒いでるって」

ふざけんなあいつぶっころしてやる、などと、菜々美が物騒なことを言いながら憤る。

岡田が飛び込んだとき、部室は鍵が掛かっていたし、窓も閉まっていたのだという。つまり、部室は密室だったということだ。煙は通気口から漏れていたが、通気口はとても人が通れるような大きさではない。そうなると、中にいた人間が喫煙して、鍵を掛けて出て行ったとしか考えられない。部室の鍵を持っていたのは、来栖先輩だ。言い逃れができない。サッカー部の顧問の先生が、そんなわけがない、と必死でかばっているようだが、だいぶ分が悪いらしい。

「きっと、外から火をつけた誰かがいると思うんだよね」

菜々美がいやに真剣な顔つきで、部室棟を睨みつけた。

「だって、全部閉まってたんでしょ？　部室の窓も、ドアも」

「この世にはさ、火を起こす超能力だってあるんだよ。パイロキネシスっていうの。そういう超能力者だったらさ」

「いるわけないじゃん、そんな人」

「超能力者本人のくせに、超能力を否定しないでよね！」

彩子には、菜々美の気持ちが痛いほどわかった。もし、来栖先輩が喫煙をしていたということになったら、サッカー部全員がただでは済まない。信じたくない、という気持ちは彩子も同じだ。

「先輩！」

菜々美の声に驚いて後ろを向くと、いつものトレーニングウェア姿ではない、制服姿の来栖先輩が歩いていた。先輩は少し引きつったような笑みを浮かべて、よう、と手を上げた。

「どう、だったんですか」

菜々美と二人、彩子は恐る恐る、頭一つ背の高い先輩の目を見上げた。後輩二人に見つめられて、来栖先輩は今までに見たことのない、複雑そうな表情を浮かべた。

「どうもこうもないな。俺が、タバコを吸ってたんだってさ」

「そんな」

「サッカー部は、当面、活動停止だと」

「停止って、もうすぐ選手権の二次予選始まっちゃうじゃないですか」

「たぶん、辞退することになるってさ」

嘘だ！　と、菜々美が泣きだし、その場にしゃがみこんだ。彩子も、目の奥がつん、と引きつり、顔が紅潮していくのがわかった。

「嘘ですよね？」

「さあなあ。でも、タバコの吸い殻を目の前に出されてさ。もう、頭っから犯人扱いだからな。なんも言えねえよ」

「だって、先輩が喫煙なんかするわけないじゃないですか！」

「まあな。そりゃ、タバコなんか吸わねえよ。走れなくなっちゃうしな。でも、俺が吸わねえってことはさ、俺か、神様にしかわからないんだよね」

みんなに申し訳ないな、と、来栖先輩はため息をつき、じゃあな、と、弱々しく手を振った。いつもの、溌溂《はつらつ》としていて、自信に満ち溢れた来栖先輩の姿は、どこにもなかった。

「ねえ、アヤ」

「なに」

「助けてよ！　超能力者！」

7

水が流れる。彩子は、手を洗う。

四年前の祖母の三回忌。親戚一同の前で父親に「汚い」と言われた彩子が、洗面所に向かおうとして踵を返すと、目の前に、10という数字の書かれた、シュンスケの背中があった。思わず手を前に出し、ぶつからないようにする。手がシュンスケの体に触れた瞬間、不思議なことが起こった。

言葉では言い表せない感覚。無数の映像がぐるぐると頭の中を巡り、同時に、感情そのものが、彩子に流れ込んでくるようだった。直感で、これがシュンスケの記憶や感情なのだ、ということがわかった。

映像は、断片的なものだ。サッカーボール。それを蹴る足。小さい足だ。やがて、中学か、高校の部活動のような風景が見えてきた。目の前で試合が行われている。だが、シュンスケは、それを少し離れたところから見ている。ピッチの中には、背番号10をつけた選手がいた。

場面が変わる。シュンスケはまた、遠くから試合を見ている。心臓の鼓動が速くなる。応援しているチームのフォワードが、シュートを放った。心が躍る。だが、スローモーションのようにゆっくりと飛んでいくボールは、ゴールポストに直撃する。あと、十センチくらい右にずれていたら、間違いなく決まっていただろう。

悔しい、辛い。

心臓に爪を立てるような痛みを感じながら、最後に見えたのは、ユニフォームだ。背番号が書かれていない、無地のユニフォーム。アイロンが押し当てられて、背番号のワッペンがくっつく。背番号は、10だ。

彩子の頭の奥に吸い込まれるようにして、脳内に渦巻いていたものは、姿を消した。目の前には、シュンスケが立っていて、おい、大丈夫か？　と、怪訝《けげん》そうに彩子を見ていた。

大丈夫、とだけ返して、彩子は洗面所に閉じこもった。今見たものがいったい何なのか、何が起きたのかがわからなかった。だが、はっきりとわかったこともある。

――高校時代は、背番号10のエースだったんだぜ。

得意げな顔でユニフォームの番号を見せるシュンスケの顔が浮かんだ。だが、彩子の中に流れ込んできた記憶の中のシュンスケは、いつもベンチの外から試合を見つめていた。中学校、高校。一生懸命練習しても、他の部員たちよりも上手くはならなかった。レギュラーはおろかベンチにも入れない。サッカーが好きだ、という気持ちとは裏腹に、記憶とともに保存された感情は、悔しさや、辛さ、悲しさ。そんなものばかりだった。

せめて従妹の彩子の前では、「サッカーの上手いお兄ちゃん」でいたかったのかもしれない。誰もいない家の中で一人、シュンスケは、買ってきた10番のワッペンを、アイロンでユニフォームにくっつけた。背番号の入っていない、自分のユニフォームに。

全部、嘘だったんだ。

彩子は、見てはいけないものを見てしまった気になった。彩子の前で、カッコつけようとしたシュンスケが、惨めで情けなくて、かわいそうだった。きっと彩子にだけは、本当のことを知られたくないと思っていただろう。でも、彩子は知ってしまった。もう、今までのように、サッカーが上手いお兄ちゃん、とは思えない。

なんで。どうして、こんなものを私に見せたの？

水が流れる。彩子は、手を洗う。

手のひらから自分に流れ込んできた負の感情が、バイキンのようにぞわぞわと増殖して、心を蝕《むしば》んでいく。父親に「汚い」と言われた手は、人の秘密を暴くような、薄汚い、いやらしい力を持っているようだった。そんな力を欲しいなんて思ったことはないのに、どうして自分の手にそんな力が宿ってしまったのだろう。

落ちろ、落ちろ、と念じながら、何度も何度も石鹸《せっけん》で手を泡だらけにする。なのに、涙が出てくるほど手を洗っても、きれいになった気がしなかった。

「聖域」であるベッドに寝転びながら、彩子はじっと天井を見ていた。自分の両手を持ち上げて、いっぱいに広げてみる。

——助けてよ！　超能力者！

私に何ができるんだろう。私の力が、何の役に立つだろう。

考え込んでいると、枕元に置かれたスマートフォンが、ティントン、という軽い音を立てた。菜々美からメッセージが届いている。が、意味がわからない。画面には、「後は頼んだよ、超能力者」という文字が表示されていた。

8

昨夜のことを思い出しながら、彩子は斜め前をぼんやりと見ていた。菜々美の席が、ぽっかりと空いている。成績がイマイチであろうとも、一年生の頃から欠席だけはしたことのない菜々美が、初めて学校に来ていなかった。昨夜のメッセージの意味を聞こうにも、本人がいなければどうしようもない。

朝のホームルームの時間になって、担任から衝撃的な事実が告げられた。菜々美は、一週間の停学処分になったのだという。理由についてはあまり詳しくは説明されなかったが、昨日の夜中に、菜々美は学校の窓ガラスを割って校内に侵入したのだそうだ。警備システムが作動し、駆けつけた警備員が菜々美を捕まえたらしい。

来栖先輩から、「菜々美の件、知ってる?」というメッセージが届いたが、「わかりません」としか返せない。なんの相談もなかったし、何がしたかったのかも聞いていない。メッセージを送ったが、スマホの電源を切っているのか、既読にならなかった。

彩子はふと、自分の机の天板の下、引き出しの口あたりに、黄色い紙きれがくっついているのに気づいた。潔癖症の本に貼っていたのと同じ、菜々美の付箋紙だ。きっと、昨日の晩に、菜々美が貼りつけたのだろう。

はっとして、周囲に気を配りながら机の中を探った。教科書やノート類にまぎれて、触り慣れないものがある。恐る恐る爪の先で挟んで引っ張り出すと、チャックのついた、小さなポリ袋だった。中には、黒い、ごみのようなものが入っている。

吸い殻だ。

「まさか、菜々美」

バカ！　と、思わず声が出た。後は頼んだよ、の意味がようやくわかって、胸が締めつけられるような気がした。

吸い殻に残る、残留思念。彩子の力で読み取ることができたら、真犯人がわかるかもしれない。かの『超能力入門』には、「残留思念は、液体に最も強く残る」と書いてある。燃えずに残っているフィルターの部分にはまだ、水分がわずかに残っているかもしれない。吸った人間の、唾液だ。

「無理無理無理、無理だって無理」

真犯人がどんな人間かもわからない。人の唾が染み込んだタバコなんてものを触ってしまったら、どれほどのバイキンが手に移ってくるか、わかったものではない。

でも。

菜々美の泣き顔。来栖先輩の悲しそうな横顔が、彩子の頭から離れようとしなかった。

9

「岡田先生！」

放課後、グラウンドでは陸上部が練習を始めていた。ストップウォッチを片手に大声で怒鳴る岡田に、彩子は思い切って声を掛けた。

「うん？　なんだ、サッカー部の？」

「ちょっとだけ、お時間いただけませんか」

「練習中だぞ？　後にしてくれ」

「ちょっとだけでいいんです。あの、私、わかっちゃったんです。ボヤ騒ぎの真犯人」

岡田の眉が、ぴくりと動いた。

「なんだと？」

「来栖先輩は犯人じゃありません。証拠を見せますから、来てください」

彩子が部室棟を指さす。岡田は、ちっと舌打ちをしてから、陸上部の部員たちに向かって、サーキットやっとけ！　と怒鳴った。

誰が吸ったかわからない吸い殻に触れるのは、勇気が要った。全身を駆け巡る嫌悪感に堪えながら、彩子はポリ袋を開け、深呼吸をした。

菜々美がサッカー部のマネージャーになったのは、来栖先輩に近づきたい一心だったかもしれない。動機は不純ではあったが、菜々美はマネージャーとして、彩子の何倍も努力していた。ただ、カッコイイ先輩が好き、というだけで、あんなに頑張ることができるだろうか。

机に貼られた付箋紙をはがしたときに、ほんの少しだけ、菜々美の残留思念が彩子の中に入ってきた。夜中に窓ガラスを割って侵入して、職員室に保管してあったタバコの吸い殻を慌てて探す。警報器に追い立てられ、恐怖と焦りに苛《さいな》まれる菜々美の心を感じる。ようやく、岡田の机の引き出しから見つけたポリ袋を掴んで、教室まで全力で走る。車の音。警備員がやってくる。菜々美は、汗ばんだ手で自分の付箋をはがし、彩子の机に貼りつけた。最後に残っていたのは、なんとしても来栖先輩を引退させたくない、試合に出してあげたい、という、強い想いだ。

「先生は、サイコメトリーって、知ってますか？」

「サイコ？　なんだそれは」

部室棟の裏側、サッカー部の部室の窓の見える場所で、彩子はようやく口を開いた。

岡田は不機嫌そうな顔で、知らないな、と答えた。

「物に残った、残留思念を読み取る力なんです。私、サイコメトリーができるんです」

「何をバカなことを言ってるんだ、お前は？　からかってるつもりなら、俺は戻るぞ」

「見てください！」

立ち去ろうとする岡田の背中に向かって、彩子は叫んだ。ポケットから、吸い殻の入ったポリ袋を出す。お前、それ、と、岡田が語気を荒らげ、彩子の手からポリ袋をひったくった。

「なんでお前が持ってるんだ」

「タバコに残っていた、残留思念を読み取りました」

菜々美の想いに応えたい。昨日の夜、彩子は意を決して吸い殻を指で拾い上げた。触れた瞬間、映像が頭に流れ込んでくる。サッカー部の部室裏。窓が、うっすらと開いている。舌打ち。胸ポケットから、黄色いパッケージのタバコとライター。煙。オレンジ色に光る、小さな火。半分ほど吸ったところで、タバコは部室の窓の隙間から中に放り込まれた。何者かが、窓を閉める。

「先生は窓が閉まってたっておっしゃいましたけど、鍵が閉まっていたか確認しましたか？」

「鍵？　閉まっていたと思うぞ、たぶんな」

「いいえ。開いてたはずです。タバコは、外から部室の中に投げ入れられたんです」

岡田は顔をしかめたまま、何も言わない。

「そんなに大事ですか？」

「大事？　何を言ってるんだ」

「そんなに、グラウンドを使う順番なんかが大事なんですか、岡田先生」

声が震える。怒り、悔しさ。彩子の気持ちだけではない。付箋紙から読み取った菜々美の気持ちが、口から飛び出しそうなくらい、胸いっぱいに広がっていく。

「だから、何を――」

「先生の、胸ポケット！」

彩子が鋭い声を発すると、岡田は口をつぐんだ。

「出してください」

「なんでそんな必要がある」

「黄色いパッケージのタバコが入ってるはずです」

来栖先輩が入学する前、まだサッカー部が弱小だった頃、運動部で一番結果を残していたのは陸上部だったらしい。グラウンドの使用順や時間は、成績のいい部が優先される。グラウンドを一番早い時間に一番長く使っていたのは、もともと陸上部だったのだ。けれど、来栖先輩が入ってサッカー部が急激に力をつけたことで、陸上部との順位は入れ替わった。今は、サッカー部がグラウンドの使用に関して最も優遇されている。

岡田は、それが我慢できなかったに違いない。

部室に放火して燃やしてやろう、というほどの明確な悪意があったわけではない。けれど、残留思念の主は腹の中の苛立ちをぶつけるように、まだ火のついているタバコを部室の窓の隙間に放り込んだ。これでサッカー部の問題になって、廃部にでもなれば愉快だ。そんないやらしい思いが、吸い殻にこびりついていた。

「俺がタバコを投げ入れたって言いてえのか。証拠でもあるのか。いい加減にしろ！」

「証拠？　証拠なんかないです！」

彩子は腹に力を入れて、ふんぞり返る岡田を睨みつけた。

「先生が知らん顔して、全部来栖先輩のせいにしても、私には何もできません。でも、私は知っています。このタバコにこめられた、先生の悪意をです。もしこれで、サッカー部が試合できなくなって、三年間頑張ってきた先輩たちの努力が無になるようなことがあったら、私は、先生を許さない。絶対に、絶対に許さない！」

嚙みつくような彩子の語気に気圧されたのか、岡田はそれ以上反論しようとはせず、ただばつが悪そうに舌打ちをして、そっぽを向いた。

「私、嫌いなんですよ、汚いものが」

言葉にするのは、そこまでが限界だった。目に溜まった涙が、岡田の姿をぼんやりとしたシルエットにしてくれていた。

10

放課後。

早いもので、ボヤ騒ぎからあっという間に二週間が過ぎた。暑かった夏も終わって、そそくさと秋がやってくる。もう、夕方になると肌寒い風が吹くようになった。

授業が終わる。いつもだったら、手を洗いに水飲み場へ走るところだ。だが、彩子のカバンの中には、ハンドソープも、アルコールスプレーも入っていない。手が汚い、洗いたい、という衝動を、歯を食いしばって我慢する。絶対に手を洗ってはいけないのだ。

手洗いは、彩子にとって「汚い」という強迫観念を和らげるための儀式だった。だが、儀式を徹底すればするほど、外の世界を汚いものだと認識してしまう。今はカウンセラーの指導の元、曝露《ばくろ》反応妨害法、通称・ＥＲＰという治療法を試しているところだ。手洗いという「儀式」を行わず、わざと自分を汚すことで、清潔という幻想で乖離《かいり》していた彩子の手と外の世界を、元通り、一つの世界に戻そうというものだ。

開始から数日は、地獄だった。自分の手がバイキンに埋め尽くされているような気がして、ご飯を食べることすらできない。手が洗えないことに苛立って、家の中で泣きわめいたりもした。それでも、カウンセリングを受け、周りがサポートしてくれているお陰で、何とか二週間続けることができた。まだ、自分の手がバイキンに侵されているような感覚はある。それでも、手を洗いたいという欲求はなんとか抑えられるようになってきた。

クラスメイトたちに、じゃあね、と手を振りながら、教室を出る。隣には、珍しく緊張した面持ちの菜々美がいた。彩子が、行こっか、と声を掛けると、小刻みに何度か頷いて、泣きそうな顔をした。

「大丈夫だってば」

ざわつく校舎を出て、部室棟に向かう。大会明けの今日は、サッカー部の練習はお休みだ。部室には、誰も来ていないはずだ。

部室の前に二人で並ぶ。菜々美がくるりと背を向けて帰ろうとするところを、彩子が手を握って止めた。素手で、しっかりと菜々美の手を握りしめる。初めて触れた菜々美の手は、思ったよりも小さかった。

「失礼しまーす」

多くの部員たちが触れているであろう、部室のドアノブを摑んで、彩子は部室のドアを開けた。まだ壁に焦げ跡の残る部室に、ポツンと一人、立っている人がいる。彩子と菜々美の姿を見ると、よう、と手を上げた。来栖先輩だ。

菜々美の耳元で、がんばれ、と囁き、背中を平手で叩いた。菜々美が、ととん、と前に出る。彩子は、軽く手を振り、中には入らずに、部室のドアを閉めた。

サッカー部の部室火災事件については、来栖先輩の濡れ衣を完全に晴らすことはできなかったものの、最終的には、おとがめなしというところに落ち着いた。岡田が、「窓は開いていたかもしれない」と、それまでの主張を一変させたからだった。サッカー部は、なんとか大会参加辞退という最悪の状況を回避することができた。

全国高等学校サッカー選手権大会、二次予選・一回戦。

試合は来栖先輩が得点を挙げて、一対〇のまま、後半四十五分まで経過した。けれど、アディショナルタイムに痛恨の失点を許し、ＰＫ戦にもつれ込んだ。一番手のキッカーは来栖先輩だった。助走をつけて、ボールを蹴る。鋭い弾道のボールが、ゴール左隅に飛んでいく。キーパーは動けない。決まった、と思った瞬間、ごいん、という音がして、ボールはゴールポストにはじかれた。

来栖先輩以外、四人のキッカーはすべてＰＫに成功したが、相手チームは、五本すべてを決めた。創部以来最強と言われた今年の三年生の選手権は、あっけなく終わったのだった。もし、ボヤ騒ぎのゴタゴタがなかったら、もっといい状態で試合を迎えられたかもしれない。でも、誰もそのことは口に出さなかった。

ベンチに帰ってきた来栖先輩は、タオルで顔を覆いながら、崩れ落ちるようにして泣いていた。あと十センチ。あと十センチ右にボールが飛んでいたら、試合の結果は変わっていたかもしれない。だが、ボールの軌道を曲げるような超能力は使えない。彩子には何もできなかった。

三年生の先輩たちが、泣きはらした来栖先輩を囲んで応援席へのあいさつに向かう。菜々美はあまりにもショックが大きかったのか、トイレに行ってくる、と残して、ふらふらとどこかに行ってしまった。

誰もいなくなったベンチに、彩子だけが残された。目の前には、くしゃくしゃに丸まったタオルが置かれている。ついさっきまで、来栖先輩が顔に押し当てていたものだ。自分でもはっきりとわかるほど、彩子の心臓が、強く、はっきりと胸を叩きだした。タオルには、サイコメトリーに必要な水分である来栖先輩の「涙」が染み込んでいる。触れることができたら、きっと。

菜々美に連れられて、サッカー部の練習を見に行った日のことを、彩子は思い出していた。「見て、あの先輩、めっちゃカッコイイでしょ！」とはしゃぐ菜々美が指差した先には、来栖先輩が走っていた。その瞬間から、彩子もまた、来栖先輩の姿を追い続けてきた。結局のところ、彩子が潔癖症という爆弾を抱えながらも入部を決めてしまったのは、来栖先輩に一目《ひとめ》惚《ぼ》れをしたせいだった。菜々美のことをとやかくは言えない。

彩子も、来栖先輩の気持ちをずっと知りたいと思っていた。でももし、先輩のものを触ることを、心が拒否したら。汚いと思ってしまったら。どんなに恋をしてみても、文字通り、一生人に触れることができなくなってしまう。それが怖かった。

涙なら。涙なら触れるかもしれない。

誰も見ていないことを確かめて、彩子はタオルに向かって手を伸ばした。ほんの少し、指先がタオルに触れて——。

校門の門柱に寄りかかって、彩子は空に手をかざしていた。ずいぶん西に傾いた太陽が、赤みを帯びた光を発している。試合に負けた日、勇気を出して触れた、来栖先輩のタオルの感触はよく覚えている。柔らかい、と思った瞬間、彩子の中に来栖先輩の残留思念が流れ込んできた。

目の前に飛んできたボール。千載一遇のチャンス。きりきりと軋むような緊張。ゴールに吸い込まれていくボール。喜び。三年間の厳しい練習、部員たち、ＰＫ戦の絶望。来栖先輩の中には、純粋なまでのサッカーへの思いが詰まっていた。流れ込んできた喜びも悲しみも、彩子は美しい、と感じた。お陰で少しだけ、世界に触れたい、と思うことができたのだ。

「アヤー！」

遠くから、菜々美の声がした。見ると、豆粒のような大きさの菜々美が、手を振りながら、グラウンドを横切って走ってくる。

タオルから読み取った先輩の残留思念には、サッカーへの純粋な思いと同じくらい、純粋なものがもう一つあった。ゴールを決めた後。緊張する場面。試合終了の笛が鳴った瞬間。途切れ途切れに見える一つ一つの大切な瞬間に、必ず菜々美の姿があったのだ。

悔しいな、という気持ちも、正直に言えば、結構ある。でも、自分の手できれいなものに触れられたことが、彩子にはうれしかった。

菜々美の姿が、ものすごい勢いで近づいてくる。せっかく気合いを入れて、校則違反ギリギリまでメイクをしてきたのに、涙で全部流れてしまっている。きっと、すてきな報告が聞けるだろう。

「ありがとう！　超能力者！」

息を弾ませながら、菜々美が全力で彩子に抱きついてきた。あまりの勢いに、うおえ、と変な声が出た。彩子は両手を菜々美の背中に回し、手のひらで体温を感じながら、ぎゅっと抱きしめた。

「おめでと。よかったね」

彩子が耳元で囁くと、菜々美が子供のような泣き声を上げた。

5
目は口ほどにものを言う

読心術（マインド・リーディング）

〈中略〉

占い師やマジシャンが行う読心術は、テクニックである。人間のしぐさ、言動の観察による心理状態の把握、話術によるコントロールなどを駆使し、相手の思考を予測する。特に、人の心理状態は目に表れやすく、目の動きを観察することで、心理状態を的確に読み取ることが可能である。

〈中略〉

超能力によるマインド・リーディングは、それら、テクニックによるものとは一線を画す。〈中略〉動物にはもともと、相手の感情と自身の感情をシンクロさせる共感力が備わっている。共感とは、相手の感情を感受し、自らの感情として実感することだ。マインド・リーディングの能力者は、この共感力が並外れていると考えられる。

〈中略〉

もともとマインド・リーディングは、原始的な生物間のコミュニケーション手段であったと考えられている。〈中略〉高等生物となるにしたがって、感情を相手に伝える方法は増加した。筋肉の発達による、表情での感情表現。声帯や舌の発達による、発声。人間は、やがて言語という有用な伝達手段を編み出した。〈中略〉現代の人間にとって、マインド・リーディングは、すでに退化した能力なのである。

〈中略〉

人間は脳の損傷などによって一部の能力が損なわれると、それを補うように別の能力が開花することがある。サヴァン症候群などが例として挙げられる。〈中略〉人の心を読む力も、コミュニケーション能力を補うものとして発露する、補完的なものなのかもしれない。

全日本サイキック研究所刊

『〜あなたにもある力〜超能力入門』

第八章「読心術《マインド・リーディング》」より抜粋

1

目を覚ますと、天井から吊り下げられた四角い電灯のシルエットがぼんやりと見えた。いまいちクーラーの利かない部屋は、むしむしとしていて居心地が悪い。ぼやける目をこすりながら、寺松覚《てらまつさとる》は遮光カーテンを開けた。

外の世界は、もうあと少しで昼時だ。電車の音が聞こえる。往来を走る車も見える。時計の針に従って、人間は今日も整然と生きている。多くの人がくるくると回りながら社会を動かしているのに、サトルは部屋に籠ったまま、何もしない。何も生み出さない。

太陽が雲の陰に入ると、窓ガラスに映る自分の姿が目に入った。思春期の頃、同級生たちにからかわれてから、ぎょろりと大きな目はサトルにとってコンプレックスだ。サトルはため息をつくと、再びカーテンを閉め、布団の上に座り込んだ。空がまぶしいほど、自分はなんの役にも立たずにただ生きている、という罪悪感が募ってしまう。

部屋の外から、とんとん、という不器用な足音が聞こえてきた。母親が階段を上がってきているのだろう。下の階は、両親が営む「三葉食堂」という名の定食屋だ。毎日、十一時半の開店時間の少し前に父がまかないを作り、母がサトルの部屋まで持ってきてくれる。

サトルが、二十年勤めた教員の仕事を辞めたのは、二年ほど前のことだ。

以前は地元の小学校で教壇に立っていたのだが、急にメンタル面の不調が出てしまい、退職せざるを得なくなった。以来、自宅の一室に引きこもり、高齢の両親に養われる毎日だ。再就職をしなければと思うのだが、どうしても、外に出る勇気が湧かない。

「ほら、あんた、ご飯ここ置くよ」

母親は薄暗い部屋の真ん中にぽつんと置かれた小さなこたつテーブルにお盆を置くと、今日は天気がいいよ、と、なんでもない一言を呟く。お盆には、盛りのいいごはんとスープ、豚もやし炒めが並べられていた。

サトルは、両親とほとんど会話をしない。本当は、ごめん、ありがとう、と伝えたいのだが、どうしても言葉にはできなかった。サトルが自宅に引きこもっていても、両親は、働け、とも、出て行け、とも言わない。だからこそ、本心は決して知りたくなかった。両親にお荷物だと思われていたら、ここにいることはできなくなるだろう。けれど、今は一人で生きていく力がサトルにはない。現実から目を背けなければ、生きていけないのだ。

「ちゃんと、全部食べなさいねえ」

「うん」

人の目を見るのは、怖い。どんなに上辺の言葉で取り繕っても、どれほど表情をごまかしても、目は、胸の中にとどめている思いを、饒舌《じょうぜつ》に語ってしまう。

目は、口ほどにものを言うのだ。

2

二年ほど前、まだサトルが教職に就いていた頃のことだ。

その日、サトルは授業後に質問をしにやってきた児童たちの相手をしていた。サトルは決して人当たりのいい教師ではなかったが、それでも、子供たちは休み時間になると、サトルを取り囲んで質問を浴びせ掛けてきた。小学四年生にもなると、中学受験を考える家庭も出てきて、勉強に熱心な子供も少なくない。

「ねー、先生、ここは？　なんでBが正解なのかわかんない」

「どうしてかな」

「だって、Aであってない？」

「Aが正しいと思うのはなぜ？」

サトルが説明をしていると、ひとりの女の子が、「痛っ」と声を上げた。驚いて顔を上げると、目の辺りを押さえてしきりに痛がっている。どうやら、ゴミかまつ毛が目に入ってしまったらしい。大丈夫かと見守っていると、不意に、彼女が目を開いた。瞬間、視線が、正面からぶつかった。


——っせーな、さっさと答えだけ教えろよ。


頭の中に猛烈な勢いで「何か」が流れ込んでくるような感覚があって、サトルは言葉を失った。「何か」は、目から、脳に直接入ってくる。まるで、堰を切った濁流だ。頭の中が「何か」に満たされて、サトル自身の意識が溶けてなくなってしまいそうになる。慌てて目をそらすが、入ってきた「何か」は脳の中で暴れ回り、ぐるぐると渦を巻いた。

自分に起きた現象がどういったものか、理屈はわからない。だが、直感的に、何が起こったのかは理解した。彼女の目を見た瞬間、サトルは相手の頭の中の思考を自分の脳内に取り込んだのだ。

――目を見るんじゃねえよ、気持ち悪い。
――なんで、もうちょいフツーの顔の先生が来なかったんだろ。
――あーあ、運悪いな、あたし。

流れ込んできた思考は、サトルに対する悪意に満ちていた。一言一言が、コンプレックスを深々とえぐる。なのに、目の前で彼女は何事もなかったように質問を続けていた。うっすらと、笑みを浮かべながら。

読心術《マインド・リーディング》。

インターネットで購入した本の中に、その一節があった。「読心術」というと、一般的には、占い師やマジシャンが駆使するテクニックを指すことが多い。が、中には超能力を使って相手の心を読むことができる人間がいるのだという。サトルの力は、まさにその、「超能力による読心術」だった。

超能力と言うと聞こえはいいが、まったく役には立たない。むしろ、障害だ。サトルの場合、自分の意思にかかわらず、目を合わせた相手の思考を自動的に吸い出してしまう。知りたくもないことを、強制的に知ってしまう能力など、害悪でしかなかった。

普段、普通に接している子供たちが、これほどの悪意を自分に対して抱いているという事実は、サトルにとてつもない衝撃を与えた。他の児童たちの目も見てみたが、その度に、サトルは自分に向けられる圧倒的な悪意に心を引き裂かれることになった。子供たちだけではない。他の教員たちも、道行く人々も、みな同じだった。

日常生活で、人と目を合わせなくてはいけない機会は思いのほか多い。だが、目を合わせると、人の本心を知ってしまう。サトルは次第に、人の視線を感じるだけで手が震え、パニックを起こすようになってしまった。

気がつくと、サトルの心は粉々に砕けて、どうにもならなくなっていた。人の目が恐ろしくて、子供たちの前に立つこともままならない。最終的にサトルは、休職ではなく退職を選んだ。もはや、教師としてやっていく自信など欠片《かけら》も残っていなかったのだ。

なぜこんな力が自分に与えられたのだろうと、サトルは自分の超能力を呪った。力がなければ何も知らないまま、それなりに平和な一生を送ることができたはずだ。なのに、目を開けば開くほど、自分が生きている平和な世界など幻想にすぎないのだと思い知らされる。

この世界は悪意で満ちていた。人々は傲慢で薄汚く、醜かった。

3

食事が済むと、サトルは部屋の隅に置いてある服に着替える。色の薄くなったポロシャツと、ややくたびれたスラックス。そして、ゴムが伸び気味の靴下。外に出ることはあまりないが、母親は毎日、服を用意していく。このまま、引きこもるだけの生活になってはならないという母の思いなのだろう。ありがたいとは思いつつも、気持ちが沈んだ。特に、靴下をはくのには抵抗がある。外に出ろ、と言われているような気になるからだ。

寝間着から着替えると、サトルはお盆を持って一階に降り、食器を返す。いつものように父が仕込みをする横を通って厨房の流しに食器を置こうとすると、騒がしい客が何やら母親に詰め寄っているのが見えた。

男は、五十代くらいだろうか。色黒の肌に短髪、紫の色メガネをかけた強面で、禁煙パイプのようなものを行儀悪く咥えていた。この暑いのに背広姿で、ルーズに締めたネクタイはやたら派手だ。サトルが目を合わせないよう部屋に戻ろうとすると、母親に呼び止められた。静かに緊張する胸を押さえながら、なに？　と返事をする。

「ちょっと、この人に、バス停を教えてきてあげてくれないかね」

「えっ」

「この人、津田先生のところに行きたいんだって」

母親が「津田先生」と言うのは、津田光庵という地元の陶芸家のことだ。陶芸の世界ではかなり著名な人物だそうだが、三葉食堂の常連で、サトルも何度か店で見掛けたことがある。津田は「津田窯」という窯元を、結構な山の中に構えている。

この辺りはのどかなもので、駅前にはタクシーもたまにしか停まっておらず、コンビニもない。バス停は駅前のロータリーにいくつかあるが、土地勘のない人間には停留所名と目的地が一致せず、どのバスに乗ればいいのか見当がつきにくいだろう。男は津田窯を訪ねて来たものの、行き方がわからなくなって、開店直前の三葉食堂に助けを求めに来たようだ。

「僕、が？」

「もう、店開けなきゃいけないからねえ。ちょっとそこまでだし、行ってきてあげてよ」

駅前ロータリーのバス停は店を出てすぐのところにあるが、見ず知らずの人と並んで外に出るという行為は、サトルにかなりの緊張を強いる。母親も、それはわかっているはずだ。なぜそんなことを言うのかと、恨めしい気持ちになった。

「あー、悪《わり》ぃな、よろしく頼むわ」

男はサトルが表情を曇らせたことに気づいたのか、さっと名刺を取り出し、サトルに手渡した。見ると、剛田《ごうだ》、という名前が記されている。横には「GODAグループ」という会社名と、「代表取締役」という仰々しい文字が並ぶ。列記されている店舗名から察するに、どうやら夜のお店を経営している類の人であるようだった。

剛田を連れて、サトルはしぶしぶ外に出た。店の外に出て日の光を浴びるのは、いつ以来だろう。緊張のせいで首筋からどっと冷や汗が出た。たった一分ほどの距離が、死ぬほど長く感じる。

「ここで、次のに乗れば、大丈夫です」

剛田に向かって、津田窯行きのバスを説明する。だが、声がうまく出ず、何度も聞き返された。その度に、緊張で心臓が引き絞られるような気がした。

「おう、これかこれか。なんだよ、まだ五分もあるのかよ」

「あの、僕は、これで」

「いや、ちょっと待てって。ちょっとこれ、見てくれよ、な、おら」

剛田は何の前触れもなくサトルの肩に手を回すと、目の前に折りたたんだ新聞を差し出した。いきなりの出来事にサトルは全身を硬直させたが、剛田はお構いなしだ。

「遺跡の、発掘調査」

「そこじゃねえ、ここだっつうんだ」

男が指し示したのは、陶芸の作品展に関する記事だ。若手作家が大賞受賞、という特集で、受賞した作品と、胸に赤いリボンをつけた受賞者の写真が並んでいた。

ん、と、サトルの目が留まった。にこやかな笑みを浮かべながら表彰を受けている若い陶芸家の写真のすぐ下に、「奥村太一《たいち》さん」と、名前が記されている。頭に引っかかりを感じて、写真と名前を何度も目でなぞっているうちに、トンネルを抜けるような感覚とともに、ずいぶん昔の記憶が脳裏に浮かび上がった。

「あ、タイチ、くん？」

「あれ、知ってんのか？」

「あ、いや、その、前は、この辺の小学校の、教師を、やっていまして」

「センセーか。なんか、それっぽいな、顔がな」

「彼は、新任の頃、担任したクラスに、いた子でして」

ほんとか、と、剛田はサトルの肩を叩き、豪快に、がはは、と笑った。

「なんだよ、先に言えよ、そういうことはよ」

「さ、先に？」

「こいつはな、俺のセガレでな。別れた女房が連れて出て行っちまったから、もうずいぶん会ってねえんだけどよ」

「そう、なんですか」

「センセーも一緒なら、心強いってもんだ。久しぶりの再会といこうじゃねえか、な」

ちょうど、滑り込んできたバスが、ぶいー、という間の抜けたブザー音とともに、ドアを開けた。剛田はあろうことか、サトルの肩に手を回したまま一緒に乗ろうとする。

「ぼ、僕は、別に」

「ケチケチすんなって、センセーよ。午後から仕事でもあんのかい」

「い、いや、ないんですけど」

公共の交通機関を利用するのが二年ぶりで怖い、とは言えなかった。

4

不幸中の幸いか、バスの中にはほとんど客がいなかった。人の視線を浴びないように、サトルは迷わず最後尾の席を選び、縮こまって座った。すでに、全身は緊張のあまり汗でぐっしょりと濡れていて、両手の震えが止まらなくなっている。

席は選びたい放題だというのに、剛田はわざわざサトルの真隣に並んで座った。今にもパニックを起こしそうなサトルの様子など気にも留めず、バスに揺られている間ずっと、剛田は一人でしゃべり通しであった。

剛田は以前、都内で妻と息子と三人で暮らしていたそうだが、離婚してからは、息子と音信不通になっていたという。離婚をした理由を尋ねると、剛田は「浮気」と悪びれもせずに答えた。

それから、剛田は二度結婚し、二度離婚。今は一人暮らしで、二番目、三番目の妻との間に子供はいないらしい。まさか初対面の人からここまで赤裸々な私生活の話を聞くとは思ってもみなかった。

「このよ、陶芸の賞ってのは、すげえやつなんだろ？」

「さ、さあ、わからないです」

「きっとな、作ったもんがバンバン高値で売れるんだぜ、これからな。日本人てのは、賞獲った、って言葉に弱いからな。映画でも小説でも、賞獲りゃ、クソでもなんでも売れるんだ」

「クソ、みたいなものじゃ、賞は、獲れないと思いますけど」

「なのに、ゲージュツ家ってやつは、だいたいカネにウトい。俺が親としてちゃんと躾けてやらねえとな。損する前に」

禁煙パイプを咥えたまま、上品とは言えない話を繰り返す剛田に、サトルは辟易していた。ずっと離れて暮らしていた親が息子に会いに来たと言えば聞こえはいいが、さっきから話はお金のことばかりだ。

「そういや、センセーはよ、今は、なんの仕事をしてるんだ」

「あの、今は、特に」

「なんだよ、プータローか？」

ぐさり、と、剛田の言葉が胸に刺さる。

「まあ、はい」

「コームインにリストラなんかないだろ？　なんかやらかしたのかい」

エンコーとかよ、と、剛田はシャレにならない言葉を吐いて、また下品な笑い声を立てた。

「ちょっと、その、精神的なもので」

「病気か？」

「人の目が怖くて、だめなんです」

「おいおい、なんだよ、だらしねえな。そんなもん気にしなきゃいいだろうが。気合いだ、気合い」

「そう、なんですけど」

「結婚は？」

「してないです」

「なんでしねえんだ」

「いや、その、こんな顔ですし、人としゃべるのも苦手で」

「関係ねえだろ、そんなのよ」

「まあ、はあ、でも、諦めてます、もう」

「諦めが早《はえ》えんだよ。俺なんかな、四十七で結婚してるんだぜ、三回目」

二年で別れたけど、と付け足して、剛田はゲラゲラ笑った。

「僕には、まあ、無理、ですかね」

「センセーよお。男はやっぱ、金稼いで、女見つけてナンボだろ」

「はあ」

「無理だとか言ってっから、できねえんだよ。だらしねえなあ。俺はな、無理とか言わないね。そういう、グジグジしたの嫌《きれ》えだからよ」

剛田との会話は、サトルにとっては地獄だった。自分がふがいないのは重々承知だが、剛田は人が自分よりも劣っているとみるや、明らかに小ばかにしたような発言を繰り返す。まるで、猿のマウンティングだ。剛田にとって会話は、自分がいかに強いかを相手に見せつけるための手段なのだ。

サトルはただひたすら、剛田と目を合わせなくて済むように祈っていた。何かの拍子で剛田と目が合ってしまったら、きっとおぞましい本心を垣間見《かいまみ》てしまう。人の悪意に頭を埋め尽くされるのは、もうごめんだ。

5

奥村太一のいたクラスを受け持ったのは、サトルがまだ一年目の新任教師だった頃、もう二十年以上前の話だ。

運動会の日、午前の部が終わって、昼食の時間に入った。校庭のトラックを取り囲むように色とりどりのレジャーシートが敷き詰められて、子供たちが楽しそうに家族と弁当を食べている。いつもの給食とは違って、特別感があるのだろう。はしゃぐ子供たちの姿が印象的だった。

そんな中、校庭の隅で弁当を食べている子供がいた。奥村太一だ。

「隣、いいかな」

彼の両親が離婚し、母子家庭であることは担任として把握していた。母親はきっと、仕事で来られなかったのだろう。彼は、同級生たちの視線から逃れるように独りでいた。

「いいけど」

「ありがとう」

並んだところで、何を話せばいいのかがわからなかった。彼がどういう気持ちでいるのか想像もつかなかったし、教師としての経験も未熟だった。そもそも人と話すのが苦手なのに、無理をして隣に座ったのだ。気の利いた言葉など、出てくるはずもなかった。

「何が好き？」

「なにが？」

「学校の勉強」

とにかく会話を、と思ったサトルは、彼の隣で弁当を食べながら、当たり障りのない会話を振った。無視されるかとも思ったが、彼は、視線はよこさずに言葉だけを返してきた。

「図工」

「図工？　どうして？」

「誰ともしゃべんなくて済むから」

なるほどね、と、サトルは頷いた。

彼は、やってきたばかりの転校生だ。都会育ちのせいか、なかなか上手くクラスに馴染めず、休み時間も窓際の自席に座ったままぼんやりと外を見ていることが多かった。いつも伏し目がちで、人と目を合わせない。クラスメイトに対して、心を閉ざしてしまっているように見えた。

「先生も、運動会のときは独りだった」

「なんで？」

「うちの両親は、お店をやってたからね。日曜日は休めなかったんだ」

無言のまま、しばらくの間、サトルは彼と並んで弁当を食べた。風は少し肌寒いが、五月晴れの、気持ちのいい日だった。

「寂しかった？」

唐突に、彼は口を開いた。相変わらず、顔は下を向いたままだ。視線は交わらない。

「忘れちゃったよ、もうね」

「なにそれ」

「タイチくんは？」

彼は、別に、と、首を横に振った。本心なのかはわからなかった。

「寂しくないよ」

「お父さんに会いたいと思ったりは？」

「ないよ。だめだから」

「だめ？」

「あいつはクズだから、会うなんてだめなんだ」

クズ、という強い言葉が出てきて、サトルは少し驚いた。きっと、母親が家でその言葉を繰り返し使っているのだろう。元夫に対する怒りからくる言葉なのか、息子を父親に奪われまいとする不安からくる言葉なのかは、サトルにはわからない。

何か教師としてできることはないだろうかと思ったが、恐怖が先に立った。人付き合いが苦手な自分がむやみに言葉を掛けたら、彼を傷つけてしまうかもしれない。でも、腫れ物に触るような態度をとるのも考えものだ。

彼の、頭の中を覗き見ることができたら。

そんな能力があったら、何か彼を元気づけるような言葉を言ってあげられるのに。サトルは歯がゆさと無力さを感じながら、どこまでも青く澄んだ、美しい空を見上げた。

「君も、そう思うの？」

サトルが尋ねると、彼は、はっとしたように顔を上げた。くっきりとした輪郭の両目が、真っ直ぐにサトルの目を見ていた。

「思うよ」

彼の本心はわからない。でも、ほのかに潤んだ目が、違う、と訴えかけてきているような気がした。なぜ本当のことを言わないの？　そう聞こうとして、サトルは口を閉じた。きっと彼は、いろいろな思いを抱えて、自分の本当の気持ちに鍵を掛けたのだろう。目がいくら本心を語っても、口から言葉になって出てはこない。

「手紙を、書くといいよ」

「手紙？」

「何か言いたいことが、あるならね」

「どうして?」

「口で言えないことも、言葉にできるからさ」

サトルは、ふと思いついた気休めの言葉で自分の無力さをごまかしてしまった。それ以来、彼と二人で話をしたことはなかった。だが、あのときの奥村太一の目は、今もサトルの心に深く刻み込まれている。

6

津田窯に到着すると、剛田の強引な勢いに押されて、サトルは敷地内に足を踏み入れた。ちょうど陶芸教室が開かれていたようで、戸が開放された作業場からは、楽しそうに談笑する声が聞こえていた。人の目が怖い、ということは話したはずなのに、剛田はなぜかサトルを前に立たせ、自分は後ろからついてきた。サトルに、息子を呼び出すように言え、と言わんばかりだ。だが、知らない人が集まっているところに自分から飛び込んでいくことなど、とてもできない。自分に集中する視線を想像すると、また激しく手が震えてしまう。

作業場近くでまごついていると、運良く、中にいた食堂の常連が一人、サトルの姿を見つけて出てきてくれた。事情を説明し、奥村を呼び出してもらうことにした。

「え、アッコさん、なんですか？　客？　僕に？」

建物の中から、若い男性の声が聞こえてくる。明るくて、弾んだ声だ。男性の声を中心に、数名の女性たちの声が飛び交い、大きな笑い声が起きた。和やかで、実に楽しそうな空気が声だけでも伝わってくる。

やがて、建物からラフな格好の男性が姿を現した。頭にはタオルを巻き、あごにはほんのりと無精ヒゲを生やしている。手には、少し大きめの茶碗《ちゃわん》を持っていた。

「はい、奥村ですが」

快活な声。ほのかに笑みを浮かべた表情は、幼い頃、心を閉ざしたような顔をしていた彼からは、想像もつかないほど明るい。

「あの、僕は」

「はあ」

「昔、あの、小学校で先生を」

奥村は、俯き加減のサトルの顔を覗き込むようにして見るなり、あ！　と声を上げた。

「もしかして、寺松先生ですか？」

「はい、あの、そうです」

サトルは、少しだけほっとして息を吐き、覚えていてくれましたか、と呟いた。

「もちろんですよ！　驚いた」

「すみません、その、急に」

二十年以上の年月を経て、目の前に現れた奥村太一を見るのは、感慨深いものがあった。背が伸び、少しヒゲが生えてはいるが、基本的な顔の造形はあの頃のままだ。小学校を出てから、彼がどういう人生を辿ったのかはわからない。けれど、よい人生を歩んできたのだろうとは想像がつく。

「僕に会いに来てくださったんですか?」

「いや、その」

「よかったら、お茶でも飲んでいかれませんか」

サトルは手を振りながら頭を下げ、舞台から退場するようにじりじりと下がった。本題は、二十数年ぶりの親子の再会だ。自分の出番は終わったとばかり、サトルは傍観者の位置に立った。

「あんたは」

剛田と向き合うと、奥村の声の調子が変わった。それまで和やかだった空気が、一気に張り詰める。

「よう、チビスケがデカくなったじゃねえか!」

サトルに接していたときと同じように、剛田はへらへらとした態度で軽口を叩いた。

剛田は奥村に近寄り、握手を求めるように手を出したが、奥村は、数歩下がって剛田から距離を取った。

「なんの用です」

「なんの用って、親父がセガレに会いに来てやってるってのに、理由なんかいるかよ、なあ」

奥村は、唇をきっと結び、剛田を睨みつけた。懐かしさや感動といった雰囲気はまったくない。なのに、その緊張感を感じ取ってもなお、剛田は頑《かたく》なに軽口を止めない。

「お前、あれだろ、やきもんの賞かなんか獲ったんだろ？」

「あんたには関係ない」

「関係ないことあるかよ。すげえじゃねえか。商売のチャンス到来だぞ」

「あんたには、関係、ない」

「なんだよ、せっかく儲《もう》け話を持ってきてやったのによ」

「帰ってくれ！」

奥村の鋭い声が響いた。さしもの剛田も、ほんの少しだけ顔色を変え、口をつぐむ。

だが、顔はまだ笑ったままだ。

「お前な、親父に向かってそのクチのきき方はねえだろうが」

「残念だけど、僕はあんたのことを父親だなんて思っていない」

「おい、この野郎、もういっぺん言ってみろ」

ついに、剛田の空気が変わった。咥えていた禁煙パイプを乱暴に吐き捨てると、奥村の襟首に摑みかかる。奥村が持っていた茶碗が地面に落ち、乾いた音を立てて砕けた。

「何すんだ！」

割れた茶碗を見て激高した奥村は、一歩も引かずに応戦し、ついに親子の取っ組み合いが始まってしまった。てめえ、この野郎、という、汚い言葉の応酬が続き、やがて、お互いが額をぶつけて睨み合った。事態に気づいた陶芸教室の生徒たちが悲鳴を上げたが、ほとんど全員、年配の女性だ。男同士の取っ組み合いなど、止めるすべもない。かといって、サトルも足が強張って動かない。

二人の目は、どれほどの憎悪と悪意を吐き出しているだろう。そんな目を見てしまったら、きっともう立ち直れない。頭を抱えて、サトルはその場にへたり込んだ。こんなことになるなら、家から出るのではなかった、と後悔した。

親子の激しい息遣いと、土を踏みしめるざりざりという音だけが響く中、陶芸教室の生徒が「津田先生」と呼ぶ声が聞こえた。サトルが顔をあげると、一人の老人が、ケンカの渦の中に割り込もうとしている。陶芸家・津田光庵だ。

津田は、老人ながらがっしりとした大男である。オールバックにした長髪に、真っ黒なサングラスを掛け、白髪混じりの長いヒゲを伸ばしている。若い頃から土を練り続けてきたであろう腕は、丸太のように太い。まるで、仁義なき時代を生き抜いた武闘派ヤクザが、間違えて仙人になってしまったかのような容貌だ。

津田は二人の間に割って入ると、子供のケンカを止めるかの如く、軽々と二人を引き離した。だが、引き離されてもなお、親子は睨み合いをやめなかった。

「オウ、てめえはなんなんだ、このクソジジイ」

「奥村くんをお預かりしている、津田というものです」

「お預かりだぁ？」

「今日のところは、お引き取りいただけますかな。お二人とも感情的になっておられるし。もし、お話があるなら、日を改めた方がよろしいでしょう」

剛田は、なんだとこの野郎、とすごんだが、老人とは思えないほど屈強な津田の体格に気圧されたのか、捨て台詞を吐きながらぷいと踵を返し、津田窯を出て行った。奥村も、顔を真っ赤にしたままどこかに引っ込んでしまい、後には、津田とサトルの二人が取り残されていた。

「あの、お騒がせ、してしまって」

津田は何も言わずにサトルの前にしゃがみ、地面を手で探り出した。その動きは緩慢で、ぎこちない。そのうち、津田の手が何かを掴み上げた。先ほどの取っ組み合いで割れた、茶碗の破片だ。

サトルは、あ、と、慌てて自分もしゃがみこみ、破片を探した。サトルは、津田の動きよりも早く、破片を拾い上げていった。小さなものも含めてあらかた拾い上げると、サトルは、恐る恐る、津田の手に破片を握らせた。サトルが拾い終わる前に津田が拾い上げた破片は、たった二つだけだった。

「あなたは、よく目が見えていらっしゃるようだ」

津田の声に引っ張られて、サトルは顔を上げた。思いのほかすぐ近くに、しゃがんだ津田の顔がある。正面から、サトルの目が、津田の目に吸い寄せられる。サトルは目を閉じ、脳に飛び込んでくる思考の渦に備えようと体を強張らせたが、不思議なことに、目が合っても何も起こらなかった。

「あの、先生は、目が」

恐る恐る、津田の目を見る。色の濃いサングラス越しにうっすらと見える津田の目は、少し濁っているように見えた。左右それぞれの目が、正面よりややずれたところを見ていて、真っ直ぐ見ても視線が交わらない。だから、能力が発動しなかったのだろう。

「幸運なことに、まだ少しだけ見えてはいます」

「そう、なんですか」

津田が立ち上がるのを見て、サトルも立ち上がり、ズボンについた土を払った。津田とは目が合わないと思うと、少し緊張がほどけた気がした。

「あの、お茶碗、大事なものなんでしょうか」

「今朝がた、窯から出した奥村くんの作品でしてね。いい具合に焼き上がっていたので、残念です」

新鋭とはいえ、陶芸家の作品となれば、結構な値段がつくのかもしれないと思うと、直接何かしたわけでもないのに、サトルの全身から血の気が引いた。

「だ、大丈夫、なんでしょうか」

「陶芸の世界には、金継ぎという技法がありましてね。ご存知ですか」

「きんつぎ？　いや、すみません、不勉強で」

「割れてしまった陶器の破片を、漆で継ぎましてね、元通りの器に修復する技術です」

「直せるんですか」

「時間は要りますがね。ただ、元に戻すというだけではなく、継いだ部分を金粉で装飾しますから、景色に不思議な味が出る。元の器よりも趣深いものになることもあります」

「そう、なんですか」

津田は作務衣の懐から布を取り出すと、集めた陶器の破片を愛おしそうに包み込んだ。

「人の心も、継ぐことができればよいのですがね」

「え？」

津田はかすかに笑みを浮かべると、独り言です、と呟いた。

「そろそろバスが来る時間です。どうぞ、お行きなさい。彼も、バス停であなたを待っておられるでしょう」

津田はそう言うと、妙に響く美声で「バスを〜、待つ間にぃ」と、どこかで聞いたことのある歌を熱唱しながら、作業場に戻っていった。

いまいちキャラクターの摑めない津田の背中を見送ると、サトルは一礼して体を反転させ、不器用に駆け出した。長い引きこもり生活で足腰が弱っているのか、両足がうまいこと動かない。

バスのディーゼルエンジンの音は、もうそこまで近づいて来ていた。

7

津田窯での荒ぶりようとは打って変わって、剛田は上機嫌でコップのビールを喉に流し込んでいた。あまりアルコールに強くないサトルは、もうずいぶん前から世界がぐるぐると回転して見えている。

津田の言う通り、剛田はバス停でサトルを待っていた。引きこもりのサトルを山の上まで強引に引っ張り出し、挙句の果てには目の前で大ゲンカまでして見せたことを、「悪ぃな」の一言であっさりと片づけると、なぜか「お詫びに酒を奢る」と言い出した。

もちろん、サトルは丁重にお断りしたのだが、剛田が決めたことを断り切れるわけもなく、バスで駅前まで戻り、駅前で唯一昼から酒が飲める三葉食堂に戻ってきたのだった。

それからすでに四時間、やれ、どこそこの女がよかっただの、やれ、どこそこの誰をぶん殴っただのという剛田の武勇伝を聞かされながら、ビールを飲まされ続けている。

「ばあさんよう、大瓶三本追加な。あと、焼きギョーザ二枚」

「あ、あの、僕はもう、そんなに飲めませんし」

「気にすんなってセンセー。今日は、迷惑かけちまったからな」

「でも、もう結構な金額に」

大丈夫だ、と笑いながら、剛田は背広の内ポケットから包みを取り出し、叩きつけるようにしてテーブルに置いた。水引のついた白い祝儀袋だ。「御祝」と印刷されている。

「剛田さん、これは」

「ああ、今日の飲みシロだ。こんだけありゃ、ここの酒全部飲んでも釣りがくるだろ」

「これは、タイチくんの」

「いいんだよ、いいんだ。あの野郎が受け取らなかったんだからよ」

「でも」

「でもカカシもねえんだよ。こういうのはな、きれいさっぱり飲んじまった方が縁起がいいってもんだ」

剛田はへらへらと薄い笑みを浮かべながらまたビールを飲み干し、手酌で注ぎ足《つ　た》した。そして、何かをごまかすように、おら飲め、と、サトルのコップにも、なみなみとビールを注ぐ。サトルはもはや寝ないでいるのが精いっぱいで、ビールを口に運ぶ気が起きない。

ろくに知りもしない人の正面に座って何時間も酒を飲みながらしゃべり続けることなど、人生で初めてのことだった。相手の視線に対する恐怖にサトルがへこたれるか、目を合わせようともしないサトルに相手が不信感を持つかで、話が続かないのが普通なのだ。それが、今日はどうしてだろう。なんだかんだ言いつつも、会話は成立しているし、時間も共有している。

「いいかセンセー、男ってのはな、注がれた酒は飲まねえとだめなんだよ。俺はなあ、昔は一日に一升くらいはなあ」

そうか、一緒なんだ。

サトルの脳裏に浮かんだのは、津田光庵の顔だった。目が悪く、視線が交わらない津田とは、動揺せずに正面を向いて会話をすることができた。剛田も、津田と一緒なのだ。一見、鋭い視線で相手を威圧しているように見えるが、実際は軽口と毒舌で人を煙に巻いているだけで、目は絶えず左右に動き、一切合わせようとしていない。

テーブルに置かれた祝儀袋が目に入る。短冊には、まるで子供が書いたような拙い字で、剛田自身の名前が書かれていた。左上には、「奥村太一どの」と、これもギリギリ読めるかどうかという悪筆で宛名が記されている。袋のふくらみ方からも、中にはかなりの大金が入っているように思えた。軽口を叩いて奥村を怒らせる前に、祝儀袋を出して「おめでとう」と素直に言えていたら、あんなことにはならなかったかもしれない。

剛田という人間の本心はどこにあるのだろう。サトルは剛田の心を知りたい、と思っていた。運動会の日、奥村太一の心を覗きたいと思ったとき以来のことだ。能力を得てからは初めての気持ちだった。

「飲みます」

「おお、根性出すじゃねえか」

目の前のコップに注がれたビールを、サトルは一気に飲み下した。とん、と音を立ててコップを置くと、急激に酒が回る感覚があった。そのまま、サトルは正面から剛田の顔を見た。アルコールのお陰で、目を見ることに対する恐怖感は幾分か薄れている。

「剛田さん！」

思いのほか、大きな声が出た。急に大声で名前を呼ばれた剛田が、驚いた様子でサトルを見る。視線が交わり、そして。

「な、なんだよ」

剛田と目が合った瞬間、サトルの頭の中に剛田の思考が流れ込んできた。酒の酩酊感《めいていかん》と、脳が攪拌《かくはん》されるような感覚が混ざって、とんでもなく目が回る。

「おい、どうした」

剛田が引きつった顔で、サトルの顔を覗き込んでいる。半ば意識が飛んでしまったサトルは、頭を左右に振って、眠気に抗う。

「剛田さん、あの」

「な、なんだよ、急に」

「手紙を、書きましょう」

8

一夜明け、翌日再び訪れた津田窯は、しんと静まり返っていた。

今日は陶芸教室が開かれていないらしく、ほとんど人の姿はない。サトルと剛田はスタッフの青年に案内されて、敷地の奥へと通された。

津田窯の奥には、作品展示室が設けられている。モダンな茶室風の建物で、雑多な印象のあった作業場とは雰囲気がまるで違う。和で統一された静謐《せいひつ》な空間には、津田の作品が整然と並べられている。ここなら、剛田が暴れ出すことはないだろう。周りの陶器を巻き添えにしたら、いくら弁償しなければいけなくなるか、わかったものではない。

「で、今日は何の用ですか」

作品展示室には小さな商談スペースが作られていて、応接用のソファが置いてあった。剛田と奥村がまず向かい合わせに座り、奥村の席の隣には、津田がゆっくりと座った。サトルは狭い空間で人と密着するのを嫌って、ソファではなく、剛田の背後に立ったまま、様子を見守ることにした。

「いやあ、ほらよ、昨日は悪かったなってな」

「いきなり訪ねてきて、非常識にもほどがある」

「でも、ありゃな、お前、ガキが親父に向かってナメた口ききやがるから、しょうがねえだろうが」

あっという間に険悪になりそうな気配に、サトルはため息をついた。背後から剛田の肩を叩いてなだめる。

「剛田さん」

「わかってるよ、センセー」

サトルが能力を手に入れてから今まで見てきた人間の本心は、醜く、歪《ゆが》んだものばかりだった。口ではきれいなことを言っていても、その裏では人を嘲っていたり、罵ったりしている。もし、その本心が目を通して表に出てしまったら、きっとこの世界は崩壊するだろう。人同士の絆は切れ、争い事が増えるに違いない。社会が成り立っているのは、お互いの本心を知ることができないからで、つまりはまやかしだとか、砂上の楼閣のようなものだ。サトルは、そう思っていた。

だが、三葉食堂で垣間見た剛田の思考は、まったくの逆だった。

——寂しいじゃねえか、おい。

——親子だろ？

剛田の心の中に満ちていたのは、深い孤独だ。身を切るような寂しさで、剛田の心は暗く、冷たく閉ざされていた。たった一つ、絶望に満ちた世界の中に見えた小さな希望の光が、息子の存在だった。

剛田はきっと、本心とは裏腹に、ひねくれた言葉を吐いてしまう性格なのだ。小心者で気の弱い自分を覆い隠すために、心にもない軽口を叩き、人を見下すようなことを言う。自分が傷つきたくないから、傷つきそうなときには人を威圧し、恫喝する。複数回の結婚も、剛田の心に渦巻く孤独から逃げるためのものだったのだろう。けれど、それは余計に孤独を深めてしまったのかもしれない。

剛田は、本心を押し隠さなければ自分を保つことができなかったのだ。その気持ちはよくわかる。サトルも、自分が壊れないように仕事を辞めて引きこもり、人との関わりを断ったからだ。

最初の妻と別れて、二十年以上も離ればなれになっていた息子の消息を新聞で知ったとき、剛田はどう思っただろうか。剛田はいてもたってもいられず、仕事もそっちのけでここまでやってきた。お金だなんだ、と言っていたのは、息子に拒絶された場合に、自分の心を保つための予防線であったに違いない。

「俺は、学がねえからよ。まあ、ケンカで、高校中退してるしな。だから、言葉ではうまく言えそうにねえ」

剛田は、背広の内ポケットに手を突っ込むと、小さな封筒を出し、奥村の前に差し出した。

「これは？」

奥村が、訝《いぶか》しそうに封筒を見る。だが、手に取ろうとはしない。

「手紙だ」

「僕に、読めと」

「そりゃな、手紙だからな。読む以外どうするんだって話だろうが」

また剛田が暴走しかけるのを、津田が咳払《せきばら》いで制した。

「結局、あんたは何がしたいんです？」

「何が？」

「今まで音沙汰も何もなかったのが、急に押しかけてきて、いきなり、親父だ、手紙を読め、と言われても、さすがに受け入れられない」

「そら、お前、親子なんだし、縁切りしたわけでもあるまいしよ」

「だいたい、関係のない寺松先生や津田先生まで巻き込んで、むちゃくちゃでしょう。どこまで自己中なんだよ、あんたは」

「おいてめえ、ガキが親父に……」

「あんたは、父親なんかじゃない！」

奥村は立ち上がると、剛田の言葉を遮るように、大きな声を出した。まるで、胸を引き裂きながら出したような、痛みを伴った声だ。サトルは縮みあがる心臓をなだめながら、深呼吸を繰り返し、何度も「落ち着け」と念じた。

剛田と奥村の間の事情にサトルが首を突っ込む必要など、どこにもない。けれど、剛田の心を見てしまった以上は、無関係を決め込んで忘れ去ることなどできなかった。つくづく面倒な能力を持ってしまったものだとため息が出る。

奥村は、どう思っているのだろう。目を見ればわかるかもしれないが、やはり恐ろしくてできなかった。何度か顔を起こそうと首に力を入れるものの、その度に震えだす手をなだめなければいけなくなる。

「僕と母さんが、どういう思いで家を出たかわかってるのか？ 自分のことしか考えないあんたに振り回されて、何を思っていたか、考えたことはあるか？ いまさら親父親父って、父親面するなよ！」

「わかってる。悪《わり》いと思ってるって。だから、手紙を」

「こんなもの一枚で、片づくわけないだろ！」

奥村は応接テーブルに置かれた封筒を引っ摑むと、ぎゅっと握りしめた。くしゃり、という嫌な音がして紙がよれ、折れ曲がる。剛田が、何をするんだとばかりに腰を浮かせた瞬間、奥村の両手が、封筒ごと手紙を引き裂いた。サトルが、あ！ と、声を出したときにはもう、二つに千切れた封筒が、音もなく床に落ちていた。

この野郎！ と、剛田が摑みかかるのではないかと思ったが、意外にも剛田はじっとその様子を見ていた。そして、静かに立ち上がると、いつものように、へらへらとした薄い笑みを浮かべ、だめだこりゃ、とでも言うように、肩をすくめた。

「帰ろうぜ、センセー」

「いや、でも」

「いいんだよ。こんな態度の悪いガキの相手しててもしょうがねえや。時間のムダってやつよ」

「剛田さん」

「じゃあな、元気でやれよ、バカ息子」

剛田はそう言い捨てると、サトルが止めようとするのを振り払い、外に出て行った。姿が見えなくなった瞬間、ああチクショウ！　という喚《わめ》き声が聞こえてきたが、それも次第に遠くなっていった。奥村はため息をつきながらソファに腰を下ろし、頭を抱え、髪の毛をくしゃくしゃと掻いた。津田はじっと腕組みをして座ったまま、何も言わなかった。

「申し訳ありませんでした。寺松先生を、こんなことに巻き込んでしまって」

少し落ち着いたのか、奥村がそう言って、サトルに深々と頭を下げた。サトルは恐縮と緊張でしどろもどろになりながら、あ、いや、と、首を振った。

「わざわざ来ていただいたんですけど、僕はやっぱり、あいつを父親と思いたくないみたいで。小さい頃から、泣かされ続けた母の姿も見てきましたし」

奥村が顔を伏せたまま静かに語る横で、サトルはゆっくりとテーブルに近づいた。膝を折りしゃがみこむ。目の前には、千切れた封筒が転がっていた。

「先生？」

「陶芸の世界には金継ぎというのが、あの、あるんですよね」

「金継ぎ？　あ、ああ、はい。そうですね」

「陶器は、砕けてしまっても、直せるんですよね」

サトルは封筒を摑み上げて、津田を見た。津田は真っ直ぐ前を向いたまま、「左様」とだけ呟いた。

「紙は、そういうわけにもいかないですかね」

「紙？」

「手紙、一生懸命書いたんですよ、剛田さん」


——手紙を、書きましょう。


昨晩、三葉食堂でサトルが酔いに任せてそう言うと、剛田は顔を引きつらせ、手紙だあ？ と笑った。

「手紙です。タイチくんに」

「なんでだよ、そんなのやってられねえって。面倒な」

「手紙なら、書けると、思うんです」

「何をだよ」

「剛田さんの、気持ちです。本当の」

剛田は大笑いをしながらビールを流し込み、さらにまた大笑いを続けた。

「なんだそれ。俺はな、センセー。いつも言いたいことを言いたいだけ言ってるぜ」

「嘘です」

「嘘？」

「それは、剛田さんが、一番わかっているはずです」

「おい、なんだよ。わかったような口ききやがってよ」

わかるんです、と、サトルは真っ直ぐに剛田を見た。目が合うことは、もう恐ろしくなかった。むしろ剛田が、サトルの視線を嫌って目をそらした。

「書きましょう」

「待ってくれよ。書けねえよ、俺にはよ。ムカつく先輩ぶん殴って歯を叩き折ったら、高校退学になっちまったからな。学がねえんだよ。手紙なんか、書けっこねえっての」

「教えます」

元教師ですから、と、サトルは強く頷くと、店の二階に駆け上がり、便箋と封筒、そしてペンを持って戻った。剛田は落ち着かない様子で、サトルの行動をうかがっていた。

サトルの母親が、横から「お邪魔ですかね」と言いつつ、食器やビールの空き瓶をてきぱきと片づけ、テーブルを拭く。あっという間に、剛田の前には手紙を書くための作業スペースが出来上がっていた。

「おい、無理だって、無理だぞ、センセー」

「剛田さん」

「なんだよ」

「俺は無理とか言わない、って、おっしゃってた、じゃないですか」

そこから、サトルと剛田の奇妙な共同作業がスタートした。剛田が、手紙を書く。サトルは文章を見て、間違いを直したり、アドバイスをする。剛田の言う「学がない」という言葉にはまったく嘘偽りがなく、あまりの国語力のなさにサトルは何度も頭を抱えた。違う、と指摘すると怒り出すのを何度もなだめすかし、少しずつ文章を組み立てていく。

最後の清書が終わり、便箋を折って封筒に収めたときには、もう朝になっていた。店はとっくに閉店時間を過ぎ、酒はすっかり抜け、剛田もサトルも疲労困憊《こんぱい》だった。早起きのセミが鳴きだす中、剛田が「バカだな、センセーは」と吐き捨てるように言った。二人で笑いが止まらなくなり、そのまま外に出て、少し朝日を浴びた。サトルが腹の底から笑ったのは、教師を辞めてから初めてのことかもしれなかった。

だが、その苦労の結晶のような手紙は、サトルの手の中で無残な姿をさらしていた。封筒の切れ目から、便箋と、ヘタクソな剛田の字がかすかに見える。

「タイチくん」

「は、はい」

「どうして、なのかな」

「どうして？」

言葉は、次々とは出てこない。サトルは唇を噛み、自分の気持ちと対話をする。一体、自分は何がしたいのだろう。なぜ、こんなにも心が落ち着かないのだろう。

「どうしてみんな、本心を隠すんでしょう」

「本心、ですか」

「考えていることと、言ってることが違う」

サトルは大きく深呼吸をすると、ゆっくりと奥村の目を見た。少し揺れ動く奥村の目と、視線が一直線に結ばれる。瞬間、頭の中に、混沌《こんとん》とした奥村の思考の濁流が流れ込んでいた。

同じじゃないか、やっぱり。

「どういう、意味でしょうか」

「僕には、変な力があるんです」

「変な？」

「目を見ると、その人が考えていることが、わかるんです。超能力のようなものです」

とても、普通の人間には信じがたいことを話している。それは、サトル自身もわかっている。だが、どうしても口が止まらなかった。緊張で手が震え、心臓も縮こまっている。けれど、口は動き続けていた。奥村は困惑したような表情を浮かべながらも、笑いもせず、否定もせず、じっとサトルの声に耳を傾けていた。

「超能力、ですか」

「だから、僕にはわかるんです。剛田さんの、気持ちも」

タイチくん、君の気持ちも。

目の前にいる奥村が、一瞬、小学生の頃の運動会の日の姿とダブった。今もあのときと同じように、彼の目は、口が語る言葉と違う感情を語っている。

「僕には、あいつの考えていることは、正直わからないです」

「そんなわけは、ないでしょう」

「え？」

「力なんか使わなくたって、わかるじゃないですか」

サトルは、つくづく自分の力は役立たずだ、と思った。

別に、超能力を使って相手の頭の中身を覗き見なくたって、わかるはずなのだ。目が見えるなら、誰にだってわかることだ。相手の目を見て、目が語る本心を聞く。たったそれだけのことだ。

「わかります、かね」

「目を、見ればいいだけです」

目は、口ほどにものを言う。包み隠さず、本心を。

9

ランチの時間帯がようやく終わり、三葉食堂に平和な時間が戻ってきた。怒濤《どとう》のように来店したお客さんがいなくなり、父親が奏でる中華鍋の金属音も、母親が取るオーダーの声も、一旦落ち着いた。サトルは、店内の椅子にもたれかかるようにして座ると、ああ、とため息をついた。疲労感がとんでもない。両親が、何十年もの間、よくぞ毎日これをこなしてきたものだ、と感心する。

引きこもりが社会復帰を目指すには、まずは社会との接点を持つことが必要なのだという。サトルは手始めに、両親の店を手伝うことにした。オーダー取り、父親の調理補助、皿洗いが主な仕事だ。始めて一か月ほどになるが、まだ体が慣れない。

「おい、だらしねえなあ」

厨房でちゃきちゃきと仕込みをする父親が、ぐったりとするサトルを見て大笑いした。

「いや、だって」

「無理なら、上で寝てたっていいんだぞ」

言葉を、そのまま受け取っていいものかどうか、サトルは少し考えた。

「いいのかな」

「よくねえけど、無理してもしょうがねえからなあ」

「だって、それじゃ、ただのお荷物だし」

「お荷物だろうが豚モツだろうがよ、しょうがねえじゃねえか」

親子なんだから、と、父親は言い、また笑った。サトルは視線を母親に移す。レジの整理をしながら、母親も同じように笑っていた。

「ごめんください」

唐突に店の扉が開いて、若い男の声がした。サトルは反射的に立ち上がって、「いらっしゃいませ」と、精いっぱい声を張った。

「あの、寺松先生は」

戸口に立っていたのは、奥村だった。襟のついたこぎれいな服装をして、神妙な顔つきで立っている。母親が、振り返りもせず、どうぞ！　と声を掛けた。

「タイチ、くん」

「先日は、大変ご迷惑をお掛けいたしました」

奥村はサトルの正面に回ると、深々と頭を下げた。

あの出来事があって一か月、サトルの心には、剛田と奥村のことが常に引っ掛かっていた。だが、部外者であるサトルにはその後の経緯を知るすべもなく、気になったまま、宙ぶらりんの状態だったのだ。聞きたいことはたくさんあるが、首を突っ込んでいいものかはわからない。

「いや、迷惑だなんて」

「先日の、お詫びと言っては何なのですが」

奥村は持っていた紙袋から小さな風呂敷包みを取り出し、恭しくサトルに差し出した。

一瞬、受け取っていいものか迷ったが、奥村がぐいと包みを突き出し、流れのままに受け取ってしまった。

「開けても、いいんでしょうか」

「是非」

テーブルに包みを置き、そっと結び目を解く。中には小さな桐《きり》の箱が入っている。箱を開けると、さらに布に包まれたものが入っていた。

「これは」

サトルが取り出したのは、少し大きめの、茶碗だ。

茶碗の表面には、幾筋もの金の継ぎ目が残っている。それはまるで、心臓を包み込んで脈打つ血管のように、生き生きとした生命感に満ちている。サトルが爪の先で器を小突くと、こんこん、という澄んだ音がした。

「僕が、継ぎました」

あのときの、と、サトルは呟いた。剛田と奥村が取っ組み合った際に砕け、津田とサトルが拾い上げた、陶器の破片。津田が言っていた金継ぎとはこれか、と、サトルは驚きのため息をついた。あんなにバラバラだった破片が見事に一つになって、ちゃんと器になっている。継ぎ目から、再び割れてしまうような気配もない。金の継ぎ目が、もともとの色合いにアクセントをつけて、不思議な風合いを出しているように思えた。

「津田先生が、持っていくようにとおっしゃいまして」

なるほど、と、サトルは頷いた。

「でも、やっぱり、僕は、そう簡単にあいつを父親だとは思えません」

「そう、ですか。そうですよね」

「でも、手紙を読みました。あいつが何を考えていたのかは、少しわかった気がします」

「それで、剛田さんとは？」

「まあ、何度か連絡を取ってはいます」

サトルは、そうですか、よかった、と呟いた。

「でも、思い出しましたよ」

「思い出した？」

「運動会のとき。覚えてますか？　僕が独りでいて、先生は、あいつに手紙を書いたらどうかって言ってくださって」

「あ、ああ、うん、覚えてます」

「実は、あのとき手紙を書いたんですよ、僕。でも、渡すこともできなくて、結局、そのままになってました」

「え」

「今度、それをあいつに渡そうと思います。どう思うかはあいつ次第ですけど」

奥村は、屈託のない少年のような笑みを浮かべた。

「もう、先生は教師をお辞めになったんですか」

「ああ、今は、ね」

「今回はでも、先生にまた、いろいろ教えていただきました」

「いや、そんな」

「やっぱり、何年たっても、先生と生徒ってのは変わらないもんですね」

奥村はサトルと少し会話し、何度も礼を言いながら店を出ていった。かつての教え子とはいえ、やはり人と対面で話すのは緊張する。それでも、以前ほど人の目が怖いと思わなくなったのは、剛田のお陰かもしれない。人の本心が醜いものばかりではないと気づかせてくれたからだ。

店のカウンターの端に、茶碗を飾る。大衆食堂に少しだけ高級感が出た気がした。砕けた器を、継いで再生する。それも、前よりも強く、美しく。自分もそうなれるだろうかと、サトルはぎゅっと拳を握った。

「ねえ、あんたに、手紙が来てるよ」

奥村を見送るついでに外のポストを覗いた母親が、一通の封書を手に戻ってきた。宛名を見た瞬間に、あ、と心が動いた。見覚えのある、ミミズの大行進だ。

「センセーどの」と、宛名に書かれた封書を開けると、薄い便箋が何枚か入っていた。何とも読みにくい文章を、行ったり戻ったりを繰り返しながら、読み進める。

「ねえ、どうしたの？」

サトルの顔色を察知したのか、心配そうに母親が手紙を覗き込んだ。

「先生を、やってみないか、って」

手紙の差出人は、もちろん剛田だった。前半は、先日の詫びと、息子と連絡が取れることになったというお礼が、独特な文体でつづられている。

「先生を？」

後半は近況報告だった。剛田は店の売り上げの一部を、引きこもりの自立支援を行う団体に寄付することにしたという。社会貢献をすれば店の評判が上がるから、などと言い訳がましいことがくどくどと書いてあったが、どうでもよいことだった。

「不登校の子供に、勉強を教える仕事が、あるって」

「あら、それ、本当なの？」

母親が、驚いた様子でサトルの手の中の書面を覗き見た。だが、文字が読み取れないらしく、しきりに首を捻っている。

剛田が支援している団体は、不登校の小中学生のフォローを行っているという。その団体で現在、不登校児向けの講師を募集しているのでやってみてはどうか、という内容だった。引きこもりの児童向けなので、授業はカメラの前で行い、インターネットで配信される。それなら、直接生徒の前には立たなくて済む。人の視線を受けることなく、仕事ができるというわけだ。

手紙の最後は、「キデンの教え方は、ひじょうにウマい。やってみてはいかがか」と結ばれていた。

「やってみたらいいんじゃないのかねえ」

「でも、店の手伝いが」

バカヤロウ、と、厨房から父親が喚いた。

「一か月手伝ったくらいで生意気言うんじゃねえや。お前なんかいなくても大丈夫だよ」

そうだよね、と、サトルは呟いた。

両親の目は、まだ見られない。でも、目を見なくても、なんとなく思っていることは伝わってくる気がした。仕事がうまくいって、自分の足で立つことができるようになったら、両親の目を見て、ありがとうと言える日が来るかもしれない。

サトルは、便箋をきれいにたたみ、そっと封筒の中に戻した。

僕らだって
扉くらい開けられる 6

精神感応（テレパシー）

〈中略〉

テレパシー能力を持つ人間は、遠隔地にいる人間に対し、思考や感情を伝達することができる。〈中略〉二〇〇八年、米国化学会（ACS）は、物理的に離れた人間のDNAが、不可思議な同期をするという論文を発表した。〈中略〉このような同期現象については、「量子もつれ」によるものではないかという推測がなされている。対となった量子（量子エンタングルメント）は、一方を観測した時点で、もう一方の状態が同期するという現象が、科学的に確認されている。量子間の「情報の伝達」は、物理的な距離はおろか、時空すら超越するのである。

〈中略〉

人間を形作る細胞や遺伝子も、最小構成は素粒子である。物質的に近い方が、DNAの同期が発生しやすい。遺伝子的に最も近似な存在は、一卵性双生児である。テレパシー能力による無音声会話の成立も、双子同士が最も多く、次いで、同性の親子、同性の兄弟姉妹、と続く。

〈中略〉

悪名高きナチス・ドイツで数々の人体実験を行った、ヨーゼフ・メンゲレは、双子の研究に熱心であった。一説によれば、これは双子の間のテレパシー現象を解明し、軍事的な通信技術に応用するためであったと言われている。〈中略〉ヒトラーの死後、メンゲレは南米に逃亡した。メンゲレが訪れた「カンディド・ゴドイ」という小村では、現在でも双子の出生率が五十パーセントにも達するという。他地域での双子の出生率は一パーセント程度であり、これは極めて高い数値である。〈中略〉メンゲレは、逃亡先でもテレパシーを用いた軍事的通信技術の確立を目指していたのかもしれない。

全日本サイキック研究所刊
『〜あなたにもある力〜超能力入門』
第二章「精神感応《テレパシー》」より抜粋

1

音無希和《おとなしきわ》が、お願いします、と頭を下げると、酒屋のご主人が「頑張ってね」と一言声を掛けてくれた。涙が零れそうになって、思わず唇を噛む。その場で泣き崩れたい衝動に駆られるが、涙をごまかすようにもう一度深々と礼をし、外に出た。急いで、数軒隣のクリーニング屋さんに向かう。

希和が持っているのは、捜し人のビラだ。手製のビラには、希和の一人娘・和歌《わか》の姿が印刷されている。

四歳の娘が忽然《こつぜん》と姿を消したのは、もう三か月も前のことになる。近所のショッピングセンターで希和が目を離したほんのわずかな間に、娘はいなくなってしまった。サービスカウンターで迷子放送を流してもらっても反応がなく、ショッピングセンターと家の間や、子供が行きそうな場所を捜し回っても見つからない。もしや、と嫌な予感がして、希和は警察に駆け込んだ。

警察に事情を話すと、すぐに行方不明者として捜索が開始された。が、現場での目撃証言はほとんどなく、防犯カメラにも、行動を摑めるような映像は残されていなかった。
誘拐と聞いて真っ先に思い浮かぶのは、金銭目的の営利誘拐だ。だが、シングルマザーの希和には経済的余裕などあまりない。現在は公的援助を受けながら働き、市営団地で娘と二人暮らしをしている状態だ。貧困とまではいかないものの、収入はギリギリ、貯金もない。身代金など要求されたところで、とても払えない。
お金が目的の誘拐犯なら、和歌の服装で裕福な家の子供なのかを判断するだろう。和歌には、高い服など着せてやることはできていない。だとすると、誘拐の目的は。

——何か、思い当たることはありませんか？

担当刑事は熱心に話を聞いてくれたが、初動捜査は上手くいかず、ほぼお手上げの状態であったようだ。手掛かりもない。動機もわからない。希和も、できる限りの情報は提供した。当日の服装、性格、特徴。だが、どれもこれも、役に立つとは思えない情報ばかりだ。

——娘は、「超能力者」なんです。

娘が連れ去られる理由として、思い当たるもの。唯一の可能性は、和歌が「超能力」を持っているという事実だった。和歌は言葉を使わなくとも、相手に思いを伝えることができる。いわゆる、「テレパシー」と呼ばれる超能力を持っているのだ。

和歌がテレパシーを使うと、和歌の声が希和の頭に直接響いてくる。希和はテレパシーで言葉を返すことはできないが、頭の中で聞こえた和歌の声に対して普通に言葉を返せば、ちゃんと会話が成立する。気のせいではない。一緒に生活していて、日々、目の当たりにしてきた現象だ。

もしかしたら、娘の超能力が関係しているかもしれない。けれど、超能力、などと言ったところで、人に信じてもらえるはずがない。話すべきか否か。迷った挙句、希和は意を決して「超能力」という言葉を口に出した。だが、案の定、刑事の反応は「ちょ、超能力ですか？」という微妙なものだった。一体何を言い出したのか？　という困惑ぶりがひしひしと伝わってきた。下手をすると、希和の精神状態が疑われて、和歌の捜索に力を入れてくれなくなってしまうかもしれない。

希和は結局、それ以上、和歌の超能力について話すのを止めた。

超能力というキーワードを伏せた影響があったかはわからないが、三か月経った今も、和歌の手掛かりは何一つない。公開捜査が始まった当初はテレビも取り上げてくれたし、地元の警察も捜索チームを組織してくれた。だが、それもいつまで続くかはわからない。

このまま何も情報がなければ、報道はなくなり、捜索は打ち切られて、和歌のことは人々の記憶から消えていってしまう。

もう、生きてはいないのではないか。そんな心ない声も、ちらほらと耳に入る。ニュースでも、事故や変質者による犯行をにおわすような報道がされつつある。


違う。

和歌は、生きている。それはわかる。なぜなら――。


駅前の小さなロータリーには、いつもよりも多くの人がいた。秋祭りの準備をしているのだろう。希和は参加したことがなかったが、明日からのお祭りは、この辺りでは最大のイベントだ。毎年、普段の閑散とした田舎町には考えられないほど多くの人出で賑《にぎ》わう。それだけの人が集まるなら、和歌を見たという人が一人くらいいるかもしれない。一軒でも多くのお店にビラを置いてもらって、一人でも多くの人にビラを渡す。希和にできることは、わずかな希望に縋ることしかなかった。

もうそろそろ昼だ。秋とはいえ、まだまだぎらつく太陽の光が、空の一番高いところから希和を見下ろしている。噴き出す汗を拭い、肩掛けのカバンからまた一束、ビラを取り出す。駅前には、パチンコ屋さんと赤い暖簾《のれん》の食堂が並んでいた。

2

昼時の三葉食堂には、次から次へと客がやってくる。早めの昼休みを取った今村は、定位置であるテーブル席を確保していた。向かい側には、いつもどおり、先輩の北島が座っている。

「スタ定、お待たせしました」

三葉食堂はずっとオバちゃんとマスターの老夫婦二人だけで切り盛りしていたが、このところ、息子さんと思われる男性が店を手伝うようになった。これまではカウンターに置かれた二人分の定食を取りに行くのは今村の役目だったが、息子さんが運んで来てくれるお陰で、ささやかながら楽ができている。

テーブルにお膳が載るなり、勢いよく割り箸を割って食べはじめる。もやしのシャキシャキと、驚くほど柔らかい豚肉の旨み。濃い目の味噌味も白いご飯とベストマッチだ。

「お前さ、明日どうするの？」

「ああ、明日ですか」

北島が「明日」と言っているのは、地元の神社の秋季例大祭のことだ。この辺りで生まれ育った人間には一番のお祭りで、盆や正月よりもずっと盛り上がる。駅前から山手にある神社に向かう参道沿いには出店《でみせ》が並び、神輿《みこし》や山車《だし》が練り歩く。普段は、駅前でもほとんど人を見かけない辺鄙《へんぴ》な町に、県内外から、多くの観光客が集まってくる。

「どうするもなにも、神輿担いで、そのまま中小企業会の手伝いに行きますよ」

地域最大のイベントには、地元企業も積極的に参加する。今村の会社も、新卒一年目の社員は全員で地元中小企業会の神輿担ぎに参加するのが慣例だ。神輿担ぎと言っても、ヨイショヨイショ、というのんびりしたものではなく、とにかく激しい。一日担ぎまわると、翌日には全身筋肉痛で身動き一つできなくなるらしい。

「なんだよ、色気ねえな」

「色気なんかないですよ。半分仕事ですし」

「まあ、一年目はな、しょうがねえだろうな」

「北島さんは、なんかあるんですか」

北島は少し表情を緩めながら、あるかよ、と、わざとらしく鼻をひくつかせた。どうせ、何かあって聞いて欲しいくせに、白々しいったらない。

「俺はさ、毎年ほら、この時期、ばあさんの家に親戚が集まるから。祭りには、従妹《いとこ》を連れて行ってやる感じ」

「あ、従妹の子が、遊びに来るんですか」

「今日、こっちに来るって言ってたし、帰ったら少し遊んでやらねえとな」

北島は、さも小さい子供が遊びに来る、といった体《てい》で話をしているが、たまに話に出てくる「従妹」は、確かもう高校生くらいの年齢のはずだ。どうやら、従妹とはいえ、女子高生と祭りに行くのを自慢したいらしい。悔しいかな、少しだけうらやましいと思ってしまう。

北島の自慢話を聞き流しながら、飯を半分ほど食べ進む。ここで登場するのが、各テーブルに置いてある、陶器製の容器だ。中には、オバちゃんが作った特製辛味ダレが入っている。残暑の厳しいこの時期は食欲が失《う》せがちだが、タレのピリリとした辛さが味覚を刺激して、最後まで飽きずに食べることができる。

いざタレを手にせんと今村が手を伸ばそうとしたところで、北島が、おい、と声を掛けてきた。何事かと表情をうかがうと、何やら目配せをしている。北島の目の動きに合わせて、今村もそっと視線を移す。

北島が目で追っていたのは、カウンター席の男だ。小ぎれいではない六十前後のオッサンで、料理が目の前に来ているにもかかわらず、あまり手をつけずに周囲をちらちらと見回している。

「おい、あんまジロジロ見るなよ」

「すみません。でも、何してるんですかね」

「食い逃げでもしようとしてるんじゃねえかな」

「え、それはまずくないですか」

そう言われると、男の挙動はいかにも怪しく見える。

「もし、食い逃げだったら、どうする?」

「どうするって、下手に追っかけたら、何するかわからないですよ、そういう人って」

「オッサン一人くらい、俺ら二人掛かりなら何とかなるだろ?」

「いやでも、ナイフとか持ってたらどうします?」

「世の中、そんな物騒なのかよ。ヤベえな」

「警察に通報すりゃいいんじゃないですかね。無理しない方がいいですよね」

男は、今村らの視線には気づいてはいないようだ。緊張した様子で深呼吸をすると、待ち構えていたかのように、ポケットから透明の液体が入ったガラス瓶を取り出した。男は背を丸め、目の前に置かれていた辛味ダレの容器を手にし、ふたを開ける。そして、持ってきたガラス瓶の中の液体を、タレの中に入れたのだ。

今村は思わず声を上げそうになって、口を押さえた。一体、男は何をしたのだろう。あの液体はなんなのか。不特定多数の人を狙った、毒物による無差別殺人?　三葉食堂を潰すための工作?　いろいろ理由を思い浮かべるものの、のんびりした片田舎の食堂には、どれもしっくりこない。

「なんですか、あれ」

「俺だってわからねえよ。でも、なんか入れたな」

「毒とかじゃないですよね」

「やめろよ、超怖《こえ》えじゃねえかよ」

食い逃げならとっ捕まえる、と息巻いていた北島が明らかに失速し、腰が引けている。

「あの、お味、足りなかったかしら」

今村が目を離していると、いつの間にか、オバちゃんが男の横について、辛味ダレの容器を指さしていた。男は、目を丸くして、オバちゃんの様子を見ている。

「でも、みなさんが召し上がるものなのでね、何か入れて、味が変わっちゃうと困るのよねえ」

北島の顔色が変わる。今村も、思わず腰を浮かせた。

男は虚を衝《つ》かれたのか、一瞬、動きを止めた。だが、次の瞬間、液体を混入させた辛味ダレの容器を引っ摑み、すんません、と一声叫ぶと、オバちゃんを突き飛ばして立ち上がり、出口に向かって走ろうとした。

「ちょ、ちょっと」

咄嗟に、今村が男の進路に立ち塞がる。だが、男は「どけ！」と一言怒鳴り、今村の顔を殴りつけてきた。二十三年の人生で、人様に殴られた経験など一度もない。あまりの衝撃に驚いて、今村は腰からへたり込んだ。

「おい、何やってんだよバカ！」

北島の怒号。入口の扉が乱暴に開けられる音。女性の悲鳴。

今村が正気を取り戻したときにはすでに、男は外へ飛び出していた。

3

夏の繁忙期を乗り切ったと思ったら、休む間もなく実家の手伝いだ。地元の神社の例大祭の間、警察一家の金田家は、祭りの警備やらなにやらで皆、出払ってしまう。一般企業勤めの金田は、貴重な男手だ。

昨夜、仕事を片づけてから急いで新幹線に飛び乗り、実家に着いたのは深夜だった。そこから炊き出しの準備を手伝い、寝たのは朝方。にもかかわらず、朝一番でじいちゃんに叩き起こされ、午前中から武道場に連れて行かれることになった。

これでは疲労と睡眠不足で毛が抜けてしまう、と頭に手をやる。丸刈りの頭は、まるで初夏の芝生のような、さらりとしながらも、やや頼りない触り心地だ。前の髪型よりも抜け毛は目立たなくなったが、別に、毛が抜けなくなったというわけではない。

「ほれ、さっさと入らんか」

「いやでも、眠くてさ」

じいちゃんに背中を押されて道場に入ると、すでに先客が一人、畳の上で正座をしていた。真っ白な柔道着に、ぼろぼろの黒帯。背中を見ただけで誰なのかがすぐにわかる。

「親父？」

「いい頭になったじゃないか。前のちゃらちゃらした頭よりいいな」

「し、仕事は？」

「抜けてきた。せっかくだから、俺も稽古つけてやろうと思ってな」

金田の父親は、柔道の有段者だ。じいちゃんの合気道にもいいように振り回されたが、父親の柔道はさらに激しい。いやそれは勘弁してくれ、と言うつもりだったが、背後で、じいちゃんが道場の入口に内鍵を掛けていた。逃がすつもりはないらしい。

稽古などとは言っても、有段者とド素人とでは、当然相手にはならない。組んだ瞬間に投げられ、あっという間に床に叩きつけられる。十五分も経つと、もう立ち上がれないほどぐったりとした。体力も限界だし、頭もふらつく。その上、寝不足だ。金田は、畳の上に文字通り大の字になって、天井を見上げた。

「なんだ、もう終わりか」

「も、もう、無理」

「大柄な痴漢男をねじ伏せたと聞いたんだがなあ」

「それは、そう、だけど」

父親は笑いながら金田の頭側に腰を下ろすと、咳払いを一つした。ピンとした緊張が道場に張り詰める。じいちゃんは、戸口に立って、外の気配を探っているように見えた。

「その例の痴漢男、一昨日に釈放されてな。不起訴で」

なんだって、と言おうとしたが、息が切れていて声が出ない。

「そんな、バカな」

痴漢行為については、目撃証言や被害者の証言がキッチリと取れなければ嫌疑不十分となる可能性があるが、衆人環視の中、ナイフを持って暴れたことについては言い逃れができないはずだ。しこたま殴る蹴るされた金田も全治一か月の打撲と診断されたし、六時間もかけて調書の作成にも協力した。傷害罪ですら起訴できないのは、どうもおかしい。

「その痴漢男、伊沢翔平《いざわしようへい》という名だが、どうもな、検事にこんなことを言っていたらしい。自分は超能力者を観察しろと言われてきた、全日本サイキック研究所の調査員だ」

「超能力者？　サイキック研究所？」

「お前が危険な超能力者だったから、自分はナイフを出さなければいけなかった。だから正当防衛だ、と主張したそうだ」

普通なら、無茶苦茶な言い訳だと一笑に付すところだが、超能力、と言われて背筋に冷たいものが走った。口から出まかせにしては、的を射ている。

「バカバカしい」

「まったくだ。だが、お陰で、伊沢は精神疾患があるとみなされて、不起訴になった。そいつがな、どうやらこの町にいる」

「は？　どういうことだよ」

「検察も、さすがに危険人物をタダで不起訴にはせん。伊沢の身元をな、引き受けた人間がおるんだ」

金田は、ようやく体を起こし、正面から父親と向き合った。五十代半ばだが、まだ血気盛んな炎を目の奥に宿している。そして、悔しいかな、父親は髪の毛がフサフサだ。

「物好きな人間もおるもんじゃな」

後ろから、じいちゃんが軽口を叩いた。だが、父親もじいちゃんも、背負っている殺気は消そうとしない。

「誰なんだよ、それ」

「敷島《しきしま》喜三郎《きさぶろう》」

敷島喜三郎？　と、金田は首を傾げた。聞き覚えのない名前だ。

「なんだ、知らんのか？　この辺りで一番の大地主だぞ」

「そいつが、なんで」

「そうだ。それがわからない。敷島と伊沢との間に、血縁があるわけでもない。引き受けるメリットもない」

「それを俺に話して、どうしろって言うんだよ」

父親は、ふん、と息を一つ吐くと、ちらりとじいちゃんの顔を見た。じいちゃんが、無言で頷く。

「この町で起きた、誘拐事件のことは知ってるな」

「ああ、あの、女の子が誘拐されたってやつ」

「そうだ。三か月経ってはいるが、未《いま》だ手掛かりがない」

「誘拐と痴漢がどう関係するんだよ」

「それが、誘拐された和歌ちゃんのお母さんがな、担当刑事に、娘は超能力者だった、という趣旨の発言をしていてな」

超能力者。

金田の心臓が、ときん、と鳴り出した。

「もちろん、にわかには信じがたいし、超能力者という存在が絡んでいたとして、どう理解すればいいのかもわからん。だが、偶然か必然か、超能力者、というなかなか使わない言葉を使った伊沢と和歌ちゃんの母親が、この町にいる。そして、敷島喜三郎の存在だ。もし、この三点が繋がるとしたら、どうなる」

「それを、部外者の俺に話す、ってのは、どういうことなのさ」

警察官には守秘義務がある。現在捜査中の事件の情報は、家族にさえ明かすことはしない。父親が事件の話を金田にするのは、初めてのことだった。誰もいない道場に金田を引っ張り込んだのには、理由と覚悟があるのだろう。それこそが、父親とじいちゃんがさっきから纏《まと》っている、殺気の正体だ。

「つまりだ、超能力について、お前に聞きたい」

「俺に？」

「そうだ。超能力者、本人にだ」

前から父親、後ろからじいちゃんの視線が、金田に集中した。まるで、自分が殺人でも犯して、自供を迫られているような気分だった。

「お、俺が？」

「本庁に、俺の知り合いがいてな。伊沢の情報をいろいろ流してもらった。聞けば、伊沢は格闘家並みの体格らしいじゃないか。お前と組んでみた感じからすると、力で勝てる相手じゃあなさそうだ」

武道場に呼び出されたのはそういう理由か、と、金田は唾を飲み込んだ。

「いや、そう、かも、しれないけど」

「だが、目撃者の証言からも、伊沢本人の証言からも、お前がスタンガンのような道具を使った様子はない。それに、伊沢はこうも言ったらしいな。超能力で全身が痺れて動かなくなった、と」

「そう、なんだ」

「同じような証言をする人間を、俺は何人も見てきてる。この町でだ。ケンカ慣れしているヤンチャ小僧どもが、なすすべもなくテープで手足を拘束されて転がされていてな。皆一様に、痺れて動けなくなった、と言っていた」

金田は大きく一つため息をつき、父親の目を見た。真剣ではあるが、おそらく怒っているわけではない。

「俺だって、気づいて、いたの？」

「半信半疑ではあった。だが、目撃証言があまりにもお前に似通っている。それに、お前が就職して実家を出てからは、不思議なことにぱたりとそんなことは起きなくなった」

「まあ、話せば、長くなるんだけども」

「それは後でゆっくり聞こう。単刀直入に聞く。超能力と言われるものは、存在するのか？」

金田は、少し下を見て、自分が発する言葉の意味を考えた。その一言が、自分の人生を変えてしまうことになるかもしれない。

「……ある」

金田の一言に、父親が、うん、と唸り声を上げた。

「だとしたら、ずいぶん面倒なことになるな」

4

かつん、と白杖《はくじょう》が鳴る音がして、バスのステップに足をかけていた津田光庵の大柄な体がぐらりと傾いた。亜希子は慌てて手を伸ばし、体を支える。

「すみません、ありがとうございます」

「いえ、気をつけてくださいね、先生」

視力が弱い津田の足元は、ややおぼつかない。亜希子は後ろからそっと津田の体に手を添えて、一番後ろの座席に誘導する。津田が席に着くと、待っていましたとばかり、バスが動き出した。

「今日は、亜希子さんにお手伝いいただけて、本当に助かりました」

「いや、私は、その、いつも退屈してますから」

明日から始まる地元の神社の例大祭では、駅前から神社に向かう参道沿いにテントが並び、陶器市が開かれる。津田窯も陶器市に出店することになっていて、スタッフ総出で準備を進めていた。器の梱包《こんぽう》や値札づくりといった雑務を、亜希子も手伝っていた。

津田は津田で、神社に奉納する器の選定をしていた。先日、亜希子の大皿と一緒に焼き上げた作品の中から奉納品が選ばれ、奥村が神社に届けに行っている。神様に捧《ささ》げるような器と、陶芸教室に通っているだけの自分の皿が、同じ窯の火に焼かれて出来上がったとは未だに信じられない。

亜希子にできる手伝いが終わると、津田が、お礼に、と食事に誘ってくれた。とはいえ、津田窯付近に飲食店などなく、バスに乗って駅前まで移動しなければならない。駅前には、勝手知ったる三葉食堂がある。最近、ダイエットのために行くのを回避していたのだが、三葉食堂の濃い目の味付けを思い出すと、急にお腹が空きだした。

「そういえば、ご主人はよろしかったのですかな」

「あ、主人は大丈夫です。家に置いてきましたから」

「お祭りに、夫婦でお出《い》でにはならないのですか」

亜希子は思わず噴き出し、ないですないです、と右手を振った。

「もう、この辺りに長いこと住んでいるのに、一度も行ったことがないんですよ。夫は、家でゴロゴロしてばっかりで」

「なるほど、まるでオットセイの如し、ですなあ」

夫だけに、と、津田は真っ直ぐ前を向いたまま、しょうもないことを言う。陶芸家としての佇まいがなまじ立派なだけに、どう反応していいものやら、亜希子はいつも困惑してしまう。

次は美術館前、というアナウンスが聞こえる。降車ボタンを押す人はいなかったが、停留所に人が待っていたらしく、バスは停まった。真っ先に乗ってきたのは、坊主頭の若者だ。ひどく疲れた様子で、ふらふらとステップを上がってくるなり、財布を落として小銭をばらまいた。すみません、と、何度も頭を下げながら、小銭を拾う。ちらちらと見える頭頂部は、少し毛が薄い。若いのにかわいそうだわ、とばかり、亜希子は視線を窓の外に移した。

――けて！

え？　と、声が出そうになる。どこからともなく、亜希子に呼び掛けるような声が聞こえた気がしたのだ。

バスの中を見回したが、車内の客は、ご老人が数名と、後部座席の津田と亜希子。そして、小銭を拾う坊主頭の若者だ。声は、もっと小さな子供のように聞こえた。窓の外を見ても、子供の姿などない。

――え、――けて！

耳の奥、いや、もっと奥に、かすかに聞こえる声。声と言うにはあまりにもかすかだが、気のせいと切り捨てるには、妙な存在感がある。

「先生」

「はい、なんでしょう」

「今、女の子の声が聞こえませんでした？」

「女の子？」

津田は少しの間耳をそばだてていたが、いや、と首を振った。

「そうですか」

「私は、目はだめになってきましたが、耳はまだ丈夫なんですが」

「いや、気のせいかもしれません、私の」

でも――。

亜希子は、もう一度窓の外を見るが、やはり女の子の姿はない。ちょうど、乗ってきた若者も小銭を拾い終え、並んでいた全員がバスに乗った。ブザーの音が響き、自動ドアが閉まる。エンジンの音が響いて、バスが動き出した。

――ここから、だして！

聞こえた。確かに、声が聞こえた。さっきよりもはっきりとした、女の子の声だ。かすかな声であるはずなのに、バスのエンジンの音にもかき消されず、言葉も聞き取ることができた。聞き取ったというよりは、亜希子の脳の中で、誰かが声を発したような感覚だった。

「誰なの？」

思わず、目に見えない女の子に向かって、亜希子は返事をした。だが、会話は続かない。祭りの準備で疲れているのだろうか。にしても、なぜ女の子の声が聞こえたような気になるのかわからなかった。

バスは、次の停留所に向かって、何事もなかったかのように走り出していた。

5

新幹線とローカル線を乗り継いで、三時間ほど。都心からさほど遠くないのに、車窓から見える景色は、のどか、の一言だ。彩子は流れていく景色を横目で見ながら、自作の英単語暗記カードに目を落としていた。

彩子の母の実家のある田舎では、毎年、秋のお祭りがある。田舎町にしては大きなお祭りで、母や親戚を含め地元の人たちは、とにかくみんなで全力投球する。その全力っぷりがすごい。普段は閑散とした駅前なのに、お祭り前の晩からは、ものすごい数の出店がひしめき、通りが人で埋め尽くされる。神輿担ぎは荒々しすぎて毎度怪我人が絶えないし、練りの掛け声や鳴り物が町のどこにいても聞こえる。あちこちで振る舞い酒が配られるので、昼から酒をしこたま飲んだ大人たちが、そこらじゅうにうずくまってゲーゲーやっている。もはや、神社とか神様など半ばどうでもよくて、酒を飲んで騒げるのが楽しくてしょうがないのだろう。子供には、まだ理解ができないオトナの世界だ。

「ねー、あとどれくらい？」

「もうちょいだよ」

「おしりがマジで痛いんだけど」

「電車で行こうって言ったの、菜々美じゃん」

毎年、この時期は父親の運転する車で一家そろって母親の実家に向かう。だが、今年は違った。お祭りの話をしたところ、菜々美が食いついてきて、一緒に行くことになったのだ。夜は、彩子の親戚ともども母親の実家に泊まることになっている。他人の親戚の中に一人で飛び込むのは気まずくはないだろうかと思うのだが、菜々美はお構いなしだ。気にする様子さえない。

「だって、せっかく連休なのにさ、先輩、相手にしてくれないし」

「そりゃだって、受験生じゃん、来栖先輩」

「でもさあ、付き合い始めて最初の連休だよ？　せめて、お茶くらい行ってくれたっていいじゃん」

彩子と菜々美がマネージャーを務めるサッカー部の三年生が引退したのは、つい先日のことだ。夏休みも受験勉強をセーブして練習に励んでいたのだから、遅れた分を取り戻そうと、三年生はみんな必死だ。先週から菜々美と付き合いだした来栖先輩も、連休は予備校の秋期講座で埋まっていて、遊んでいる暇などないらしい。

「お腹空いたね」

「そう、だね」

「そのさ、アヤが言ってた駅前の食堂、めっちゃ楽しみなんだけど」

「え、うん、そうね」

「朝ごはんも抜いたし、駅弁もしっかり我慢したし。もうお腹空きすぎて発狂しそう」

「いやでも、そこまでしなくてもさ」

「だって、彩子が人生で一番おいしかったって思う定食なんでしょ？」

色恋を取り上げられた乙女の欲求が向かう先は、おいしいモノだ。けれど、目的地の駅周辺には、グルメと言えるようなものは何もない。名物はあるけれど、どこかで見たようなお饅頭《まんじゅう》の類で、味も普通だ。

電車の中で、駅前には中華っぽい食堂しかない、と告げたところ、菜々美の落胆ぶりはすごかった。旅行の醍醐味《だいごみ》はご当地グルメだ！　と力説し、名物料理がないなんて、一体どんなクソ田舎なんだとバカにされる。別に、自分の生まれ育った場所でもないが、彩子は妙にカチンときた。そこで、駅前にある三葉食堂の「スタミナ肉炒め定食」は、人生で一番おいしかった定食だ、と言い返してしまったのだ。

定食屋なんてオッサン臭くて嫌だ、などと笑われるかと思ったのに、菜々美のツボはよくわからない。猛烈に食いついた菜々美は、絶対に食べたい、と言い出し、初日のランチという大事なポジションに三葉食堂を指名したのだった。

三葉食堂の定食は確かにおいしいが、人生で一番、は言い過ぎた。お腹が空いているときに、甘辛く炒めた肉とごはんが出てきたら、そりゃ大体おいしいに決まっている。テレビに取り上げられるような有名店のごはんと比べて、それよりもおいしいのかと聞かれたら、正直自信がない。

「おいしいけど、菜々美がおいしいって言うかわからないよ」

「だって、聞くだけでおいしそうじゃん。アタシさ、小汚いのにおいしい店、結構好きなんだよね」

小汚いとは失礼な、とは思ったものの、自分の胸に手を当てると、心が痛んだ。そもそも、潔癖症に悩まされるようになってから、彩子は四年も三葉食堂に行っていない。彩子自身が、古い食堂を「汚い」と感じてしまっていたからだ。

菜々美のお陰で、ここのところは少し潔癖症の呪縛から逃れることができつつある。今なら、汚いなどとと思わずに、ちゃんとおいしいと思えるかもしれない。

電車が駅に着き、彩子と菜々美は一つしかない改札から外に出た。空はきれいに晴れていて、まだまだ暑い。駅から神社に向かっていく参道沿いでは、出店の設営が始まっていた。

「いいところじゃん。なんもないけど」

「なにそれ、失礼」

「あ、あれね、三葉食堂」

パチンコ屋の隣、昔から変わらない暖簾が出ている。彩子は、自分の手のひらを見た。大丈夫。バイキンは、大丈夫。手を洗いたくなる衝動をぐっと抑え、大きく息を吸い込む。

「ね、早く行こうよ、アヤ」

菜々美が、早く早く、と彩子を急《せ》かす。ちょうど駅前ロータリーにバスが滑り込んできて、ぞろぞろと乗客が降りてきているところだった。何人かは、明らかに三葉食堂を目指して歩いているように見えた。昼時だし、下手をしたら満席になる可能性がある。朝食も抜いて空腹のピークに達している菜々美を横にして、席待ちをするのは避けたかった。絶対うるさいに決まっている。

重いスーツケースを引っ張りながら、急ぎ足で食堂に向かう。ちょうど、なにやら紙の束を抱えた女性が一人、引き戸を開けて食堂に入ろうとしているところだ。

「どけ！」

突然、店の中から鋭い声が聞こえてきて、彩子は足を止めた。何事かと思っていると、三葉食堂から男が一人飛び出してきて、扉の前にいた女性と正面からぶつかった。女性は弾き飛ばされるようにして倒れ、男は男で、女性を倒した勢いでバランスを崩し、前のめりに転んだ。手に持っていた瓶のようなものが、はずみでアスファルトに叩きつけられて割れ、中の赤黒い液体が飛び散る。液体はアスファルトにみるみる染み込んで、黒いシミになった。

「おい、待てこの野郎！」

続いて、男がもう一人、血相を変えて飛び出してきた。思わず、あ、と声が出る。見覚えがあるどころではない。従兄のシュンスケだ。シュンスケは、雄たけびを上げながら倒れた男に飛びつこうとしたが、足で顔を蹴られ、突き放された。

「シュンちゃん！」

彩子の声に、シュンスケが一瞬、驚いたような顔をして固まった。倒れていた男が顔を上げ、数メートル挟んだ彩子と目が合った。人の心を読むような能力はないが、直感的に、身の危険を感じる。

「アヤ！　あぶねえから引っ込んでろ！」

引っ込んでろ、と言われても、駅前のだだっ広いロータリーを突っ切っていたところだ。引っ込む場所などどこにもない。頭が真っ白になって、ヤバい、と思った瞬間、目を血走らせた男が、起き上がって突進してくるのが見えた。

白昼の駅前に、きゃあ、という悲鳴が響いた。怖い、と思う間もなく、彩子は尻もちをついていた。何かわめきながらシュンスケが駆け寄ってきて、倒れた彩子を抱き上げる。一体何が起こったのか、事態を呑み込むと、自分の体じゅうから血の気が引いていくのがわかった。

「近寄るんじゃねえ！」

後ろから男に抱え込まれた菜々美が、目を丸くして彩子を見ていた。その首には、先の尖った陶器の破片がつきつけられている。

6

サトルが外に飛び出すと、信じがたい光景が広がっていた。

普段は人影すらまばらな駅前に、二十人ほどの人だかりができている。勢いに任せて外に飛び出してきてしまったが、人々の目が一斉にサトルに向くと、恐ろしさで体が動かなくなった。母親を突き飛ばされて少なからず興奮していたが、心が一気に冷めた。お陰で、冷静に状況を把握することができるようになった。

人だかりの中央には、先ほどまで三葉食堂で食事をしていた男が立っていた。左腕で若い女の子を一人抱え込み、鋭利な陶器の破片を首元につきつけながら、興奮した様子で周囲を威嚇している。足元には、バラバラになった陶器の破片が転がっているのが見えた。見覚えのある柄。昔から三葉食堂で使っている、卓上調味料の器だ。

取り囲んでいる人の中に、サトルは見知った顔を見つけた。周りより頭一つ大きな、サングラス姿の仙人のような老人。陶芸家の津田光庵だ。隣には、母親が「アッコさん」と呼ぶ中年女性が立っている。彼女も、昔からの常連だ。サトルのすぐ脇では、さっきまで店内にいた同じく常連の北島が女の子を抱え、必死で押さえている。女の子が半狂乱になって、菜々美！　と叫ぶ声が何度も聞こえた。

説得を試みようとしているのか、坊主頭の若者が一人、男に一歩近寄って、落ち着け、といったような声掛けをしていた。後ろでは今村が、駆けつけた若い警官に状況を説明しているところだった。

常連さんも多くいる中、間接的ではあるにせよ、三葉食堂が騒ぎの原因になっていることが心苦しかった。滅多に大きな事件が起こらない田舎町で、自分が事件の真ん中に立っているのだと思うと、震えがくるほど恐ろしい。逃げ出したい。食堂に戻って階段を駆け上がり、自分の部屋に閉じこもったまま、何もかもが解決するまで消えていたい。腹の底から湧き上がる感情に、抗うのが精いっぱいだ。

「離れろ！　離れろっつってんだよ！」

男の怒鳴り声に、思わず顔を上げる。ちょうど正面に男の顔があって、がちん、と視線がぶつかった。あっと思う間もなく、男の思考がサトルの頭の中になだれ込んできて、ぐるぐると渦を巻く。

後悔。恐怖。そして、心細さ。

予想に反して、男は弱々しく、状況に恐怖していた。自分を囲む人の数におののき、どうしてこんなことになってしまったのかと嘆いている。感情を抑えるのが苦手なのか、どんどん興奮の度合いが強くなっている。頭はひどく混乱していて、今にも爆発してしまいそうだった。

「あ、あの、もうすぐ応援が来るそうです」

振り返ると、今村がサトルの背後に立っていた。今村から事情を聞いた二人の警官が応援を要請している。じきに、サイレンを鳴らしながら、何台ものパトカーがやってくるだろう。

それは、まずい。

「まずいです」

「まずい？」

「あの人、女の子に危害を加えようとは思ってないんです。でも、追い詰められて、自暴自棄になってしまったら、何をするかわからない」

今村が、うん、と唸って、眉間にしわを寄せた。サトルの話をすべて理解できたわけではないだろうが、納得はしてくれたように見えた。

「ど、どうしましょう。警察、来ちゃいますよ」

「せめて、あの尖った破片を取り上げられたらいいんですけど」

どうしよう、どうすればいい。男の気持ちを読み取ることはできるのに、その能力をうまく使って、交渉するような能力が、サトルにはない。なんて役立たずな、と、自分が情けなくなる。

「車持ってこい！　車だ！」

男のわめく声が、どんどん大きくなる。周囲の人々の感情を巻き込んで、緊張がぱんぱんに膨れ上がっている。坊主頭の若者が、なおも懸命になだめようとしているが、あまり効果はない。警官が近寄り、若者に下がるよう注意する。警官の大きな声を聞いて、男がますますヒートアップする。

その瞬間だった。

しゅわ、という音とともに、男の胸元から炎が噴き上がった。着ているポロシャツの胸ポケットには、タバコと思しき箱が突っ込まれている。おそらく、一緒に入れていたライターか何かが、急に火を噴いたのだろう。

突然の発火に慌てたのだろう。男の腕の力が緩んだ。一瞬のスキができたとみるや、抱え込まれていた女の子が、腕を振りほどいて逃げ出した。北島と、連れの女の子が二人掛かりで助けに入る。すかさず、坊主頭の若者が男に飛び掛かった。男は炎にうろたえながらも、持っていた破片を若者に向けようとする。が、破片はまるで生き物のように、男の手の中からするりと抜け出し、十センチほど空中を滑るように動いて、そのまま地面にポトリと落ちた。

坊主頭の若者が、男の腕を摑んだ。警官が取り押さえるのを待つこともなく、男は雷に打たれたように、小さく「ぎゃっ」と声を上げると、そのまま棒のように固まってひっくり返った。すぐさま二人の警官が男に覆いかぶさり、確保！ と声を上げた。

何が起こったのか、サトルにはよくわからなかった。だが、ほんのわずかな時間の間に奇跡が重なったようだ。ライターらしきものが燃え、男が破片を取り落とし、暴れる間もなく、素早く取り押さえられた。

これは、偶然の出来事なのだろうか。

スローモーションのように見えていた世界が、音と時間を取り戻し、騒然とした空気が帰ってきた。サトルは我に返って、状況を見た。女の子に怪我はないようだ。

「よかった」

今村が額に汗を浮かべながら、ふう、と一つ息を吐き、安堵《あんど》の微笑みをサトルに向けた。目を見ることはできなかったが、よかったです、とサトルは言葉を返した。

人だかりの隙間から、倒れた男の顔が少しだけ見える。一瞬だけ、目を合わせた。サトルは、勇気をもって、自分から目を合わせにいったのだ。男が三葉食堂で何をしようとしたのか、知らなければならない。

男の思考が入ってくる。でも、距離があるせいか、イメージは断片的だ。男は、心の中でひたすら誰かに謝っているようだった。男の感情を支配する者の姿が、ノイズのように、じりじりと頭に浮かぶ。

白髪。面長の顔、刻まれたしわ。

太くてフサフサの特徴的な眉に、小さな目。

誰なのかを確認する前に、男は警察に連れて行かれることになりそうだ。男の行動に影響を与えた人物なのだろうが、警察に伝えても、超能力のことは説明できないし、信じてもらえるわけもない。これ以上、サトルが首を突っ込むことはできそうになかった。

7

和歌は、全くしゃべらない子供だった。

普通なら、二歳くらいになれば、それなりに単語も覚えて、ぺらぺらとしゃべるようになるものだ。けれど、和歌は三歳を過ぎても一言も言葉を発しなかった。発達の障害があるのだろうか。もしかしたら、声を出す器官がおかしいのかもしれない。悩んだ希和は複数の病院に和歌を連れて行ったが、異常は何も見つからなかった。

子供が言葉を覚えるためには、親が積極的に話し掛けることが大事なのだという。希和も、時間がない中、頑張って話し掛けたつもりだったが、やはり足りなかったのかもしれない。絵本を読み聞かせようとしても、自分が先に寝てしまうこともしばしばだったし、仕事の苛立ちが溜まって、泣いている和歌を無視してしまったこともあった。自分のせいだと思うと、なおのこと、しゃべらない娘に対する焦りが募った。

自分のせいだろうか。

自分が、シングルマザーだから。

和歌の父である男は、ある日突然、希和の前から姿を消した。どうやら他にも女がいたらしい。希和が妊娠したと聞いて、男は責任逃れのために希和を捨てた。父親になる気もなかった男にとって、希和は、都合の悪い女、役に立たない女、になり下がったのだろう。

男に捨てられた自分が、子供の命を捨てるのは嫌だ、と希和は思った。若さもあったし、意地もあったと思う。希和は、自らシングルマザーになる道を選んだ。子供を産み育てるために地元を離れ、シングルマザーへの支援が手厚い町に移住したのだが、それが逆に孤立を深めることになってしまった。

引っ越し先には、親族はおろか、知り合いもいない。生活のために朝早くから夜遅くまで働く希和には、「ママ友」もなかなかできない。出産を反対され、女独りでも絶対に子供を幸せにしてみせると啖呵《たんか》を切って実家を飛び出した手前、実家を頼ることもできない。職場は男だらけ。近所付き合いもろくにない。仕事以外で人と話す機会はないに等しく、ましてや悩みを相談する相手など誰もいなかった。

娘がしゃべらない。毎日不安で押しつぶされそうなのに、誰にも打ち明けることができなかった。精神的に追い詰められた希和が縋ったのは、神様だ。家の近くには、由緒正しい大きな神社があった。毎朝、娘を保育所に送り届ける前に神社へ参って、神様に願を掛けた。娘が、しゃべるようになりますように。

一か月ほど通っているうちに、希和は神社で一人の老人と出会った。人の好《よ》さそうな老人で、ほんの少し挨拶を交わしたのをきっかけに、会うと話をするようになった。娘とすら会話ができない希和にとって、人と話す、ということだけでも、救われた気持ちになったのだ。

和歌の話を聞いた老人はある日、希和に透明な液体の入った小さなガラス瓶を差し出した。これは何かと尋ねると、「脳を活性化する薬」だと答えた。日本では認可のされていない薬だが、欧米では富裕層が使っている薬なのだという。もしかしたら、和歌の言語能力にいい影響があるかもしれない、と、老人は語った。

親切そうな老人とはいえ、得体のしれない薬を娘に飲ませることには、さすがに抵抗があった。だが、もしかしたら効くかもしれない、という気持ちを、抑えることができなかった。

希和は、もらった薬をまず自分で飲んでみた。味はほんのりと苦みを感じる程度で、確かに頭がすっきりとするような感覚があった。数日経っても何事も起こらないことを確認して、希和は、ついに薬を和歌に飲ませた。

——ママ。

効果が表れたのは、数週間が経ってからだった。それまで、一言も声を発しなかった和歌が、急に自分を呼んだのだ。生まれてから三年半。初めて聞いた和歌の声は、とても澄んでいて、心地よい音だった。希和は夢中で娘を抱き寄せて、もう一回、もう一回呼んで、と繰り返した。その度に、和歌は「ママ」と言った。もらった薬は、本当に奇跡の薬だったのだ。希和は涙が止まらなくなった。言葉を交わすことでようやく心が繋がって、真の親子になれたような気がしたのだ。

だが、ほどなく、異変にも気がついた。

和歌がしゃべっていても、口が全く動いていないのだ。

和歌の声は、希和の耳からではなく、頭に直接響いていた。まさかとは思ったが、和歌の顔をじっと見る。やはり、口も喉も動かない。だが、その声ははっきりと聞こえてくる。

これは、テレパシーというものだろうか。

薬の力か、和歌は超能力を手に入れたのだ。和歌は、今まで黙っていたのが嘘であったかのように、テレパシーを使ってよくしゃべるようになった。周りからは不思議な光景に見えていただろう。親子の会話は、希和が一方的に話しているようにしか見えないからだ。

四歳を過ぎると、和歌は徐々に声を使ってしゃべることもできるようになった。後から知ったことだが、稀に、言語を扱う能力に問題はなくとも、三、四歳になるまでしゃべらない子供がいるのだという。和歌は声を出してしゃべることを「面倒なこと」だと思っていたのかもしれない。

親としてはひと安心したが、二人だけでいるときは、和歌は相変わらずテレパシーを使った。どれだけ距離が離れていても、和歌が頭で考えるだけで声が届くのだから、考えようによっては便利で素晴らしい能力だ。同時に、あってはならない、恐ろしい力のようにも思えた。

誰かに知られたら、きっと大きな騒ぎになる。普通にしゃべることができるようになった今、テレパシーはもう必要ない。近くにいるなら、ちゃんと声を出してしゃべればいい。遠くにいたって、電話を使えばいいだけの話だ。

——テレパシーを使ってはダメ。

希和が和歌に何度も言い聞かせ、超能力を使わせないようにしようとしていた矢先、和歌は、何者かによって連れ去られてしまった。和歌が狙われる理由と言われたら、超能力くらいしか思い当たるところがない。

「なるほど、お話はよくわかりました」

希和の長い話が終わって、まず口を開いたのが、津田という、サングラスを掛けた強面の老人だった。横にいたご婦人が、希和にハンカチを差し出してくれた。話しているうちに涙が溢れて止まらなくなったのだ。

三葉食堂の中には、人が数名集まっていた。まずは、老齢の店主。みんなから「オバちゃん」と呼ばれているおかみさんと、息子さん。津田と名乗った陶芸家と、ハンカチを貸してくれた、五十代くらいのご婦人。会社員らしき若い男性が二人と、先ほど男に捕まっていた女子高生くらいの女の子、その連れの子。そして、男を取り押さえた坊主頭の小柄な男性だ。

「つまり、娘さんは超能力者であるために誘拐されたのではないか、ということですな」

一同が、ううむ、と唸った。

「あ、あの」

「なんでしょう」

「信じて、いただけるのでしょうか」

希和が、恐る恐る周りを見回す。勢いに任せて、娘は超能力者だ、などと語ったものの、それが一般的に受け入れがたいものであることもわかっている。

「もちろんです。この世界には不思議な能力を持った方々が、確かにいらっしゃる」

つい先ほどのことだ。希和は、信じられないものを目の当たりにした。食堂から飛び出してきて自分を突き飛ばしていった男が女の子を人質にしてわめいていたとき、希和のすぐ近くにいた津田が、隣にいたご婦人に向かって「おそらく、胸ポケットにライターが入っています」と囁いたのだ。

ご婦人は、なにやら躊躇《ちゅうちょ》している様子だったが、津田の「すべてうまくいく」という言葉を聞くと、拳を握りしめ、何やら体に力を入れ始めた。次の瞬間、男の胸元が火を噴き、動揺した男が女の子から手を離した。あとは、あっという間に取り押さえられて、事件解決だ。

あんなに見事なタイミングで、都合よく偶然ライターが暴発するなどということはあり得ない。ほとんどの人は、まさか、とは思いながらも、偶然の出来事、もしくは奇跡だと言って自分を納得させるのだろう。だが、希和は「超能力だ」と直感的に思った。この町に他にも超能力者がいるとしたら、何か娘に繋がる糸口になるかもしれない。

周囲が騒然とする中、希和は興奮気味に、今のは超能力ではないですか、と、津田らに詰め寄った。思った以上に大きい声が出てしまったかもしれない。津田が、とりあえず中で、と、希和を食堂の中に連れ込み、今に至る。

食堂内に集まったのは、希和の「超能力」という声を聞いて、反応した人々だ。そんなバカな、という空気もなく、みな、真剣な顔で希和の話を聞いてくれていた。

「例えば、あなたのお隣におられる、今村さん。彼は、念力が使える」

今村という若い会社員が、顔を赤くしながら「全然、大したことないです」と笑った。

「こちらの亜希子さんは、火を操ることができます」

「いやあの、まだ、操るというほどではないんですけど」

先ほど男のライターを燃え上がらせたのは、やはり超能力ということだ。亜希子さんというご婦人も、なにやら「いやそれほどでも」という空気を醸し出している。

「あの、みなさん、超能力者という、ことでしょうか」

「ええと、この中で、超能力をお持ちの方は、挙手願えますか」

津田が号令をかけると、一斉に手が挙がった。

「え！　アヤ、お前も？」

「うん、そう」

「嘘だろ？　マジかよ」

「うん。マジ」

今村の隣にいた会社員の男が、女の子が手を挙げるのを見て、驚いたような声を上げた。どうやら、全員が全員の能力を把握しているわけではないらしい。

「思ったより多いですな」

津田が笑うと、坊主頭の青年が挙手をしながら、はい、と声を出した。まるで、授業中の先生のように、津田が「自己紹介からどうぞ」と発言を促す。

「ええと、金田です。俺は、相手を金縛りにする能力があります」

途端に、アヤと呼ばれていた女の子が、金田に向かって指を差して「痴漢の人！」と大声を上げた。超能力者という言葉は自然に受け止めていた周囲が、痴漢、という言葉には思い切り動揺した。金田は顔を真っ赤にして「人違い」と弁解し、女の子も、金田に向かって額が床につくのではないかというほどペコペコと頭を下げ、経緯を早口でまくし立てた。以前、痴漢被害に遭ったときに、金田を犯人と勘違いしてしまったのだという。ここで偶然にも再会することになり、驚いて声を上げてしまったようだ。

金田は自分を見る人々の視線が和らいだのを確認すると、ほっと一息つき、仕切り直した。

「その、薬をくれた老人は、どういう人でした？」

「ええと、名前などは聞かなかったですし、薬をいただいてからは会っていないのでいまいちわからないんですが」

「なにか、見た目の特徴とか」

「そうですね、髪の毛が白くて、顔がこう、ちょっと面長な感じで。あと、眉毛がとてもフサフサしていて」

希和の答えを聞いて、あ、と声を上げたのは、食堂の息子さんだ。津田が、何かありましたらどうぞ、と指名する。

「あ、ええと、寺松、サトルです。僕は、その、目を合わせると、人の感情や思考が、わかります」

人と目を合わせることは苦手ですが、と、サトルはつけ加えた。

「さっき、食堂から飛び出していった男と、目が、合ったんですが、面長の老人の顔が、見えました」

「もしかして、同じ人でしょうか」

「かも、しれません。眉毛が濃くって、目が小さくて」

希和の脳裏に、神社で出会った老人の顔が浮かんだ。細かい特徴はうろ覚えだが、眉毛が特徴的だったことはよく覚えている。

「その、老人についてですが」

今度は、津田が自ら挙手をした。

「改めまして、津田と申します。おそらく、私はその人物のことを知っておりますな」

「え！　本当でしょうか」

「若い頃に作品を売ったことがあるだけで、近年の容貌はわかりませんが、特徴のある眉毛はよく覚えております」

――敷島喜三郎。


「敷島さんて、ここの地主さんよねえ」

厨房の中から、「オバちゃん」がのんびりした口調で相槌を打った。津田の説明によれば、駅を中心とするこの辺り一帯の土地は、ほとんどが敷島家という大地主のものだという。喜三郎は地方の名士といった人物で、地元企業や選挙区内の国会議員にも顔が利く、資産家であるらしい。

また一人、挙手をする。津田が、どうぞ、と指名した。

「北島です。ええと、俺は別に、超能力者ではないです。さっき、あの野郎が変な液体を、オバちゃんのタレに混ぜてたのを見ました」

な、と、北島は隣にいる今村に同意を求めた。今村が、そうです、とばかりに頷く。

「サトルさんは、先ほどの男の思考を読んだとおっしゃっておりましたが、男は敷島について何か考えていたのでしょうか」

津田が話を振ると、全員の視線がサトルに集まった。サトルは、顔を引きつらせながら下を向き、胸に手を当てて何度か口をパクパクと開け閉めし、ようやく話し始めた。

「たぶん、その、怖がっていた、と、思います」

「怖がって？」

「失敗、したんだと思うんです。だから、老人に責められることを、すごく怖がっていました」

「つまり、ここのタレに液体を混入しろ、と敷島が男に命令し、失敗したために怯えていた、ということですかな？」

サトルは、はい、と頷いた。

「男が敷島とかいう人と繋がってるなら、さっきの液体は、和歌ちゃんが飲んだ薬と同じもんてことですかね」

北島が手近にあった瓶を開けて中を覗き込み、においを嗅いだ。

「可能性は高いように思いますな。もしかしたら、過去、何度もタレに混入されてきたのかもしれません。その薬が超能力を引き出すものなのだとしたら、三葉食堂の客の中に、これだけの数の超能力者がいるというのも、説明がつきます」

津田の見解に、なるほど、と一同が納得する中、非能力者の北島だけが、「なんで俺だけ」「常連なのに」としょぼくれていた。

「あの、でも、その敷島さんという人はなんのためにそんなことをするのでしょうか」

見えない闇の中から、少しずつ糸が手繰《たぐ》り寄せられている。その先に、和歌がいるかもしれない。希和は逸《はや》る心を抑えながら、言葉を選んだ。

「全日本、サイキック研究所」

ぼそりと呟いたのは、金田だ。

「研究？」

金田は、絶対に他言しないように、という前置きを入れた上で、伊沢という男について話を始めた。自身の痴漢冤罪をきっかけに伊沢を捕まえた話、そして、その男が罪に問われることなく釈放されたこと。自身を、「全日本サイキック研究所」の調査員だ、と話したこと。

そして、伊沢の身元を引き受けたのが、敷島喜三郎であるということ。

「口から出まかせを言ったのかと思ってたけど、こうなってくると、もしかしたら本当に、研究所ってのがあるのかもしれない」

「じゃ、じゃあ、その、研究所に、和歌がいるかもしれませんよね？」

敷島が本当に関わっているのか、まだ、推測の域を出ない。けれど、三か月の間、これほどの情報が集まってきたことはなかった。希和が足を棒にして捜し回っても、警察が動いても、何の手掛かりもなかったのだ。もしかしたら、という思いが溢れて、また目の奥がかっと熱くなった。

「でも、場所がわからないと、どうにもならないですよね」

今村の言葉に、津田が大きく頷いた。

「大地主ですから、敷島の所有する建物は、かなりの数になるでしょうな」

あの、と、控えめに手を挙げたのは、亜希子だ。

「津田先生からご紹介に与《あずか》った、井谷田亜希子と申します。あの、先ほど、バスに乗ってこちらに来たんですけれども、途中で、子供の声を聞いたような気がしたんです」

「子供？」

「女の子です。津田先生には聞こえていらっしゃらなくて、気のせいかと思っていたんですけれども。お話を伺ったら、テレパシーを使えるお子さんということだったので、もしかして、と思いまして」

「ほ、ほんとうですか？　場所はどこでしょうか」

「ええと、そちらの方が、バスに乗ってきたところでした」

亜希子が目を向けたのは、金田だ。金田は、一瞬、きょとんとした顔をしたが、すぐに緊張感をみなぎらせた。

「美術館前だ」

「なるほど、あそこは、敷島喜三郎の私設美術館ですなあ」

唸る津田に向かって、今村が、「あそこ、人いないですしね」と呟いた。

「警察の方にご連絡して、その美術館を捜してもらうように言えばいいんでしょうか」

「いや、それは難しいと思いますよ」

金田が、険しい顔のまま、首を横に振った。

「難しい、ですか」

「さすがに、テレパシーで女の子の声が聞こえた、って言っても、裁判所は令状《フダ》を出してはくれないと思いますね。相手が有力者なら、なおさら及び腰になる」

「じゃあ、どうすれば」

「和歌ちゃん本人を、見つけるしかない」

金田の言葉に、重苦しい沈黙が流れた。もし本当に美術館の中に監禁されているのだとしたら、外から発見することは難しい。部屋の数は一般的な住宅と比較すると桁違いに多いだろうし、外に連れ出されることがあったとしても、美術品の運搬など、大きな荷物の出入りも多い場所だ。どこかで張り込んで見ていても、きっとわからない。

はい！　という元気な声とともに、また挙手があった。先ほど、男に捕まっていた女の子だ。とても捕まっていたとは思えないほど、テンションが高い。警察に被害者として事情聴取への協力を依頼されたときにはわんわんと号泣し、「落ち着いたら警察署に行く」と答えていたが、それもどうやら、ここに居残るための演技であったらしい。

「あのー、ええと、菜々美です。アタシはここに来るのも初めてだし、超能力とかないですけど、要するに、その美術館に和歌ちゃんがいるかどうか、アタリがつけばいいわけでしょ？」

「そんなことができるんでしょうか」

「ウチのスーパー超能力者、御手洗彩子ならできると思いまーす」

隣で、彩子と呼ばれた女の子が、慌てた顔で、ちょっと何言ってるの、と騒ぎ出した。

「ウチのアヤは、サイコメトリーができるんですけど。それで、アタシも先輩と付き合えるようになって。とにかくガチでスゴいんで」

「サイコメトリー？」

北島が、驚いた様子で彩子を見る。

「いやでも、なんでも見えるわけじゃなくて」

「わかってるって。汗とか血とか、持ち主の体液がないとだめなんでしょ？」

菜々美が、「体液」と言うと、彩子は派手に悲鳴を上げた。

「さっきのオッサン、きっと、そのナントカ研究所に出入りして、薬を渡されてるわけでしょ？　だったら、オッサンの残留思念を読み取れば、その場所がわかるかもしれないですよね」

菜々美は、得意げな笑みを浮かべると、食堂の中を見回した。

「あの、さっきのオッサンが座ってた席、どこ？」

北島と今村が、訝しそうに、カウンターの端の席を指す。菜々美が、悠然と席に向かって歩き、まだ後片づけのされていないテーブルの上を確かめ、くるりと振り向いた。

「これなら、アヤの力で読み取れるんじゃない？」

菜々美が手にしていたのは、割り箸だ。木の割り箸には、男の唾液が間違いなく染み込んでいる。

「無理無理無理無理無理！　絶対！　無理！」

彩子が後ずさりをしながら、激しく首を振った。あまりにも急に動きすぎて、テーブルの角にお尻をぶつける。

「大丈夫だって。治ってきてるじゃん、潔癖症」

「無理してるんだってば！　おじさんが口に入れた箸なんか触れるわけないじゃん！」

「ほら、なんともないよ」

菜々美は躊躇することもなく箸の先端をつまみ、ほれほれ、と振って見せた。彩子は北島の陰に隠れ、半ばパニック状態に陥っている。

「なんともなくないよ！」

「だってさ、女の子が一人、誘拐されてんだよ？」

「そ、それは」

「しかも、こうやってさ、お母さんが必死に捜してるんだよ？　泣きそうになるくらいかわいそうじゃん。その子の手掛かりを見つけるのはさ、アヤにしかできないことなんだよ」

「だと、しても!」

「アヤだって、ほんとは、誘拐なんて許せない、お母さんのために力になってあげたい、って思ってるはずだよ、絶対。アタシ、アヤはそういう子だと思ってる」

北島の後ろで小さくなっている彩子が、顔を覗かせる。希和と視線が交わると、涙が溜まって真っ赤になった目を、二度、三度と瞬かせた。彩子が潔癖症なのだとしたら、人が使った箸を触るという行為は、きっとものすごい苦痛なのだろう。けれど、希和は和歌の行方をどうしても知らなければならなかった。彩子の能力が、絶望的なこの状況を打開してくれるとしたら。

ちらちらと視線をよこす彩子に向かって、希和は、精いっぱい頭を下げ、心を鬼にした。

「どうか、どうか、お願いします!」

「ねえ、助けてあげなよ、超能力者!」

食堂内に、ふえええん、という、彩子の情けない泣き声が響き渡った。北島が困惑した様子で必死になだめようとするが、どうにもならない。希和は、申し訳なさでいっぱいになりながらも、頭を下げ続けていた。

「わかったよ！」

アンタ、一生恨むからね！　菜々美！　という、彩子の絶叫が聞こえた。

8

――この、役立たずめが。

――敷島家の恥さらしだな、貴様は。

目を開けると、真っ白い部屋が目に入った。

敷島喜三郎は、机に座ったまま、わずかな時間、居眠りをしていたことに気がついた。ぼんやりとする目をこすり、意識を取り戻す。目の前には、読みかけのファイルが置いてある。少し向こうには、シングルベッドが置いてあって、小さな女の子が膝を抱えて座ったまま、喜三郎をじっと見ていた。

「何か、言いたいことがあるのかね」

女の子は、横に首を振り、また膝に顔をうずめた。

「言いたいことがあれば、テレパシーを使ってごらん」

「やだ」

「どうしてだい」

「ずっとやってるもん。きこえないんでしょ？」

ふうむ、と、喜三郎はため息をつき、手元のファイルに目を落とした。ファイルナンバーは28号、名前は、「音無和歌」だ。

「ママとはテレパシーでしゃべっていただろう？」

「うん」

「じゃあ、私ともしゃべれるはずだ。テレパシーでな」

「できないもん」

「そんなことはない。君は、自由に力を操っていた。できるんだよ。できるんだ」

真っ白な部屋は、人の感覚を遮断するためのものだ。壁には幾何学的な凹凸が組まれていて、簡易な無響室になっている。防音処理もされていて、外部からの音も完全に遮断する。空気は徹底的に脱臭され、無臭状態が保たれている。五感を刺激するものを極力減らすと、人間は不要な能力に割く力を減らし、必要な力を生み出そうとする。つまりこの部屋は、超能力者の能力を高めるために設計されているのだ。

部屋の一角、鍵の掛けられた棚には、三十年間の研究の成果が詰まっている。棚には喜三郎が把握している超能力者たちの情報がファイルに綴《と》じられ、整理されていた。その数は、ゆうに千人を超える。

ため息を一つつき、喜三郎は棚からファイルを一冊、取り出した。この棚の中で、最も古いファイルだ。名前の欄には、「敷島喜三郎」と書かれている。喜三郎もまた、超能力者の一人なのだ。

——遠隔透視能力《リモート・ビューイング》

視覚的に隔絶された場所の出来事を、まるで目の前で見ているかのように知覚することができる能力。それが、喜三郎の持つ力だ。かつて、東西冷戦時代にアメリカやソ連が軍事利用することを目的に研究を続けていた能力でもある。中でもアメリカは、実際にリモート・ビューイング能力者で部隊を編成し、敵の機密情報や軍事施設を透視するといった諜報活動を行わせようと試みたのだという。似たような研究は、第二次世界大戦中のドイツや日本でも行われていた。

喜三郎が能力に目覚めたのは、今から六十年前、二十歳になったばかりの頃のことだ。

喜三郎の父は、戦時中に軍需関連の事業を興して一財を成し、一代で敷島家を作り上げた商売人であった。喜三郎の二人の兄は、幼い頃から「神童」と呼ばれるほど優秀で、父の自慢だった。敷島家の将来は安泰だ、というのが父の口癖だったほどである。だが、太平洋戦争の末期、兄たちは本土空襲で命を落とした。生き残ったのは、田舎に疎開していた喜三郎だけだった。

喜三郎もそれなりに優秀ではあったのだが、どうしても、兄二人と比較すると見劣りがした。父は商才に恵まれた人間ではあったが、それが故に、劣った人間を見下す性向が強かった。優秀な二人の子を失った落胆も重なって、父は喜三郎に強く当たった。喜三郎は、「敷島家の恥」「役立たず」と言われながら育った。

大学進学を考える歳になると、父は、旧帝大以外は大学に非《あら》ず、と、喜三郎にプレッシャーをかけるようになった。元来、喜三郎は学問には向いていない。どちらかと言えば、絵画や音楽、陶芸といった芸術に興味があった。喜三郎は、何とか父に認められたいという一心で芸術の道を諦めて勉学に励んだが、どうしても成績は上がらなかった。

喜三郎が最後の手段として入手したのが、「脳活性化薬」であった。昨今は、「スマートドラッグ」や「ヌートロピック」と呼ばれるような薬で、脳機能を活性化し、発想力や記憶力を増強してくれる。欧米を中心に、知識層の人間が好んで使っていたものだ。だが、薬に頼ったところで、凡人が突然天才になれるわけではない。薬の効果は、あくまでも脳を活性化させることで、地頭の良さを引き上げるものでも、足りない知識を埋めてくれるものでもなかった。喜三郎は大量の薬を一気に服用したり、複数の薬を組み合わせて飲んだりするなどの無謀な行動にも出たが、当然、目当ての効果は得られず、大学受験はものの見事に失敗した。

父に無視をされ、一浪、二浪と浪人生活が続くうちに、喜三郎は世間から後ろ指を指されているような妄想に取《と》り憑《つ》かれた。みんな、自分の悪口を言っているに違いない。出来損ない、役立たず、と罵っているに違いない。頭を妄想が支配し、勉強どころではなくなった。

陰で、何を言われているのか気になる。

独りで思い悩んでいると、ふっと、頭の中に見えるはずのない光景が見えた。仕事場にいる父の姿だ。自宅から父の仕事場までは、十数キロの距離がある。自分の部屋にいながら、見えるはずのないものが、ありありと見えたのである。

まだ「超能力」という言葉も一般的ではなかった時代だ。喜三郎は、自らに「千里眼」の力が宿ったのだと考えた。学校の勉強もそこそこに、喜三郎は自分の超能力の研究に没頭するようになった。今まで、劣っていると言われ続けた自分に素晴らしい力が眠っていたのだと思うと、誇らしい気持ちになったのだ。

研究していくうちに、自分の超能力には、ある程度の制約があることに気がついた。遠隔透視は、喜三郎自身が強く「見たい」と願うものしか見えない。視覚的なイメージを得るだけで、音は聞こえない。金銭的欲求や性的欲求など、雑念を伴うと力を発揮できない。能力を使えるのは、一日一回が限界だ。

当初、能力を通して見ることができたのは、主に父の姿だった。父の姿を見ながら、喜三郎は、自分の本心に気がついた。父のことを知りたいという渇望。喜三郎はずっと、父に認められたかったのだ。父に愛されたかったのだ。

ある日、思い切って、喜三郎は父に自分の能力について打ち明けた。超能力の話を聞けば、父は自分に興味をもってくれるのではないかと思ったのだ。喜三郎は、父が一週間、どこで何をしていたかを詳細に言い当てた。父は、最初こそ驚いたような顔をしていたが、やがて顔を曇らせ、ため息をついた。


――そんな力、あるわけがないだろう。


喜三郎の話を聞いて、父が発した言葉は、その一言だけだった。遠隔透視でしか知り得ない情報を目の前で披露しても、父は信じようとすらしなかった。どうせ、何かタネがある、としか思わなかったのだ。

言葉を返せずに口ごもる喜三郎を一瞥《いちべつ》すると、父は何も言わずに去って行った。父は、その後、喜三郎が三十になったときに突然亡くなったが、最後まで喜三郎を認めることはなかった。

両親の死後、喜三郎は敷島家の莫大《ばくだい》な財産を相続した。死ぬまで遊んで暮らしても、使い切れないほどの額だ。自分を厳しく律していた父の死とともに、喜三郎を締めつけていたタガが外れた。喜三郎は父が経営していた会社をすべて売り払うと、以降、好きな美術品の収集に没頭した。数億円の費用をかけて私設の美術館まで建設し、自分の好きな美術品を、好きなように展示した。

喜三郎は、美術館の中に自分の居場所も作った。それが「全日本サイキック研究所」である。誰にも邪魔されることなく、超能力の研究に没頭できる空間だ。気がつけば、喜三郎は結婚もせず、仕事もせず、人生を美術品の収集と超能力の研究に捧げていた。

喜三郎は、自身の半生を記したファイルを閉じ、棚に戻した。かなり大きな棚一つを占拠する資料は、すべて国内にいる超能力者たちの情報だ。そのほとんどは、喜三郎が遠隔透視の力を使って集めた情報だった。

研究所と言っても、喜三郎は科学者ではない。外科的、脳科学的な研究をしたいわけではなかった。研究の目的は、「超能力の存在」を証明することだ。超能力が存在するという事実を証明するためには、懐疑的な人間を黙らせるだけの、圧倒的な力が必要になる。喜三郎のリモート・ビューイングのような、制約つきの能力ではだめなのだ。もっと強力で、センセーショナルで、そしてなにより、役に立つ能力でなければならない。

　喜三郎は長年の研究から、かつて受験勉強の際に服用していた「脳活性化薬」を複数組み合わせることで、超能力の発露を促すことができる、ということを突き止めた。そこで、十年以上にわたってこっそりと地域の人間に薬を服用させ、超能力者の育成を行ってきたのだ。

　薬を服用した人間のうち、超能力の発露に至るのは、数パーセント程度だ。発露したとしても、多くは喜三郎と同じように、能力に制約や限界があった。例えば、せっかくテレキネシスの能力が発露しても、一定方向に数センチしか動かせない、という男もいた。それなら、超能力など使わなくとも手で動かせば事足りる。役に立たない能力では、超能力者の存在を世間に認めさせることはできない。

「ねえ」

「なんだね」

「ママにあいたい」

「まだだめだ」

「どうして？」

「君が、テレパシーを自由に使いこなせるようになったら、ママを呼んであげよう」

「いつ？」

「いつになるかは、君次第だよ。まずは、私と自由に会話できるようになるんだ。その次は、もっとたくさんの人とだ」

観察している超能力者のうち、能力に秀でたものには番号をつけ、重点的に観察を行っている。その中でも、28号の音無和歌は、別格だ。多くの超能力者は、能力の使用自体に制約や限界がある。だが、音無和歌は制約もなく、さしたる集中も必要とせず、テレパシーを使って母親との会話を成立させていた。自身の超能力をこれほど自在にコントロールできている例は、喜三郎が見る限り、初めてのケースだった。

超能力は、トレーニングである程度能力を伸ばすことが可能だ。もし、和歌の能力が完全に開花し、母親以外の人間とも自由にテレパシーで話すことができるようになれば、「完全な超能力者」の誕生だ。不特定多数の人間に向けてテレパシーを発信し、実際に体感させる。自ら超能力を体感した者は、トリックだ、などと否定することはできなくなるだろう。

そうすれば、超能力の存在の証明は、成る。

テレパシー能力は、時間や空間の制約を受けない。これほど理想的な通信方法が、かつてあっただろうか。テレパシーの存在は、世界を変えるに違いない。超能力を解明し、その力を通信技術に活《い》かそうという動きが起こる。各国が先を争って研究するはずだ。超能力者たちは一躍脚光を浴びる。喜三郎の研究成果は、世界の科学者たちを驚愕させるだろう。超能力研究の礎石として、喜三郎の名も歴史に残る。

この女児は、至宝だ。なのに、愚かな母親は、娘に超能力を使うなと教えている様子だった。幼い頃に発露した能力は、使わなければ徐々に退化し、やがて失われてしまう。人類の損失とも言うべき暴挙は、許されるものではなかった。

穴倉のような研究所で、ただ一人、コツコツと積み上げてきた研究の成果が、今ようやく結実のときを迎えようとしている。自分の老い先は短い。なんとしても、生きている間に超能力者の存在を証明したかった。

自分の存在を、世に知らしめたかった。

喜三郎は、いてもたってもいられなくなって、ついに和歌の誘拐を計画した。和歌の超能力を伸ばすためには、母親と引き離さなければならない。この町には、敷島家に頭が上がらない人間が数多くいる。子供一人を拉致するのは、さほど難しいことではなかった。

「おなかすいた」

「あとで、食事を持ってこよう」

喜三郎は古めかしい棒鍵を取り出すと、内鍵を開けた。和歌のいる部屋は、両鍵になっている。入れるのも、出られるのも、鍵を持つ喜三郎だけだ。

部屋を出て、再び扉を施錠する。前室には、男が一人、見張り役として待機していた。だが、見張りとは名ばかりで、机に脚を乗せ、椅子にふんぞり返った状態で口を開けて寝ている。喜三郎が出てきても、起きる気配がない。カッとなって、手近にあった雑誌を丸め、思い切り男の顔を引っぱたいた。男は、痛《いて》えなこの野郎、と怒鳴りながら、ようやく目を覚ました。

「寝ていて、見張りになると思っているのか」

「うるせえな、誰が来るんだよ、こんなところに」

「可能性はゼロではない」

「いちいち指図すんじゃねえよ」

伊沢翔平は、喜三郎の愛人の子だ。ヤクザ者であった実父の遺伝子のせいか、昔から素行が悪く、暴力沙汰を何度も起こしている。困り果てた愛人に頼み込まれ、喜三郎が引き取って面倒を見てやっていた。

伊沢は粗野で粗暴で、知性の欠片もあったものではないが、体格だけは立派で、腕っぷしも強い。犯罪に対する忌避感も薄い。暴力装置としては使い道があるだろうと思って、「全日本サイキック研究所」の調査員という名目で手元に置いてやっている。音無和歌誘拐の実行犯も、伊沢だ。

「口のきき方に気をつけろ」

「偉そうに、なんだよ」

「いいか、その気になれば、お前なぞ、いつでも干乾しにしてやれるんだぞ」

伊沢は舌打ちをすると、わかったよ、と吐き捨てた。伊沢には十分に金を渡してやっている。金づるを失うことのまずさは、単細胞にもわかるらしい。

「うるせえな。起きてりゃいいんだろ」

「それから、レベル7の薬を用意しておけ」

「7？　ガキにはヤベえとか言ってたんじゃねえの？」

「負担は大きいだろうが、四の五の言ってはいられん」

知らねえぞ、と、伊沢は下卑た笑い声を立てた。

「そういえば、加藤《かとう》はどうした」

「あー、知らねえな」

加藤もまた、研究所の調査員だ。もともとは地元の零細企業の社長であったが、会社が倒産し、負債を抱えて一家心中しようとしているところを、喜三郎が拾い上げた。気が弱く、優柔不断で、冷静さに欠ける。だが、借金の肩代わりをしている喜三郎には完全服従だ。もし、喜三郎が肩代わりした分の金を返せと言えば、加藤は再び首を括る準備をしなければならなくなるからだ。

加藤には、脳活性化薬を渡し、気づかれないように誰かに飲ませろと指示してある。本来は喜三郎自らが出向きたいところだが、ここ数年は体が言うことを聞かず、よく加藤に任せている。

「作業報告が来ていないだろう」

「今日あたり、祭りにでも行ってるんじゃねえの」

伊沢の呑気な笑い声を聞くと、むらむらと怒りが湧いてくる。もし、何かトラブルがあって、あの脳活性化薬が世間に知られてしまったら。下手を打てば、誘拐事件の捜査の手が喜三郎に及ぶこともあり得る。

「連絡しておけ、さっさと」

捜しに行ってこい！　と怒鳴ろうとしたが、思慮の足りない伊沢を外に出すと、何をしでかすかわかったものではない。つい先日も、調査対象の超能力者に痴漢行為をはたらき、さらには、もう一人の能力者に取り押さえられる、という大失態を演じたばかりだ。事件をもみ消すのに、かなりの金を使うことになった。

「28号の食事を買ってくる」

伊沢は、さっさと行け、とでも言うように、ひらひらと手を振りながら、タバコを咥えた。喜三郎は、丸めた雑誌でタバコを叩き落とす。

「何すんだよ」

「ここは禁煙だ。外に喫煙スペースを作ってあるだろう」

伊沢を引き取ってから、何度、心の中で「役立たずめ」と罵ったことだろう。今日も、腹に力を入れて、ぐっと呑み込んだ。「役立たず」という言葉は、あまり好きではない。

9

敷島美術館、メイン展示室。

今村は絵画や彫刻が整然と並んでいる間をゆっくりと歩き回りながら、美術品を眺めていた。眺めているふり、と言った方が、より正解に近い。目には入っていても、美術品の素晴らしさなど、一つも頭に入ってこない。

外は例大祭の初日、神輿が参道を練り歩いている真っ最中の時間帯だ。みんな祭りに夢中で、普段から閑散としている私設美術館に立ち寄ろうなどという奇特な人間はいない。館内は気味が悪いほど静まり返っていた。

展示室の真ん中には、「津田光庵作・焼き締め大皿」が、でんと置かれている。金色の継ぎ目が網のように入った皿は、前に見たときよりも迫力が増したような気がする。だが、今回はのんびりと美術品を眺めているような状況ではない。大皿のガラスケース越しに、展示室外のロビーにある、「STAFF ONLY」と書かれたドアを見つめる。

その大皿の作者である津田が、ゆっくりと扉に近づいた。扉の脇にはインターホンが設置されていて、「御用の方はボタンを押してください」と書いたプレートが貼られている。津田の隣には亜希子が寄り添うように立ち、何度か足の位置を変え、咳払いを一つした。緊張しているらしい。

「ごめんください。館長さんはいらっしゃいますかな」

インターホンから、のんびりとした声が聞こえる。今村の隣には金田が、少し離れたところにサトルがいる。大きな絵巻物が飾られた展示スペースの前には、彩子と菜々美の女子高生コンビが待機していた。

ほどなく、ピッ、という電子音と、がちゃん、という解錠音がした。扉がゆっくりと開き、小柄で真面目そうな高齢の男性が怪訝そうに顔を覗かせる。立っている津田の顔を見ると、男は表情を緩めた。

「これは、津田先生。よくお越しくださいました。本日は、どういったご用件でございましょうか」

「ちょっと、館長さんに折り入ってお話がございましてな。祭りのついでに近くまで寄らせていただきまして」

「私に、お話ですか？」

「左様。先日、私の大皿の件でいろいろお話しした際にですな、館長さんが私の作品を大変愛してくださっているのがよく伝わりましてね」

「いや、それはもう、同郷ということもありますし、大変尊敬しております。それなのに不手際でお皿の破損などもありまして、誠に申し訳ないことをしたと……」

館長が、これでもかと言うほど何度も体を折って頭を下げ、自分のせいで、という自戒の言葉を述べるたび、今村は心が痛んだ。皿が割れたのは四割くらい自分のせいです、と名乗り出たい衝動に駆られる。

「まあ、過ぎたことはもうよいのです。今回はですな、もし、よろしかったら、私の作品を、もう一つ展示してはもらえないかと」

「え、それは、作品をお持ち込みいただけるということですか」

「ええ。作品を持ってまいったので、館長さんから、オーナー様に寄贈のお話を通してはくださいませんか」

館長は、もちろんです、と、興奮気味に何度も頷き、また頭を下げた。

「中でお話しさせていただくことはできますかな」

「もちろんです。どうぞどうぞ」

館長は展示室に入ると、一旦ドアを閉じた。首にぶら下げたカードキーをカードリーダーにかざす。再び、電子音と解錠音が聞こえた。

「あの、そちらは、お弟子さんでいらっしゃいますか」

館長が亜希子に視線を移し、反射的に頭を下げる。津田が、新しい弟子でして、と、しょうもないことを言った。

「君は、ここで待っておりなさい」

「はい、先生」

津田が館長に連れられて、扉の内側に入っていく。そのまま、館長の手を離れた扉がゆっくり閉まろうとする。完全に閉じると、オートロック機能によって自動的に施錠される仕組みだ。施錠されてしまえば、館長が持っているカードキーがないと扉を開けることはできなくなる。

津田と館長が扉の内側に入ったのを確認すると、展示室にいた面々が、一斉に扉の前に集まった。亜希子がほんの少しつま先を出していたお陰で、扉はまだ完全に閉まっていない。

「早く」

津田と館長の声が聞こえなくなるのを待って、金田が真っ先に扉の中へ飛び込んだ。続いて、全員が扉の内側に滑り込む。あまり開けっ放しにしている時間が長いと、きっと未施錠を知らせるブザーが鳴ってしまう。

「左です」

彩子はサイコメトリー能力を使って、男が薬を受け取るまでの道筋を把握している。

展示室裏は長い廊下になっていて、金属製の棚がいくつも置かれていた。棚には、まだ展示に至っていない美術品が、梱包されたままいくつも並べられている。金田を先頭に、彩子の指示に従って廊下を進む。

メイン展示室からバックヤードに入り、その先のいくつかの扉を開けて進むと、「全日本サイキック研究所」と書かれた扉があるらしい。彩子のサイコメトリーでは誘拐された子供の姿を直接捉えることはできなかったが、食堂に居合わせた全員が、状況的に、和歌ちゃんの監禁場所に間違いない、という意見で一致した。

だが、通報したところで、根拠が「超能力」では、警察も動けない。解決するためには、金田が言ったように、和歌ちゃん本人を見つけるしかないのだ。誰がやる？　答えは一つしかなかった。

今村は固い唾を飲み込み、手の汗を服で拭きとる。誘拐された子供を捜すという大義があるとはいえ、やっていることはまごうことなき不法侵入である。誰かに見つかってしまったらただでは済まない。万が一、和歌ちゃんを見つけることができなかったら、今村らは単なる犯罪者だ。それでも、勇気と覚悟を持ってここにやってきたのは、子を想う母の涙を見たせいだった。

激しくしゃくりあげながら娘の話を語る希和の姿を見て、今村は心が震えた。超能力なんていうあやふやなものに縋りつきたくなるほど追い詰められた気持ちを考えると、子供のいない今村でさえ、辛さがわかる気がしたのだ。幼い我が子と三か月も引き離され、救いたいのに、何もできないもどかしさ。なんと役立たずなのだと、自分の力のなさにどれだけ絶望しただろう。

もちろん、それだけが無茶をする理由ではない。

もし、自分の能力が誰かによって与えられたものなのだとしたら、一体、どんなところで、誰が何のために超能力者を作り出しているのか知りたかったのだ。どうして、自分に超能力など与えたのか。どうして、こんなにも役立たずな能力を。


自分はきっと、意味を感じたいんだ。

何のために、生きているのか。


廊下を突っ切った先には、また一つ、小さな扉がある。今度は、内鍵のサムターンを回せば簡単に開くことができる。今村は頭の中に渦巻く雑念を一旦払い、今置かれている状況に集中することにした。

「ここから、広いところに出ます」

注意深く扉を開けると、だだっ広い空間が広がっていた。シャッターがついていて、コンクリートの段差や昇降装置が見える。

「何ここ」

菜々美が何気なく発した言葉が硬い壁に跳ね返って、予想以上に響いた。慌てて、彩子が菜々美の口を塞ぐ。今村は、声のボリュームに気をつけながら、菜々美の問いに答えを返す。

「トラックヤードだね」

「トラックヤード?」

「運んできた美術品の積み下ろしを、ここでやるんだと思う」

今村の会社の倉庫にも、同じようなトラックヤードが設けられている。女子高生コンビが、なるほど、と頷いた。

トラックヤードを挟んで反対側には、鉄線で補強されたガラスの扉がある。「研究所」に辿り着くまでに開けなければいけない第二の扉だが、ここもオートロック式で、カードキーが必要になる。

「誰か来る!」

金田の声を聞いて、全員が扉の内側に戻り、隙間からトラックヤードを覗き込んだ。向こう側の扉から長身の男がよたよたと出てきて、トラックヤードの端っこに用意されているスチールのベンチに座った。傍らには、円筒形の灰皿が置かれている。どうやら、喫煙スペースになっているらしい。

「伊沢だ」

金田が憎々しげに呟くと、彩子と菜々美が、アイツが痴漢男か、と顔をしかめた。今村は初めて伊沢という男を見たが、肩や胸の筋肉の盛り上がり方が尋常ではない。もし捕まりでもしたら、あっさりと人生が終わってしまう気がした。

「アイツ、カードキーを持ってるよな」

「持ってるね。ぶら下げてる。でも、めっちゃ強そう」

菜々美が、ヤバいよね？　と、今村に同意を求めた。今村は激しく頷き、奪い取るなどという芸当は無理だ、とアピールをした。

「俺のパラライズなら、動きを止められる」

「マジですか」

「でも、一度見せちまってるからな。手の内はバレてる。警戒されたら、厳しいかもしれない」

金田のパラライズは、両手で相手の体を摑む必要があるのだという。タイミングがずれてしまえば、失敗だ。今村と同じように、能力は一日一回しか使えない。そうなったら、あの大男と対決できるような、すごい超能力を持った人間はいない。

「亜希子さん」

「は、はい」

「あの灰皿のタバコって、燃やせますかね」

金田が、扉の隙間から伊沢の傍らに置かれている灰皿を指さす。伊沢はかなりのヘビースモーカーらしく、一本目を吸い終わり、灰皿でもみ消しながら、二本目に火をつけている。灰皿には、吸い殻が山盛りになっているのが見て取れた。

「一度、夫のタバコを燃やしてしまったことがありますから、燃やせるとは思います」

「じゃあ、灰皿が突然炎上してアイツが気を取られてる間に、俺が後ろから摑み掛かる」

今村は、股間がぎゅっと縮みあがるのを感じた。金田はこともなげに言ってのけるが、失敗すれば、ただでは済まない。相手は、暴力を振るったり、子供を平気で誘拐したりするような人間なのだ。

「いくらなんでも、危険すぎますよ」

「しょうがねえだろう。他に、あの扉開ける方法あるか？」

「でも、金田さんにだけ、そんな」

今村が渋っていると、その恐怖感が伝染したのか、彩子や亜希子も、危険すぎる、という言葉を口にした。

「いいか、あの扉の向こうに、きっと誘拐された女の子がいる」

「それは、そうだと思いますけど」

「三か月だぞ？　小さな女の子が、お母さんから引き離されて、どれだけ怖い思いをしているか。研究所だかなんだか知らねえが、そんな理不尽が許されていいと思うか？」

「そりゃ、思わないから、こうやって来てるわけですけど」

「アイツがいる以上、アイツをどうにかしねえと、先には進めねえ。じゃあ、誰がアイツをなんとかするんだ？」

俺だ。

金田は、全員の目を見回しながら、ゆっくりと、静かに言い切った。

「失敗したら、俺が時間を稼ぐから、とにかく走って逃げてくれ」

「か、金田さんは」

「俺は、まあ、なんとかなるんじゃないかな」

なんとかなんかなりっこない。金田にだけ危険を押しつけるわけにはいかないが、他に方法があるかと言われると思いつかない。

「あ、あの」

後ろで状況を見守っていたサトルが、手を挙げて口を開いた。視線が集まると、慌てて目を伏せた。

「か、金田さんを、信じましょう」

「え」

「津田先生が、おっしゃった、じゃないですか」

陶芸家・津田光庵の超能力は、予知だ。ただ、ひどくざっくりしたもので、高確率で当たる予想、と言った方がいいかもしれない。昨日、津田が予知したのは、居合わせた超能力者全員で行けば、全日本サイキック研究所の「扉を開けることができる」というものだった。本人曰《いわ》く、当たる確率は九十三〜九十五パーセント。だが、扉を開けるまでの経緯は全く見えず、扉を開けた結果、和歌ちゃんを救えるのかもわからないという。頼りになるのかならないのか、微妙な線ではある。

「扉は開けられる」

「そう、です。僕たちがなんとかすれば、少なくとも、扉は、開けられるんです。あの人が、キーを持っているのなら、あそこの扉はほぼ間違いなく開けられるわけですし、金田さんの作戦は、たぶん、うまくいくんじゃ、ないのかなって」

いざというときは、僕も頑張ります、と、サトルは言葉を締めた。

「決まりだ」

金田が、精神集中を始める。視覚的に何かが見えるということはないが、今村には金田の念の流れのようなものが、うっすらと感じ取れた。脳から流れ出した念の力が、両手の先に集まってくる。準備ＯＫ、と金田が宣言すると、今度は、亜希子が集中を開始した。時折、首を捻るような動作を何度かする。なかなか、火がつかないようだ。

今村が、だめそうですか、と声を掛けようとした瞬間、突如、トラックヤード内に轟音が鳴り響き、とんでもない高さまで火柱が立ち上った。伊沢が声を上げてひっくり返り、呆然と火柱を見上げた。あっけに取られていた今村が、我に返って扉をいっぱいまで開ける。同時に、金田が素早くトラックヤードに飛び込み、足を忍ばせながら、伊沢に駆け寄っていった。

伊沢は咥えていたタバコを落とし、腰が抜けた様子だったが、ようやく立ち上がり、燃え盛る灰皿に飲みかけのコーヒーを掛けるなどした。が、文字通り焼け石に水だ。火の勢いは収まらない。その間に、金田は伊沢のすぐ後ろに迫り、後ろからそっと伊沢の腕を摑んだ。

声を上げる間もなく、伊沢は雷に打たれたように棒立ちになり、そのまま横倒しに倒れた。金田は伊沢の巨体を受け止めつつ地べたに寝かせると、持ってきた粘着テープを手足にグルグルと巻きつけていった。なんとも鮮やかな手さばきだ。慣れを感じる。

「やだ、火が強かったかしら」

亜希子が、まだ調整できないの、とため息をついた。恐ろしい勢いで燃え上がっていた炎は、灰皿の中の吸い殻をあらかた燃やし尽くしたのか、あっという間に小さくなっていった。灰皿の焦げ具合から、炎のすさまじさがわかる。今村は、とんでもない主婦だな、と、亜希子の後ろ姿をまじまじと見つめた。

硬直した伊沢からカードキーを奪い取る。金田がカードを読み取り機にかざすが、扉は開かない。よく見ると、カードリーダーにはテンキーが併設されている。暗証番号の入力が必要なのだ。つまり、扉の先はよりセキュリティレベルの高いエリアであるということだろう。

「出番じゃん、超能力者！　得意なやつ！」

菜々美が先ほどまで伊沢が咥えていたタバコを拾い上げると、彩子に向かって突き出した。彩子が、わかってる、と呟きながら、悲鳴を上げることもなく、笑顔で受け取る。

だが、指先は傍目にもわかるほどはっきりと震えていたし、目は完全に死んでいた。

彩子のサイコメトリーで、吸い殻から伊沢の残留思念を読み取る。六桁の数字は、すぐにわかった。

扉が開く。また一歩、和歌ちゃんに近づく。

金田が先頭を切って侵入し、女性陣が続いた。今村とサトルは、硬直して棒のようになった伊沢を扉の内側に引っ張り込む。伊沢の巨体は、二人掛かりで引きずるのが精いっぱいだった。

「あった」

廊下に入って何歩も進まないうちに、彩子が扉を指差した。薄黄緑、としか表現できない微妙な色合いの扉に、金属のドアプレートが打ちつけられている。

「全日本、サイキック、研究所」

今村は息を弾ませながら、思わず口に出して読んだ。彩子のサイコメトリーで、この扉がここにあることはわかっていたものの、本当にあったんだ、という安堵感があった。

彩子がドアノブを掴むと、何の抵抗もなく、拍子抜けするほど簡単に扉は開いた。廊下に誰もいないことを確認しながら、伊沢を部屋に引きずり込む。部屋の中に人の姿はない。扉を閉めると、ほんの少し緊張から解放されたのか、どっと冷や汗が出た。

「なんか、研究所って感じしないね」

「アタシ、もっとこう、手術台とかすごい装置とかが並んでるのかと思ってた」

「そんなの、あっても困るって」

「でも、言っちゃ悪いけどさあ、かなりショボいよね」

女子高生コンビが、部屋の印象をひそひそと囁き合う。彼女たちの言葉通り、「全日本サイキック研究所」は、思ったよりも雑然とした空間だった。古いオフィスでよく見るスチール製の机が中央に並び、書類が山のように積まれている。年代物の小さなブラウン管テレビが一台。超能力に関する書籍や雑誌がてんこ盛りの本棚。よくわからない絵、異様に古めかしい置時計。見たことのないパッケージの薬が並ぶスチール製の薬品棚に、一つだけ妙に真新しい、最新型の空気清浄機。部屋の隅っこには段ボールが山積みになっていて、中に大量の本が入っていた。菜々美と彩子が、この本持ってる！　と騒ぎ立てる。

全体的な雰囲気は、研究所と言うより、田舎の不動産屋のようだ。潜入前に今村が想像していた、「謎の組織」とか「闇の科学者」といった雰囲気はない。ちょっと行き過ぎたマニアの部屋、というくらいの感じだ。

「和歌ちゃんは？」

全員で手分けして部屋を捜すが、子供の姿はない。金田が焦った様子で、机の下を覗き込む。まさか、単なる勘違いだったのだろうか。一般人立ち入り禁止エリアに侵入し、灰皿を炎上させ、ろくでもない男であるとはいえ、伊沢を簀巻《すま》きにした挙句、ここに子供が誘拐されているという事実が勘違いだったら、取り返しがつかない。

「静かに」

亜希子が、両手を広げて、しっ、と周囲を制した。動きを止め、眉間にしわを寄せながら、目を閉じる。言われるがままに口を閉じたが、今村には一体何をしようとしているのか、見当もつかなかった。

「あの、亜希子さん？」

「聞こえる」

「え？」

「ほんの少し、声が聞こえますよ。聞こえませんか？」

亜希子の言葉に、全員が同じような体勢で目を閉じた。今村も倣って目を閉じたが、一向に声が聞こえてくる気配はない。

「いや、なんにも聞こえないですね」

「そうですかねえ。なんか、かすかに、おなかがすいた、って言ってるような気がするんです」

今村だけではなく、居合わせた全員が首を傾げた。唯一、聞こえるような聞こえないような、と答えたのは、彩子だけだ。

「女性にしか聞こえないんでしょうか」

「ねえちょっと、今村サンさ、アタシが女じゃないって言いたいわけ？」

「い、いや、そういうつもりじゃないんだけど」

菜々美の冷たい視線から逃れるように、今村は金田の背後に隠れて、棚の書類などに目をやりだした。

「やっぱさ、女ってだけじゃなくて、超能力者同士だと波長が合いやすい、みたいなことがあるんじゃないの？」

「だとしたら、やっぱり近くにいるってことですかね」

ふてくされる菜々美に、亜希子が目を閉じたまま返事をした。だが、亜希子にも、もう何も聞こえなくなったようだった。

急に、背後から呻《うめ》き声が聞こえて、今村は思わず飛び上がりそうになった。どうやら、金田のパラライズが解けてしまったらしい。先ほどまで冷凍マグロのように固まっていた伊沢が、狂った芋虫のように暴れ出していた。だが、手足を完全に固められ、口もふさがれているせいで、さしもの伊沢も立ち上がって暴れることはできないでいる。

「みなさん、その、男を、押さえていただくことはできますか」

サトルが、珍しく少し大きな声を出した。勘のいい金田と菜々美が素早く動き、暴れる伊沢を上から押さえつける。今村と彩子も参戦し、全員で上から体重を掛ける。最後に亜希子が乗っかると、伊沢が、うっ、と呻いて、動きを止めた。

「最近、太っちゃったんだけど、ダイエット成功する前でよかったわ」

亜希子が息を切らしながら、伊沢の腰の上で笑った。全員でしっかりと体重を乗せると、せーの、という合図とともに、伊沢の顔を摑んで引っ張り上げ、一人、正面に立っているサトルに向けた。

「あなただって、子供だったことが、あるはずです」

震える体を必死になだめながら、サトルがゆっくりと言葉を選び、吐き出した。サトルは最近まで、人の視線を恐れて三葉食堂の二階に引きこもっていたのだと聞く。きっと、優しい心の持ち主なのだ。だから、人の頭の中を覗くと心が傷つき、精神が病んでしまう。こんな悪意の塊のような男の目を見て、果たして大丈夫だろうか、と、今村は心配になった。

「なんの罪もない、子供です。僕たちは、和歌ちゃんを、お母さんの元に帰して、あげたいんです」

サトルはゆっくりとその場にしゃがみこむと、意を決したように目を見開いた。人間は、質問をされて答えない、ということはできるが、質問の内容を考えない、ということはできない。質問をして、伊沢が頭に思い浮かべたものをサトルの力で読み取ってしまえばいい。

「和歌ちゃんは、どこにいますか？」

伊沢と、サトルの目が合う。サトルは、わっ、と声を上げ、仰け反った。そのまま尻もちをつくと、両手で顔を覆い隠し、肩を震わせた。泣いているのだ。しんと静まった部屋に、サトルの嗚咽が響いた。

「ご、ごめんなさい」

「大丈夫ですか、今村さん、サトルさん」

「すみません、サトルさん。ちょっと、流れ込んできた感情が、あまりにも」

サトルは言葉を切り、ぐっと唾を飲み込んだ。両手足は、激しく震えていた。伊沢は、粘着テープで塞がれた口で、精いっぱい悪態をついていた。

「あなたにも、悲しい過去があるんですね」

サトルが伊沢のどんな感情を読み取ったのかはわからないが、その一言で、伊沢は暴れるのを止めた。もう知らねえ、とでも言うように、ごろりと転がって仰向けになり、目を閉じた。

「ありがとう。扉の場所はわかりました」

立ち上がったサトルは、部屋を見回し、本棚の前に立った。いくつかの分厚い本を取り出すと、できたスペースに腕を突っ込む。がたん、という機械的な音がして、大きな本棚がずるりと滑り出した。金田が、マジかよ、と、思わず言葉をこぼした。

「金持ちってやつは、なんでこう悪趣味なんだ」

動く本棚の後ろにあったのは、古めかしい扉だ。まさか、こんな映画のような隠し扉があるとは想像もできなかった。現れた扉はアンティーク調のデザインで、装飾の施された真鍮《しんちゅう》製のノブがついている。ノブのすぐ上には、古墳のような形の鍵穴があった。覗いてみるが、部屋の中の様子まではわからない。おそらく両鍵になっていて、鍵がなければ、内からも外からも開けることはできないようになっていると思われた。

「鍵は、敷島が持っていて、彼にも開けられない、みたいです」

サトルが、伊沢の思考を代弁する。今村はドアノブを掴んでみたが、右にも左にも回らない。しっかりと鍵が掛かっている。試しに、どんどんと叩きながら和歌ちゃんの名を呼んでみるが、返事はない。

「これ、どうやって開ければいいんだろう」

きっと、この扉を開ければ、すべてが解決する。そんな気がした。だが、最後の最後で開ける方法の見当がつかない。相手は前時代的で古典的な扉なのに、シンプルな分、一番開けることが難しい。

「意味が、あると、思うんです」

サトルが、今村の肩に手を置き、そう言った。

「意味？」

「津田先生が、我々を選んだのは、全員が揃《そろ》えば、扉が開けられる、という未来を見たから、でしょう？」

「そうですね」

「一人一人じゃ、何もできなかったですけど、みんなでここまで辿り着いたんですから、きっと、我々一人一人の超能力に、意味があるんです」

そうか、と、今村はもう一度扉を見つめた。津田の存在が第一の扉を開け、第二の扉のカードキーを金田と亜希子の能力で奪い、暗証番号を彩子の能力で突き止めた。そして、最後の扉は、サトルの超能力で見つけることができた。まだ役に立っていない超能力者は、今村だけだ。

下っ腹に力を込める。自分がここにいるのは、この最後の扉を開けるためなのだ。津田の予言が正しいのなら、この扉は、テレキネシスの使い方次第で、開けられるはずだ。

「今村サンの、超能力って、どんなんだっけ」

「テレキネシスだね。ものを、手を触れずに動かす力」

手で持ち上げられるサイズのものを、右に十センチくらい動かせる、と説明すると、菜々美は、うーん、と微妙なリアクションを取り、首を捻った。そこから先は、言葉にしなくてもわかる。一体、なんの役に立つんだ、ということだろう。こっちが聞きたい、と、今村は思った。

「このでっぱりをさ、テレキネシスで押し込めないか」

金田が扉の隙間を見ながら、今村を呼んだ。今村が扉の隙間を覗き込むと、金属製の閂《かんぬき》が、扉と壁の間に挟まっている。鍵穴に鍵を差し込んで回すと、扉から閂が出て壁側の金具に嵌《はま》り、鍵が掛かる。逆に、開けるときは、閂が引っ込んでつっかかりがなくなり、扉が開く。ごく簡単な錠前の構造だ。

つまり、この「でっぱり」を押し込んでしまえば、鍵がなくても解錠ができる。扉が開く。

「やってみます」

扉の前に座り込んで、今村は集中を始めた。扉の隙間から見える金属の閂に向かって、念を送る。物体の中に念が入り込むと、動かせる、というイメージができる。後は、右側に数センチ押し込めばいい。

「あ、ヤバい」

閂に念が入って、がくがくと動いている。けれど、今村がどれほど念を送っても、何か引っ掛かりのようなものがあって、押し込むことができない。以前、似た感覚を味わったことがある。津田の皿を落として割ろうとしたとき、皿を固定していたテグスが引っ掛かって動かしきれなかったアレだ。

とはいえ、一旦集中を切ってしまえば、丸一日は能力が使えない。なんとか、やり切るしかない。腹に力を込め、全身の力を集めて、一点に集中する。亜希子が火柱を噴き上げたように、きっと、今村のテレキネシスも、本当は大きな力を生むことができるはずだ。

今までに例のない集中をしていると、ついに、軋むような音を立てながら閂が動いた。壁側の金具が盛り上がり、捻《ね》じ曲がる。どうやら、真っ直ぐ押せば引っ込む、という単純な構造ではなかったようだ。閂は、壁側の金具にフックのようなもので引っ掛かる仕組みになっている。

こうなれば力押しだとばかり、今村はすべての力を集中させた。ばきん、と音がして、扉にひびが入る。壁側の金具が半分壊れ、閂が斜めに曲がりながらも、扉側に無理やり押し込まれていく。明らかに今村が手で押し込む力よりも大きな力が働いて、錠を破壊しようとしている。

「もう少し！」

後ろから見ていた金田が、頑張れ、と声を上げた。もう少し。あと少し。扉が歪み、軋みながら、さらに変形を強めていく。また、木が割れる音がした。

だが、そこまでだった。

急に力が抜ける。集中しようと思っても、念の力が集まってこない。力が掛かっていたはずの閂が、震えるのを止めた。それまで固いものを全力で押しているようだった感覚が、暖簾に腕押しをするような、手ごたえのないものに変わっていった。

「だめです」

ついに力が全く入らなくなって、今村はひれ伏すように手をついた。金田がドアノブに手を伸ばし、押したり引いたりを繰り返す。木製の部分には亀裂が入り、錠もかなり変形はしていたが、扉は開かなかった。

「そんな、バカな」

「す、すみません」

どうしてだ、と、今村は無情にも閉まったままの扉を前にして、自分の手を見た。ここまで来て、扉が開けられない。それはつまり、和歌ちゃん救出の失敗を意味する。

やがて、入館している客が展示室にいないということに美術館側も気づくだろう。いつまでもここにとどまっているわけにはいかない。けれど、伊沢には顔を見られ、隠し扉を見つけて中途半端に破壊したのだから、どうあがいても敷島には存在がバレる。扉の向こうに和歌ちゃんがいるのなら、きっと監禁場所を変えられてしまうだろう。そうなったら、再び見つけ出すことは至難の業だ。

僕のせいだ。僕の力が、役に立たないせいで。

「もう一回やったらいけそうじゃないか？」

金田が、ひん曲がった金具を見ながら、今村に声を掛けた。だが、今村は力なく首を振る。きっと、能力の使用に制限のある金田は、今村の感覚がわかるのだろう。唇を噛んで、そうか、と呟いた。

「どう、しましょうか」

「どうもこうも、力が使えないんじゃ、しょうがない」

サトルが絶句し、金田も目を閉じた。亜希子や彩子も口を動かそうとしたが、言葉を呑み込んだように見えた。今村は立ち上がり、すみません、と、もう一度深々と頭を下げた。

高校のときの記憶が、また蘇ってきた。最後の最後、ゴールポストに弾かれたシュート。誰よりも上手くなりたくて、どうしても試合に勝ちたくて、毎日毎日練習を繰り返したのに、公式戦での得点数は高校三年間でゼロ。チームの役に立つこともなく、すごすごと引退した。今日も同じだ。こんなことになるなら、役立たずの能力しか持たない自分なんかより、鍵屋さんでも連れてくればよかったのだ。きっと、こんな古そうな扉など、ものの数分で開けてしまうに違いない。「超能力」が聞いて呆れる。

「なんかさー、諦めるのは早くない？」

「ちょっと、菜々美」

「だってさ、先輩だったら、試合終了まで絶対諦めないと思うんだよね」

「来栖先輩の話は、今関係ないでしょ？」

彩子が、来栖先輩はサッカー部の先輩で、元エースで、と菜々美の発言の補足をした。

「でもさ、そういう姿勢っていうか、気持ちって、大事じゃない？　アタシは、そう思うな。先輩だって、超能力みたいなパス出すけど、負けそうなときは泥臭いプレーだってするもん。なんかさ、超能力にこだわらないといけないの？　この際、なんでもいいじゃん。蹴破るとかでもさ」

あ、と、今村は顔を上げた。

「あの、ちょっと、ここ、スペース空けてもらえますか？」

今村は扉の正面にある机を動かし、空間を作った。隠し扉まで数メートル、何もない空間がぽっかりと空いた。今村は扉から一番離れたところに立ち、何度か膝の屈伸運動をした。

「お、おい？」

「みなさん、下がっててください」

超能力を使ってしまった今、自分に残された能力は、高校時代、徹底的に鍛え上げた脚力。それだけだ。助走をつけ、さっきまでテレキネシスで動かそうとしていた部分めがけて、思い切り足の裏を叩きつける。どかん、という鈍い音がしたが、扉はびくともしない。続けざまにもう一度、再び助走をつけて扉を蹴る。

「お、おい、ほんとに蹴破る気かよ」

「あ、あの、菜々美の言うことなんか、本気にしなくても！」

扉は、かなり厚みのある堅い木の扉だ。普通に蹴りつけたくらいでは、びくともしない。けれど、三発、四発、と蹴るうちに、扉全体に、みしり、という異音が走り始めた。先ほどテレキネシスで壊そうとした部分が、明らかに弱くなっている。

足が痛い。息が上がる。もう、体力もキツくなってきている。助走をつける。半ばやけくそになって、扉に向かって思い切り跳躍し、足を前に突き出す。

ばん、という衝撃音。木が裂ける音。金属が床に落ちる音。今村は、空中でバランスを崩し、背中から床に叩きつけられた。息が詰まる。痛みに悶絶《もんぜつ》しながら上体を起こすと、目の前で、扉がゆっくりと内側に向かって動いていくのが見えた。

「あ、開きました」

呆けた声を出した今村に、金田が手を差し出した。ガッチリと握って、引っ張り上げてもらう。軽く捻ったのか、足首が少し痛い。だが、そんなことは言っていられなかった。

扉の内側には、真っ白な空間が広がっていた。田舎の不動産屋のような前室と違って、近未来の宇宙船の中のようだ。幾何学的デザインの壁に囲まれていて、見ているだけでも頭がくらくらしてくる。部屋の真ん中には、机が一つ、ポツンと置かれていた。その向こうに、これもまた白いベッドがひとつ、無造作に置かれている。

ベッドの上には、少女が一人、横たわっていた。

「和歌ちゃん?」

彩子が恐る恐る呼び掛けるが、反応はない。ベッドの上の少女は、ピクリとも動かない。まさか、と思うと、今村は背筋が凍って、動けなくなった。

後ろから亜希子が飛び出して、ベッドに駆け寄る。動かない少女の頬に手をやり、ゆっくりと撫でた。亜希子は深いため息をつくと、両腕を少女の背に差し入れ、慣れた様子で抱き上げた。ぐったりとした少女を抱きかかえた亜希子が戻ってくるのを、今村は、呆然としながら見ていた。声が出ない。体も動かない。ただ、右足にだけ、じんとした熱を感じる。

「あ、亜希子さん」

「あんなにすごい音がしたのにね」

ぐっすり寝てるわ。

亜希子は、今村の前で、くるりと背を向け、笑った。肩に覆いかぶさるように脱力している少女は、眉間にしわを寄せ、不機嫌そうな顔をしながら、口をもぐもぐと動かしていた。

10

ママー！

女性警官に寄り添われていた和歌が、希和に向かって駆け寄ってきた。和歌の口から出た声が、ちゃんと耳に届いてくる。希和は、縋りついてくる娘の体を無我夢中で抱いた。娘を安心させるような言葉を掛けてあげなければ、と思うのに、喉が引きつってしまって声が出ない。ただ、背中を何度も撫でて、少し脂臭い髪の毛のにおいを、胸いっぱいに吸い込んだ。

本当なら母親としてしっかりと娘を受け止めてあげなければいけないのに、希和ばかりが大声を上げて泣いていた。和歌は希和の首に腕を回し、泣かないで、とでも言うように、きゅっと力を込めた。

希和の口から、ようやく出てきたのは、「痛いところ、ない?」という言葉だ。「ないよ!」という声が、頭に直接響いてくる。和歌の脇に手を差し入れて引き離し、正面から目を見る。和歌は悪戯っぽく舌をぺろりと出すと、ちゃんと口を動かして、「ないよ」と発声した。

津田ら超能力者たちが美術館に潜入している間、希和は三葉食堂で連絡を待っていた。本当は希和も乗り込みたい気持ちだったが、敷島に顔を知られている希和が行くと警戒されてしまう、という理由で、待機せざるを得なかったのだ。

食堂に、「子供を見つけた」という一報を入れてくれたのは、サトルだ。感極まって大泣きしていると、すぐに誘拐事件の担当刑事からも連絡が来た。どうやら、誘拐された女児を発見した、と、金田が警察に連絡を取ってくれたようだ。刑事に三葉食堂にいる旨を伝えると、すぐにパトカーを手配してくれた。祭りで混雑する道を抜け、敷島美術館にようやく辿り着く。現場は、何台ものパトカーが集結する大騒ぎになっていた。

急に、「見んなコラア!」「なんだテメエら!」といった、乱暴な声が聞こえた。声のする方向に目をやると、建物の中から、ガラの悪い男が警官に連れ出されてくるのが見えた。時折、身をよじって暴れようとするが、屈強な警官に囲まれて、自由にはさせてもらえない。手首には、しっかりと手錠が掛けられていた。

男がパトカーで連行されていくのを見守る。敷地には規制線が張られていて、マスコミや野次馬が集まっていた。祭りで酒の入った人間も多数いるせいか、希和と和歌が再会した瞬間は、歓声と拍手が沸き起こった。人がどんどん集まってきていて、美術館前もお祭り会場にでもなったような騒ぎだ。

和歌は、連れ去られたときの服とは違うパーカーを着せられていた。誘拐犯に与えられた服には少し抵抗もあったが、希和は和歌の頭にフードを被せた。

規制線の先に目をやると、「超能力者」の面々が希和の様子を見ていることに気がついた。和歌を抱いたまま深々と礼をすると、女子高生二人が手を振ってくれた。張り詰めていた緊張の糸がほんの少し緩んで、しゃがみこんでしまいそうになる。

その規制線の外側が、急に騒がしくなった。道を開けなさい、という警官の声が聞こえ、集団が左右に分かれた。まるでモーゼが海を割ったようにできた道を、誰かが歩いてくる。赤く光る誘導棒を持った若い警官と、スーパーのレジ袋を携えた一人の老人だ。

敷島喜三郎。希和の心臓が、ずきん、と疼いた。特徴のある、濃い眉毛。希和に薬を渡してきた老人に間違いない。

「何事かね」

敷島の元に、数名の警官が集まった。中央には、一目でかなり偉い人だとわかる風格の男が立った。騒ぎの中でも、希和のところまで会話が聞こえてくる。

「敷島、喜三郎さんですね」

「いかにも、そうだが」

「こちらの美術館は、敷島さんがオーナーと伺っておりますが」

「そのとおり」

「先ほど、美術館を訪れていた一般客の方から通報がありまして」

「通報？　こんな日に、物好きがいたもんだな」

「現在、誘拐事件で公開捜査中の女児に酷似した子供がいる、という通報です」

敷島が、急に視線を希和に向けた。ほんの一瞬ではあったが、はっきりと目が合った。

だが、敷島は顔色を変えることもなく、幹部と思しき警官に視線を戻した。

「それで？」

「現在、美術館の中を確認させていただいております。こちらが捜索差押許可状です」

部下らしき別の警官が、何やら書面を取り出し、敷島に提示した。敷島は、ふん、と
鼻で笑い、何も答えなかった。

「敷島さんにも、署でお話を伺いたいのですが」

「任意かね」

「もちろんです。が、事件解明のために、何卒ご協力をお願いしたい」

「少し、時間をもらってもいいかね」

敷島が体の向きを変え、一、二歩、前に出た。進行方向には、希和がいる。話をしていた警官が、険しい顔で希和に目を向けた。希和は緊張しながらも、軽く頷いた。警官が体を捻って道を開けると、敷島は、ゆっくりと希和に近づいてきた。

「あれは、この辺の所轄署の副署長でね。わざわざ現場に出張ってくるなんて、どうかしておるな」

希和のすぐ目の前にまで近づいてきた敷島は、緊張感を漂わせることもなく、なんの気構えもなく、唐突に話し出した。神社の境内で会ったときと同じだ。

「そう、なんですね」

「よく、ここがわかったもんだ」

「私一人では、わかりませんでした」

敷島が、希和の視線を追って振り返る。視線の先には、津田を筆頭に、超能力者六名プラス一名が険しい顔で敷島の様子を見ている。

「大した超能力者はおらんようだが」

「知っているんですか、あの人たちを」

「そりゃそうだ。日本にいる超能力者のことは、調べ上げておる」

「和歌もですか」

「もちろんだ。その子は彼らのような役に立たん能力者とはまったくもって格が違う。テレパシーを自在に操れるし、制約も限界もなくあんたとしゃべっていただろう。突出した超能力だよ」

でも、と、希和は、敷島の言葉を打ち消した。

「彼らの協力があったから、和歌が戻ってきたんです。私からしたら、みなさん、神様のような存在です」

「まさか、隠し部屋を見つけられるとは思わなんだ。取るに足らん能力も使いよう、ということだな」

敷島が頬を引きつらせて、歪んだ笑みを浮かべた。自虐めいた笑いだったが、どこか、楽しそうでもあり、嬉《うれ》しそうでもあった。そして、寂しそうにも見えた。

「神様のような存在なのは、あなたも同じです」

「私が？」

「和歌を連れて行ったことに関しては、もちろん、怒りと恨みしかないですし、変な薬を飲まされたことも、悔しい。でも」

希和は一息つき、また、涙が溢れ出そうになるのを、必死に堪えた。

「もし、あのとき、和歌とテレパシーで会話ができなかったら、私は、きっとつぶれていました。寂しかったし、辛かった。孤独で、誰とも話ができなくて」

　和歌を抱く手に、力がこもった。今でこそ、母として少し強くなったとは思うが、言葉をしゃべらない我が子を抱えていた頃の生活は、希和を精神的に追い詰めた。夜、和歌の寝顔を見ながら、細い首に両手を回したことも何度かあった。あのまま和歌がしゃべらずにいたら、罪悪感と絶望感に押しつぶされて、最悪の選択をしていたかもしれなかった。

　ほんの一瞬でも、我が子を殺《あや》め、自らも命を絶とうと考えたことは、「あの頃は大変だったから」では済まされない。闇の中に放り込まれたような気持ちは、深い深い傷となって、今も希和の心に残っている。たとえ、和歌が自由にしゃべることができるようになっているにしても、テレパシーが必要だったのがたったの半年であったとしても、深い闇の中から希和を救い出してくれたのは、和歌が授かった超能力に他ならなかったのだ。

「だから、その一点だけは、感謝しています」

　敷島は少し驚いた表情を見せたが、やがて、またすぐに元の顔に戻った。

「そうか」

「勘違いしないでくださいね。基本的には、恨んでいます」

「無論、母親から娘を奪うことは残酷だ。わかっている。恨みも買うだろうな。だが、私も信念をもってやったことだ。これから世間にいくら後ろ指を差されようと、甘んじて受ける。だから、あんたに頭は下げんよ」

「別に、謝ってほしいなんて思っていません」

「その子の能力は、特別だ。奇跡なんだ。いいかね、これからの世の中は、機械やコンピューターが発達して、どんどん人間が捨てられていくのだ。役立たずだとね。でも、その子のテレパシーは、どんな機械にも技術にも負けない、素晴らしい力だ。それは、我々人間の価値を一段上に押し上げるものだ」

「テレパシーが、ですか」

「そうだ。人間は誰しも、超能力を持っている。研究が進めば、多くの人間が自らの力を引き出すことができるようになるだろう。そのためにはまず、超能力というものを世間に知らしめなければならん。奇術師に毛が生えたようなニセモノとは違う、本物の超能力者が現れなければならんのだ」

　敷島は、次第にまくし立てるようにしゃべりだした。超能力の研究などバカげている。もしくは、金持ちの老人の妄想に満ちた道楽だ。敷島は、妄想に取り憑かれているのかもしれない。けれど、目を見てしゃべっていると、その奥にある恐ろしいほど冷徹な正気を感じて、希和は背筋が寒くなった。

「和歌の力が、どれだけのものかはわかりませんけど」

　胸に抱いている、和歌の顔を見る。三か月も遠く離れていたのに、本人は呑気にあくびをしていた。

「この子に、超能力はもう必要ありません。なんかその、人間の価値が云々《うんぬん》、みたいなのはすごいことなのかもしれないですけど、私はただ、和歌が普通に幸せになってくればいいんです。笑いながら健康に育って、私みたいに変な苦労はしてほしくない。それだけです。弱い私を強くしてくれる。それが、和歌の超能力です」

敷島は何か言いたげに口をもごもごと動かしていたが、それも諦めたのか、深いため息をついた。

「まあ、それも、私の買い被りであったかもしれんがね。結局、私はその子とテレパシーで会話をすることはできなんだ。テレパシーは、遺伝子的に近い人間との親和性が高くなるものだからな。親であるあんたとは、遺伝子的に半分は一致しておるし、そういう相手でなければ、能力を発揮できんのかもしれん」

いずれにせよ、もう終わったことだ、と、敷島は呟いた。

「聞いてみたかったがね」

「え？」

「その子の、テレパシーを使った声をだ。あんたは、普通に会話をするように聞こえるんだろう？」

「聞こえます。どこにいても」

「どこにいても？」

「あなたが和歌を連れ去ってから、ずっとこの子の声は聞こえていたんです。でも、肝心なことは何も言わないから、声だけ聞こえるのに、言葉も返してやれないし、迎えにも行ってあげられなくて」

和歌が気まぐれに発信するテレパシーは、いつも届いていた。ここからだして！　ママはどこ？　声が聞こえるたびに、心がささくれ立って、いてもたってもいられなくなった。だが、声が聞こえないと、今度は不安に苛まれる。自分にも和歌と同じ力があったらと、何度思ったことだろう。

敷島は顔色を変え、天を仰ぎ見ると、そういうことか、と、ため息をついた。

「もしや、あんたも薬を飲んだのかね」

「少しだけ、その、毒見で」

「そうか。あんたも、テレパシー能力者か」

「私が？」

意外な一言に、希和は思わず首を捻った。

「そうだ。その子は送信側、あんたが受信側というわけだな。あんたは、誰よりも、その子のテレパシーを受信する能力が強いのだ。念の力が強ければ強いほど、能力も強くなる」

「私が、超能力者？」

「その子の能力は、薬で生まれたのではなく、生まれつきかもしれんな。しゃべらなかったのではなく、ずっとしゃべりかけていたのだ、あんたに。テレパシーでな」

「じゃあ、私があの薬を飲んだから、和歌の声がテレパシーで聞こえるようになったと？」

今となってはわからん、と呟き、敷島は自分の手で、自分の顔を何度か撫でた。つまり、希和が和歌の声を聞きたいと強く思ったせいで、希和はテレパシーを受け取る能力を得た、ということだろうか。

一通り話を終えると、警官が近づいてきて、敷島に向かって、そろそろ行きましょう、と声を掛けた。敷島は面倒くさそうに、わかった、と頷く。そのままパトカーに向かおうとしたところで、思い出したように踵を返し、希和に向かって、持っていたスーパーの袋を差し出した。

「要らんか」

「なんですか、これ」

「その子が、腹が減ったというから、買ってきた。私は、こんなものはよう食わん」

敷島がビニール袋を広げる。中には、シュークリームが一つと炭酸飲料、板のチョコレートと、カップのプリンが入っていた。反射的に、要りません、と突き返そうかと思ったが、喉まで出かかった言葉を呑み込んだ。

「薬など入っておらんが」

「あの」

「うん?」

「いただきます」

希和は空いている腕を伸ばし、敷島から袋を受け取った。一瞬、しわだらけの手に触れたが、気持ち悪い、とも、怖い、とも思わなかった。

「食べる、って」

「なんと?」

「和歌が」

「言ったのか、テレパシーで」

眠そうにしていた和歌が、目をこすりながら起き、振り返って敷島を見た。小さな手を開いて、希和が受け取ったお菓子入りの袋を摑もうとする。

「ちゃっかりした子だ」

敷島が、初めて、満面の笑みを浮かべた。

11

県警は昨日、県内で発生した女児誘拐事件に関わったとして、同県内在住の美術館経営者を、未成年者略取・誘拐の疑いで逮捕しました。

逮捕されたのは、敷島喜三郎容疑者・八十歳で、今年六月に何者かによって連れ去られた、音無和歌ちゃん・四歳の誘拐に関与した疑いが持たれています。

今月二十三日、敷島容疑者の経営する私設美術館を訪れていた一般客から「誘拐されていた女児に似た子供がいる」との通報を受け、警察が同美術館を捜索した結果、施設内の一室に監禁されていたとみられる女児を発見しました。そのため、経営者である敷島容疑者に対し、任意で聴取が行われていましたが、昨日になって、誘拐に関わった疑いが強いと見て、逮捕に踏み切ったとのことです。

敷島容疑者は、容疑について、黙秘を続けているということです。

――なお、発見された女児に、けがなどはありませんでした。

箸でつまんでいたもやしを取り落とし、今村は、はっと我に返った。テレビでは連日、女児誘拐事件の続報を報道している。全国区の大事件などめったに起きないこの辺りでは、例大祭と事件のダブルパンチで、てんやわんやの大騒ぎになっている。

「超能力、とか言わなかったな」

今村の向かい側で、北島が呆けたような声を出した。

「超能力なんて言ったら、さらなる大騒ぎになるじゃないですか」

「ちっとは騒げって思わないか？」

「思わないですよ」

北島と客先に出向いた帰り、遅い昼食になったせいか、三葉食堂にいる客は今村と北島だけだった。厨房では、ランチタイムを乗り切った老夫婦が、一緒になってテレビを見ていた。

「そら、超能力者が超能力で女の子助けた、なんて言ったら、大変なことになっちまうよなあ！」

厨房で野菜を刻んでいたマスターが、今村に向かって、わはは、と豪快に笑った。今村は、ほんとにそうです、と生返事をする。

結局、事件の後始末は金田に一任することになった。金田の父は地元警察署の副署長らしく、今回の事件の捜査本部にも加わっている。いろいろ表沙汰にできない部分をなんとかしてくれるそうで、今村らに迷惑は掛けない、と約束してくれた。事件に超能力者が関わっているということも、世間に知られることはなさそうだ。

今村は、すみません、タレください、と手を挙げた。はいはい、と、オバちゃんが辛味ダレの入ったボトルを持ってくる。事件以来、辛味ダレは卓上から姿を消し、欲しい人が手を挙げて申告するシステムに改められた。面倒だが、あんなことがあったのだから仕方がない。金輪際、役立たずの超能力者が誕生することはないだろう。

「でも、ほら、今村君。やっぱり救世主になったじゃないの」

オバちゃんに救世主、などと言われて、今村は派手にむせた。そういえば、いつぞや、そんなことを言われたことがあったかもしれない。

「別に、世界なんか救ってないですよ」

「母親にとってね、子供は世界のすべてなんだから。世界を救ったのと同じよ」

そういうもんですか、と、頷く。

今日は、食堂にサトルの姿はない。なんでも、講師の初仕事で外出しているらしい。オバちゃんの機嫌がいいのは、そのせいもあるかもしれない。母親か、と、今村は少しだけ納得した。

「お前な、救世主とか言われて、調子に乗るなよ」

「乗ってないですよ、全然」

「俺がな、お前の代わりに神輿担いだお陰なんだからな」

祭り当日、敷島美術館に行かなければならなくなった今村は、会社に病欠と嘘をつき、神輿担ぎを休ませてもらった。代わりに補充された人員が、北島だ。面倒なことに、北島は連休明けからずっと、筋肉痛が、と騒いでいる。もう、祭りから数日経って、週の半ばに差し掛かっているのに、だ。今も、珍しくスタ定ではなくカレーを食べている。箸を持つのもしんどいので、スプーンで食べられる食事を選んだのだという。今村は内心、そんなわけあるか、と思っている。

「でも、二日目はお祭り行けたんですよね？」

「行けたも何も、あの菜々美って女が」

初日、神輿担ぎでグロッキー状態になった北島だが、夜は親戚の集まりに呼ばれて、信じられないほど飲まされたらしい。なんでも、調子のいい菜々美がお酌して回ったお陰で親戚一同がヒートアップし、問答無用で朝まで付き合わされたのだそうだ。

翌日も朝一で彩子と菜々美に叩き起こされ、観光に連れ回された挙句、半ば荷物持ちのようにこき使われたようだった。

「よかったじゃないですか。両手に花ですよ。いいなあ」

今村が半笑いで茶化すと、北島は本気で苛立ったのか、筋肉痛だと言い張っていることも忘れて、今村の頭を引っぱたいた。

「でも、ほんとによかったわね。見つかってね。今村君たちのお陰ね」

オバちゃんが、テレビに映し出されている希和と和歌ちゃんの姿を見て、しみじみと呟いた。テレビでは顔にぼかしが入れられていたが、目の前で見た、親子が再会した瞬間の顔は、きっと一生忘れられない。

希和からはその後、丁寧なお礼の連絡をもらった。今村さんは神様です、などと言われてひどく困惑はしたが、もちろん嫌な気持ちはしなかった。

「オバちゃん、そんなにね、今村を褒めちゃだめですよ。こいつ、すぐ調子に乗りますからね」

「あら、今村君はそういう子じゃないわよ」

「だいたい、お前、扉を蹴破ったらしいじゃねえか。超能力関係ねえだろ。俺でもよかったじゃねえか。お前が神輿担いでりゃよかっただろ」

「いやでも、一応、超能力で弱らせたんで、扉を壊せたんですよ」

「俺だったら、一撃で蹴破るね。何発も蹴っ飛ばすなんて、元サッカー部失格だろ」

足腰鍛えとけ、と、北島が吐き捨てる。面倒なので、そうします、とだけ答えた。

「一応、超能力は鍛えてみることにしたんです」

「は？」

「なんだかね、念の力ってのは、鍛えれば強くなるらしいんですよ」

「誰が言ってたんだそんなこと」

「菜々美ちゃんです」

「なんなんだよ、あいつは」

「けど、頑張ると、ほんとにちょこっと重いものとか動かせるようになるんですよ」

「右にか」

「右にです」

「十センチ？」

「物によっては、もうちょい動かせることもあります」

「せめてよ、複合機一台、五メートルくらい動かせるようになってくれ」

それは無理じゃないですかね、と、今村は首を振った。

「でも、超能力を鍛えて、どうすんだよ」

「さあ。わからないですけど、もしかしたら、役に立つこともあるんじゃないかなと」

「その、ショボイのがか？」

「何かしら、役に立ったりするんですよ」

そういうもんか、と、北島が最後の一口を口に放り込んだ。

「なんで、俺にはねえんだろな」

「超能力ですか？」

「俺だって、スタ定食ってるじゃん、同じくらい。タレだってドバドバ使ってるのに」

「実は、超能力者なのかもしれないですよ、すでに」

「マジでか」

「だって、この間集まった超能力者のみなさんだって、選ばれしもの、みたいに、運命に導かれて集まったってわけじゃないと思うんですよ。たまたまね、ここの常連客に超能力者がいっぱいいるもんだから、和歌ちゃんのお母さんが来たときに居合わせてしまっただけだと思うんですよね。そう考えたらきっと、ここの近所に、めちゃくちゃいっぱいいるんですよ、超能力者」

ここ、常連のお客さん多いですし、と年季の入った店内を見渡す。

「ありがたみもクソもありゃしねえな」

「だから、北島さんにも、もしかしたら超能力があるかもしれないですよ」

北島はまんざらでもなさそうに手を結んだり開いたりしながら、千円札を一万円札に変えられないだろうか、などと呟いていた。

「ごめんください」

がらり、と入口の扉が開く。噂をすれば、やってきたのは超能力者、津田と亜希子だ。

「おお、これは今村さん」

亜希子が椅子を引き、津田が座るのを手助けする。オバちゃんがいつもの？　と聞くと、津田は頷き、亜希子は「冷やし中華の並盛」と、小さな声で注文した。

「今日も、アッコさんが先生の付き添いなの？」

オバちゃんが、水の入ったコップを二つ、テーブルに置いた。

「左様。この度、正式に亜希子さんも、津田窯のスタッフになりましてな」

「え、アッコさん、先生のところに弟子入りしなすったの？」

「そうなんです。一応、先生の秘書兼弟子、ということで」

オバちゃんが、旦那さんは？　と聞くと、亜希子は笑いながら、あの人は私が何やっても興味がないので、と、右手をひらひらさせた。

亜希子の弟子入りは、津田が勧めたらしい。焼き物の独自性を出すためには窯の火の入れ方が重要だそうだが、亜希子なら今までにないものを作り出せるに違いない、と、津田が太鼓判を押したようだ。火柱を上げる灰皿を思い出して、今村は、なるほど、と頷いた。勢いあまって窯を吹っ飛ばさなければよいが、とは思ったが。

「時に、今村さん。これから、会社にお戻りですか」

「あ、はい。この後、戻ります」

「ならば、早くした方がよいかもしれません。おそらく、そろそろ雨が降る」

マジですか、と、今村も北島も、慌てて支度をする。

「それ、予知ですか？」

「いや、雨が降りそうなときはヒゲで感じるのです。超能力ではなく、年の功ですな」

津田が、白髪混じりのヒゲをしごきながら笑う。年の功などと冗談めかしているが、予知だとしたら、当たる確率は九十パーセント以上だ。そこらの天気予報よりはるかに精度が高い。

「オバちゃん、ごちそうさま！」

お勘定を済ませ、資料やらカタログやらの詰まったカバンを持ち上げる。なぜか、北島の分も今村が持たなければならない。ちょっとでも不満を言うと、北島がわざとらしく、筋肉痛がー、とぼやくからだ。面倒なので、何も言わずに持つことにした。

「今村」

「なんですか」

「開けてくれよ、扉」

「え、だって、僕、両手ふさがってるんですけど」

「肩を上げるのも痛いんだよ、俺は」

何言ってるんですかもう、と、今村はため息をついた。ぐっと念を集中する。扉がカタカタと音を立て、するり、と右に十センチほど開いた。後は、足を隙間に入れて開ければいい。

「うお、開けやがった」

「そりゃ、僕だって、扉くらいは開けられるんですよ」

「すげえな。初めて役に立ったところを見たぜ」

「あ、でも、閉められないんで、おねがいします」

「なんだよ、結局、役立たずじゃねえか」

外に出る。天高く、どこまでも澄んだ、秋の青空。お腹が満ちて、午後もなんとか乗り切れそうだ。最近はようやく仕事のコツも摑んで、だんだん契約も取れるようになってきた。誰かのために生きているわけではないが、誰かのためになる仕事は、楽しい。

「先輩、ヤバいですよ、あれ」

ふと、西の空を見ると、青い空を浸食するように、真っ黒な雲が近づいてきているのが見えた。やや冷たい風も吹き始めている。津田の予知は、やはり正確だ。たまに外れるようだが。

「マジかよ。あんなに晴れてたのに」

「走りましょう」

カバンを二つ抱えたまま、事務所に向かって、今村は走り出した。荷物は重いが、足腰には自信がある。背中越しに、「筋肉痛がー」という声が聞こえた。

解　説

朝宮運河

人にはない特別な力がほしい。

誰しもそんな願いを、一度は抱いたことがあるにちがいない。たとえば超人的な身体能力、あるいは常識を超えた知覚。もしそんな力があったら仕事でも勉強でも圧倒的に有利だし、プライベートでもきっと怖いものなしだ。

そんな切なる願いを反映してか、これまで超能力を扱ったフィクションは数多く創作されてきた。SF映画やドラマ、アニメは言うに及ばず。国内の小説作品に限っても、平井和正の『幻魔大戦』、筒井康隆の『七瀬ふたたび』といった名作から、河野裕《こうのゆたか》の『サクラダリセット』、恩田陸の『夜の底は柔らかな幻』といった近年の話題作にいたるまで、膨大な数の作品が書かれている。エンターテインメントの分野において、超能力というテーマがそれだけ魅力的かつ普遍的ということだろう。

俊英・行成薫が二〇一七年に発表した本作『僕らだって扉くらい開けられる』も、こうした超能力エンタメ小説の系譜に連なる一作である。ただし、右に名前を挙げた先行作品とは、大きな違いがあった。

とにかくささやかなのだ、扱われている超能力が。

念のために断っておくと、物語そのもののスケールが小さいという意味では決してない。主人公たちに与えられた特別な力が、周囲にさまざまな影響を及ぼしてゆくドラマは読み応えたっぷりだし、五つの独立したエピソードが互いにリンクしながら、とある事件を描いた最終話になだれこんでゆくという凝った構成には、著者の卓越したストーリーテリングの才がうかがえる。

しかし物語のキーとなる超能力がどれもこれも、絶妙にショボいものばかりなのだ。本作で扱われている超能力は、なるほど〝人にはない特別な力〟かもしれないが、羨ましいとはまったく感じられない。むしろ、自分になくてホッとするという類のものだ。そしてそのミスマッチが、本作の読み味をユーモラスで愛らしいものにしている。

本作は六つのエピソードからなる連作集で、第一話から第五話までは、それぞれ有名な超能力にまつわる短編小説として書かれている。扱われているのはテレキネシス（念動力）、パラライズ（金縛り）、パイロキネシス（発火能力）、サイコメトリー（精神測定能力）、マインド・リーディング（読心術）の五つ。これのどこがショボいのかと疑問を抱く方もいると思うので、論より証拠、さっそく各エピソードを具体的に紹介してみよう。

巻頭作「テレキネシスの使い方」の主人公・今村心司は、小さな事務機器販売会社に勤める若き営業マンだ。彼には、触らずに物を動かすことができるという特別な力があった。ただし片手で持ち上げられるほどの物を、右方向に十センチだけ。会社の先輩・北島でなくとも「何の役に立つんだ?」と言いたくなるような、地味すぎるサイキックパワーである。

ある日、彼は津田と名乗るサングラス姿の老人から、自分を救ってほしいと懇願される。請われるまま足を運んだ美術館で、今村に課せられた意外なミッションとは? お荷物だった力が誰かの役に立ったとき、灰色にくすんでいた今村の世界も、新たな光を放ち始める。

高校時代サッカー部に所属し、大事な試合でシュートを外してしまった経験をもつ今村にとって、「右に」「十センチ」というのは重い意味をもつ言葉だ。あとわずかにボールが右にずれていたら……という後悔は、社会人になった今も彼を苛《さいな》み続けている。

このエピソードに象徴されるように、本作に登場する超能力の大半は、能力者のコンプレックスや性格と密接に結びついている。そのため超能力が引き起こす風変わりな事件は、切実な人間ドラマの様相を呈してくる。ここが本作の大きなポイントだ。

それにしても著者はなぜ、ささやかな超能力ばかりを好んで描いたのだろうか。

『青春と読書』二〇一七年十二月号に掲載されたインタビュー（聞き手は山本圭子氏）によれば、執筆の出発点は「ちっちゃい能力って誰にでもあるんじゃないか」という思いつきだったという。ここで「ちっちゃい能力」として例に挙げられているのが、ペンを上手に回すことと、目隠ししたままお酒の銘柄を当てること。

つまり本作で扱われている超能力は、誰もがひとつやふたつは持っている、あまり世の中の役には立たない特技の延長なのである。主人公たちも、世界平和のために戦うヒーロー・ヒロインではなく、日々のあれこれに頭を悩ませるごく普通の人たちに過ぎない。

喩《たと》えていうなら、本作は〝普段着の超能力もの〟である。ハリウッド映画などで描かれる壮大な超能力アクションを〝盛装〟とするなら、本書が描いているのはあくまで〝普段着〟。日常と非日常が絶妙なバランスで共存した魅力的な世界観のもと、著者は超能力者たちの知られざる私生活を、テンポのいい文体とともに描き出してゆく。それは読者である私たちにとっても、どこか他人事《ひとごと》とは思えないものだ。

第二話の「パラライザー金田」は、手で触れた相手を金縛りにできるサラリーマン・金田の物語。ただし能力を使うたびに髪の毛が薄くなるという厄介な副作用があり、街の悪人を放っておけない金田は苦悩する。超能力ものではお馴染《なじ》みともいえる、力を与えられた者の栄光と孤独。そのシリアスなテーマが、まさかハゲを通して語られようとは！　笑いをこらえながらも、金田の奮闘に肩入れしたくなる。

続く「パイロキネシスはピッツァを焼けるか」は、発火能力をもった主婦・井谷田亜希子が主人公。早期退職した夫へのイライラが募るたび、身のまわりで炎が燃え上がるというこれまた厄介な能力者だ。パイロキネシスはスティーヴン・キングの『ファイアスターター』や宮部みゆきの『クロスファイア』でもドラマチックに扱われていた能力だが、それを熟年夫婦の離婚危機という、ささやかなドラマに絡めているのがミソ。熱々のピザが小道具として使われているあたりは、珠玉の料理小説集『本日のメニューは。』の著者ならではだろう。

四話目の「ドキドキ・サイコメトリー」は、物に触れることで所有者の思念が読み取れる高校生・御手洗彩子の物語。サッカー部のキャプテンに片思いする友人の力になろうとする彩子だったが、実は超のつく潔癖症。汗の染みついたユニフォームやタオルなど、とても触る気にならない。しかしある事件をきっかけに、「汚い」と感じていた彩子の世界はちょっとだけ変わっていく。思わず声に出したくなるようなセリフが楽しい、瑞々《みずみず》しいサイキック青春小説である。

五話目「目は口ほどにものを言う」の主人公・寺松覚は、目を見ることで相手の心が分かってしまうマインド・リーディングの能力者。そのため人間の醜さを知ってしまい、実家の二階に引きこもり中だ。しかし柄は悪いが根は素直な男・剛田と知り合ったことで、否応《いやおう》なく人や社会との接点を持たざるを得なくなる。

ちなみに覚が住んでいるのは、第一話からたびたび物語の舞台となってきた定食屋・三葉食堂だ。剛田が訪ねてゆく息子は、第三話に登場した陶芸家・奥村であり、その師匠にあたるのが第一話で今村に頼み事をした津田、という具合に各エピソードはさまざまな部分でリンクし、ひとつの賑《にぎ》やかな世界を作りあげている。

これら五つのエピソードが交差するのが、最終話にして表題作の「僕らだって扉くらい開けられる」。シングルマザー音無希和のもとから、四歳の娘・和歌が姿を消した。誘拐の原因として考えられるのは、和歌のテレパシー能力。三葉食堂でたまたま一堂に会した六人の超能力者たち(各エピソードの主人公プラス津田老人)は、和歌探しに力を貸すことになる。

癖のあるキャラクターがチームを編成し、困難なミッションに立ち向かうという、映画『七人の侍』などでもお馴染みの黄金パターンに沿いながら、物語は小さな町で勃発した誘拐事件の意外な真相に迫ってゆく。キャラクターよし、設定よし、スピーディな場面転換も効果的で、これはもう文句なしの面白さと言っていい。

その物語のなかで、今村たちはあらためて人生に向き合い、自らの能力について再考することになる。タイトルにある「扉」とは、今村たちの前に立ちふさがる物理的な扉を意味しているが、同時に私たちが日々の生活で直面する、さまざまな困難や挫折のメタファーでもあるだろう。もし役立たずの超能力で、その扉を開けることができたら？　不要と思っていた特技が、扉を開くための鍵だったら？　それはとても素敵なことではないだろうか。

なぜなら今村たちと同様、普通の人たちである読者もまた、いつの日か誰かを救うことができるかもしれないからだ。役立たずのものなどこの世にはない。誰だって誰かのヒーローになれる日がやってくる。手に汗握るクライマックスの先には、そんな強いメッセージがこだましている。

行成薫といえば、第二十五回小説すばる新人賞を受賞したデビュー作『名も無き世界のエンドロール』以来、映像的な語りのテクニックを駆使して、予測不能のストーリーを紡いできた書き手というイメージが強い。

しかしその根底には、人に対するあたたかなまなざしが隠されていた。青春と犯罪の関係を切なくスリリングに描いた『バイバイ・バディ』しかり、平凡な男たちが世界を守るヒーローを目指す『ヒーローの選択』しかり、屈強なプロレスラーの熱い人生に迫った『ストロング・スタイル』しかり――。

デビュー作から数えて四作目にあたる本作は、そんな行成作品のなかでも前向きなメッセージが特に強く表現されたものである。たまにはこんな作品も悪くないよね、という著者の照れた笑顔が本の向こうに見えるようだ。

本作がこのようなストレートな物語になったのは、著者が今村たちに対し、深い愛情と共感を抱いているからではないかと思う。私は本作を読みながら、この東京から「新幹線とローカル線を乗り継いで、三時間ほど」にある田舎町に無性に行ってみたくなった。「スタミナ肉炒《いた》め定食」が看板メニューの三葉食堂に立ち寄って、超能力者たちに会ってみたくなった。あなたもきっと同じように感じるはずだ。

二〇二〇年は、著者にとってさまざまな動きのある一年だった。五月には初のノベライズ作品『スパイの妻』を、七月には以前から書いてみたかったという殺し屋もののミステリー『KILLTASK』を相次いで刊行。作風の幅をさらに広げた。

そして何と言っても最大のニュースは、デビュー作『名も無き世界のエンドロール』の実写映画化だろう。岩田《いわた》剛典《たかのり》、新田《あらた》真剣佑《まっけんゆう》らが出演する同作は、二〇二一年全国ロードショーが予定されている。十二月には『名も無き世界のエンドロール』の五年後を描いたファン待望の続編『彩《いろ》無き世界のノスタルジア』も刊行された。鮮烈なデビューから早八年、上質な物語をこつこつと書き続けてきた著者が、いよいよ大ブレイクの助走段階に移ったという印象を受ける。

本作はそんな行成薫が、持てる技術と優しさを惜しみなく注いだ代表作のひとつである。「扉」の向こうにはどんな世界が広がっているのか、ぜひ確かめていただきたい。

（あさみや・うんが　ライター／書評家）

本書は、二〇一七年十一月、集英社より刊行されました。

初出
テレキネシスの使い方　「小説すばる」二〇一六年二月号
パラライザー金田　「小説すばる」二〇一六年九月号
パイロキネシスはピッツァを焼けるか　「小説すばる」二〇一六年十一月号
ドキドキ・サイコメトリー　「小説すばる」二〇一七年一月号
目は口ほどにものを言う　「小説すばる」二〇一七年四月号
僕らだって扉くらい開けられる　単行本時書き下ろし

本文デザイン／坂野公一（welle design）

集英社文庫　目録（日本文学）

唯川恵　今夜は心だけ抱いて
唯川恵　天に堕ちる
唯川恵　手のひらの砂漠
湯川豊　須賀敦子を読む
行成薫　名も無き世界のエンドロール
行成薫　本日のメニューは。
行成薫　僕らだって扉くらい開けられる
雪舟えま　バージンパンケーキ国分寺
雪舟えま　緑と楯ハイスクール・デイズ
柚月裕子　慈雨
夢枕獏　神々の山嶺《いただき》(上)(下)
夢枕獏　黒塚KUROZUKA
夢枕獏　ものいふ髑髏《どくろ》
夢枕獏　秘伝「書く」技術
養老静江　ひとりでは生きられない　ある女医の95年
横幕智裕　監査役　野崎修平　周良貨／能田茂・原作

横森理香　凍った蜜の月
横森理香　30歳からハッピーに生きるコツ
横山秀夫　第三の時効
吉川トリコ　しゃぼん
吉川トリコ　夢見るころはすぎない
吉木伸子　スーパースキンケア術　あなたの肌はまだまだキレイになる
吉沢久子　老いをたのしんで生きる方法
吉沢久子　老いのさわやかひとり暮らし
吉沢久子　花の家事ごよみ　四季を楽しむ暮らし方
吉沢久子　老いの達人幸せ歳時記
吉沢久子　吉沢久子100歳のおいしい台所
吉田修一　初恋温泉
吉田修一　あの空の下で
吉田修一　空の冒険
吉田修一　作家と一日
吉田修一　泣きたくなるような青空

吉永小百合　夢の続き
吉村達也　やさしく殺して
吉村達也　別れてください
吉村達也　セカンド・ワイフ
吉村達也　禁じられた遊び
吉村達也　私の遠藤くん
吉村達也　家族会議
吉村達也　可愛いベイビー
吉村達也　危険なふたり
吉村達也　ディープ・ブルー
吉村達也　生きてるうちに、さよならを
吉村達也　鬼の棲む家
吉村達也　怪物が覗く窓
吉村達也　悪魔が囁く教会
吉村達也　卑弥呼の赤い罠
吉村達也　飛鳥の怨霊の首

集英社文庫 目録（日本文学）

吉村達也　陰陽師暗殺
吉村達也　十三匹の蟹
吉村達也　それは経費で落とそう ［会社を休みましょう］殺人事件
吉村達也　OL捜査網
吉村達也　悪魔の手紙 ヨコハマOL探偵団
吉村龍一　旅のおわりは
吉村龍一　真夏のバディ
よしもとばなな　鳥たち
吉行あぐり 吉行和子　あぐり白寿の旅
吉行淳之介　子供の領分
與那覇潤　日本人はなぜ存在するか
米澤穂信　追想五断章
米原万里　オリガ・モリソヴナの反語法
米山公啓　医者の上にも3年
米山公啓　命の値段が決まる時

リービ英雄　模範郷
隆慶一郎　一夢庵風流記
隆慶一郎　かぶいて候
連城三紀彦　美女
連城三紀彦　隠れ菊（上）（下）
わかぎゑふ　秘密の花園
わかぎゑふ　ばかちらし
わかぎゑふ　大阪の神々
わかぎゑふ　花咲くばか娘
わかぎゑふ　大阪弁の秘密
わかぎゑふ　大阪人の掟
わかぎゑふ　大阪人、地球に迷う
わかぎゑふ　正しい大阪人の作り方
若桑みどり　クアトロ・ラガッツィ（上）（下） 天正少年使節と世界帝国
若竹七海　サンタクロースのせいにしよう
若竹七海　スクランブル

和久峻三　夢の浮橋殺人事件 あんみつ検事の捜査ファイル
和久峻三　女検事の涙は乾く あんみつ検事の捜査ファイル
和田秀樹　痛快！心理学 入門編 ―なぜ僕らの心は壊れてしまうのか
和田秀樹　痛快！心理学 実践編 ―どうしたら私たちはハッピーになれるのか
渡辺淳一　白き狩人
渡辺淳一　麗《うるわ》しき白骨
渡辺淳一　遠き落日（上）（下）
渡辺淳一　わたしの女神たち
渡辺淳一　新釈・からだ事典
渡辺淳一　シネマティク恋愛論
渡辺淳一　夜に忍びこむもの
渡辺淳一　これを食べなきゃ
渡辺淳一　新釈・びょうき事典
渡辺淳一　源氏に愛された女たち
渡辺淳一　マイ センチメンタルジャーニィ
渡辺淳一　ラヴレターの研究

集英社文庫

僕《ぼく》らだって扉《とびら》くらい開《あ》けられる

2021年１月25日　第１刷　　定価はカバーに表示してあります。

著　者　行成《ゆきなり》　薫《かおる》

発行者　徳永　真

発行所　株式会社　集英社
東京都千代田区一ツ橋2-5-10　〒101-8050
電話　【編集部】03-3230-6095
【読者係】03-3230-6080
【販売部】03-3230-6393（書店専用）

印　刷　凸版印刷株式会社

製　本　凸版印刷株式会社

フォーマットデザイン　アリヤマデザインストア　　マークデザイン　居山浩二

ISBN978-4-08-744201-4 C0193